AF194076

BOOKS on DEMAND

Kate **Bono**

Aynil

2020

FSC
www.fsc.org
MIX
Papier aus ver-
antwortungsvollen
Quellen
Paper from
responsible sources
FSC® C105338

Bibliografische Information der Deutschen Nationalbibliothek: Die Deutsche Nationalbibliothek verzeichnet diese Publikation in der Deutschen Nationalbibliografie; detaillierte bibliografische Daten sind im Internet über http://dnb.dnb.de abrufbar.

Autorin/Lektorat/Redaktion/Coverdesign: **Kate Bono**

Illustration/Zeichnung: **Cheyenne Klimaschewski**
Korrektur: **Conny Zajonski** (Kommaqueen), **Ute Breuer** (Wunderliebe)
Beratung: **Sheila Klimaschewski**

Coverbild-Urhebervermerk © **Kate Bono | katebono.com**

Premium Licenced for commercial use:
Font: columbia by fontbundles.net
PhotoArt: cocoparisienne / Pixabay (Image #1215160)

Herstellung und Verlag:
BoD – Books on Demand, Norderstedt

ISBN: 978-3-7526-0818-2

FÜR UTE WEIL DU

ES DIR GEWÜNSCHT HAST

Ein Roman nach **wahren Begebenheiten**
ausgeschmückt **und mit Happy End versehen**
oder doch nicht?

Storyboard

Logbuch Part 2

Diese Story ist genau so passiert und wird das Vorwort von diesem Buch AYNIL 2020, dem zweiten Teil meiner Lovestory-Reihe.

7. März 2019 um 11:59 · Facebook-Post

>>Gottes Wege sind unergründlich ♥

Es gab sehr viele Jahre in denen ich nicht an Gott geglaubt habe. Mit Engeln konnte ich schon gar nichts anfangen. Und Jesus? *Wer soll das sein? Alles Märchen!*
Und dann, vor etwa vierzehn Jahren hat mir Gott nicht nur gezeigt, dass es ihn und Engel gibt, dass sogar Jesus ein Teil meines Lebens ist, sondern wie viel Humor und „Macht" er besitzt. Warum erzähle ich das?

Heute Morgen las ich etwas wehmütig den Text von Tag 30, aus dem Programm *„30 days to find your perfect mate"[1]*, einer Idee von *Deepak Chopra,* welches ich auf meiner Facebook-Seite[2] im Februar 2020 für alle Interessierten übersetzt und veröffentlicht habe. Ich dachte darüber nach, dass ich in den letzten 30 Tagen zwar keinen Partner getroffen habe, nicht mal einen einzigen potentiellen Mann überhaupt kennen lernte - aber das ist okay. Er kommt, wenn es Zeit ist...

Ich werde mich jetzt wieder mehr meiner Ernährung widmen. Heute ist Tag 97 meines Health-Experiments und ich werde eine Detoxwoche mit viel Gemüse und Obst starten. Dazu las ich heute Morgen ein Kapitel im Buch *Mediale Medizin* von *Anthony William*, der mit einem Geist kommuniziert, der ihm die Krankheiten der Menschen nennt und dazugehörige Lösungen. Ich wollte es schon zuschlagen, hatte mir einige Notizen zur Detoxwoche gemacht, da blätterten plötzlich, ganz von alleine, einige Seiten um auf das Kapitel:

Engel unbekannt

Anthony erzählt von 21 Engeln ohne Namen und wie man sich mit ihnen verbindet.

Ich pickte spaßeshalber den *Engel der Dankbarkeit* raus und bat ihn, mir zu helfen, dankbarer zu werden für das was ich habe, statt ständig Angst davor, was mir Schlechtes passieren könnte. *Mehr Dankbarkeit fühlen.*

„Danke", sagte ich fröhlich nach meiner Bitte und wieder schlugen Seiten um, dieses Mal auf die letzte Geschichte des Buches... Für mich ist das nicht unheimlich, das ist einfach eine Art des Universums, mit mir zu kommunizieren.

Das Kapitel lautet: *„Wieder mit dem Engel der Beziehung verbunden."* Ich staunte nicht schlecht.

„Ach, den gibt's auch?", fragte ich mich und war überrascht, dass das 462 Seiten dicke Gesundheitsbuch plötzlich am Ende von Beziehung und Engeln spricht...

Als ich den ersten Satz las, fiel mir alles aus dem Gesicht.

Die Frau in dieser Geschichte trägt nicht nur meinen Namen, der Autor scheint mich sogar direkt anzusprechen.

„...es ist Zeit für dich den Engel der Beziehungen kennenzulernen..."

Und dann durchflutet mich eine Welle der DANKBARKEIT, die mich total umhaut!

Wahe Guru ♥ <<

In diesem Moment wurde mir klar, dass ich, vor allen weiteren Büchern, das zweite AYNIL fertig schreiben werde. Ich hatte es schon Ende 2018 begonnen, aber andere Projekte vorgeschoben. Silvester 2019 auf 2020 floss dann wie magisch eine wundervolle Geschichte durch mich hindurch, die der Start für die Weiterbearbeitung dieses Buches war. Seit den Worten von Anthony William in *Mediale Medizin* floss eine Story nach der anderen aus meinen Fingern und nun hältst du AYNIL 2020 in deinen Händen.

Viel Spaß beim Lesen!

Enjoy the love

DAS WAS FÜR DICH *bestimmt* IST.

LÄUFT *nicht* AN DIR VORBEI

ES LÄUFT AUF DICH *zu*

♥

UNKNOWN

11

KAPITEL EINS

Wer nicht wagt, der nicht gewinnt

„Los Mädels, wir schreiben jetzt alle unseren Exfreunden eine SMS!"

Mit so einem Satz konnte nichts Gutes beginnen. Aber die acht Freundinnen pflegten manchmal eine etwas andere Art von *Truth or Dare* – Wahrheit oder Pflicht – zu spielen.

„Wir lassen das mit der Wahrheit weg, es weiß doch eh jede alles von jeder", lachte Sandra. „Es gibt nur noch Pflicht und alle müssen mitmachen."

Sie hatten ausnahmslos alle zugestimmt, bevor sie wussten, auf welch blöde Idee Sandra kommen würde.

Der eine Teil des Weiberabends kicherte und zückte sofort das Handy, ohne zu überlegen, die andere Hälfte war zwar ebenso alkoholisiert, doch die Begeisterung hielt sich in Grenzen.

„Och nö, kommt schon, die Idee is Scheisse", jammerte Alina. „Die einzige Nummer, die ich von einem meiner

Exen habe, ist die von Jochen." Angewidert zog sie die Nase kraus und verdrehte die Augen.

„Joe? Dein Ernst? Du hast immer noch die Nummer von Joe?", Jessy war sichtlich schockiert.

„War ja fast klar, denn sie hat nie wirklich mit ihm abschließen können, wusstet ihr das nicht?", spottete Ute.

„Nennt ihn nicht *Joe*, für mich is der nur noch Jochen. An den schreibe ich keine SMS", Alina steckte ihr Handy in ihre Tasche zurück, doch sie hatte die Rechnung ohne ihre Freundin Ellen gemacht. Zack, hatte diese das Telefon wieder aus der Tasche gefischt.

„Pflicht ist Pflicht, my dear", lachte Vincy und nahm nun wiederum Ellen das Telefon aus der Hand.

„Entweder *du* schreibst ihm, oder *wir* übernehmen das für dich", Alina wusste, dass, wenn Vincy so etwas androhte, sie es auch wahrmachen würde.

„Ach mann, jetzt gib mein Handy wieder her, ich schreib´s lieber selbst", Alina verdrehte die Augen und hielt ihre Hand hin, damit man ihr das Telefon wieder gab.

„Versprich es, sonst darf dir Vincy das Handy nicht wiedergeben", sang Tanja ketzerisch.

„Versprochen, ihr Nervbratzen", schimpfte Alina lachend. Eigentlich war die Idee doch aufregender als sie anfangs gedacht hatte. Was sollte schon passieren. Joe und sie waren schon ein paar Jahre auseinander, wahrscheinlich stimmte seine Nummer gar nicht mehr.

„Was schreiben wir denn?", erwartungsvoll blickten sich die acht Frauen an, die Handys wie eine Waffe schreibbereit in den Händen.

Vincy lachte. „Fragt sich doch eher, *wem* einige von euch hier was schreiben." Ihre Lache überschallte den halben Außenbereich der Bar, vor der sie saßen.

„Verscheuch´ mir nicht meine Kundschaft, Vin", lachte Cheyenne, in deren Lokal sich die acht Freundinnen einmal im Monat trafen. Und das schon seit Jahren.

Jessy setzte sich verschwörerisch nach vorne und begann gleichzeitig zu tippen und zu sprechen:

13

„Hallo Marv, ich vermisse deinen harten Schwanz."
Vincys schamloser Lacher erfüllte erneut die Nacht und Ellen rutschte ein peinlich überraschtes Quieken heraus.

„Sowas schreib´ ich nicht", quietschte sie weiter.

„Na, war ja klar, dass du sowas nicht schreibst, du bist ja auch verklemmt", mobbte sie Sandra freundschaftlich.

„Willst du das echt schreiben?", fragte Ellen.

„Klar! Marv und ich hatten ja nur so ´ne Sex-Sache..."

*„Ex*freunde nicht *Sex*partner", konterte Sandra.

„Von dem hab´ ich keine Nummer! Warum habt ihr alle noch Nummern von euren Exfreunden auf euren Telefonen, spinnt ihr? Ich mein, Marv und ich hatten nie was Ernstes, es is einfach irgendwann im Sande verlaufen. Wir haben nie Schluss gemacht, da muss ich auch seine Nummer nicht löschen, aber ihr?" Jessy blickte fragend in die Runde und erntete teilweise peinlich berührte Blicke.

„Scheissegal, weggeschickt – Erste! Also, jetzt seid ihr dran", forderte Jessy die anderen auf.

Tanja legte nach: *„Hallo Mr. Blue..."*

„Mister Blue?", rief Ute fragend.

„Ja, sie hat ihn *Mister Blue* genannt. Frag nicht warum, aber der hört da auch drauf", erklärte Cheyenne.

„Hallo Mr. Blue", wiederholte Tanja. *„Lust auf einen kleinen Umtrunk bei dir oder bei mir*?", verschmitzt grinste Tanja und klickte auf Senden.

„Sowas schreibt ihr euren Exen?", Alina war geschockt. Sie wusste, dass Tanja durch ihren Job als Psychotherapeutin sehr selbstreflektiert war, aber sie konnte sich nicht vorstellen, Jochen solch eine Nachricht zu schicken. Im Grunde genommen wollte sie ihm *gar nicht* schreiben, aber sie wusste, dass sie da nicht drum rum käme. Also wollte sie es schnellstens hinter sich bringen.

„Hallo Jochen, wollen wir nicht mal Kaffee..." Zack hatte Jessy ihr das Handy aus der Hand geklaut. Die beiden

14

Frauen begannen einen Kampf um das Telefon, denn Jessy wollte es ihrer Freundin nicht zurückgeben.

„Ne, du schreibst da nicht so ein harmloses Geschnulze. Los, da muss was Ordentliches kommen. Du hast nix zu verlieren, ihr seid schon getrennt."

„Ja, aber der denkt wahrscheinlich ich bin total bescheuert dann", beschwerte sich Alina.

„Is doch egal mann, jetzt stell dich nicht so an", konterte Vincy.

„Jetzt lasst sie doch", forderte Ute auf, konnte das Handy im Eifer des Gefechts ergattern und Alina zurückgeben.

„Mann, ihr seid echt solche Arschlochtussis", ein bisschen beleidigt, aber mit einem verschmitzten Lachen, setzte sich Alina wieder hin und löschte den Rest des ersten Satzes wieder.

„Hi Joe...", den Rest murmelte sie so leise vor sich hin, dass es niemand hörte. Sie atmete aufgeregt aus und schickte die SMS weg. „Das muss reichen."

„Jaaa, voll cool, jetzt muss er reagieren, oder es kommt halt nichts. Ist doch lustig", lachte Sandra.

„Wir können echt froh sein, dass wir alle Single sind, denn wenn ich 'nen Freund hätte, müsste ich aus dem Spiel aussteigen", kommentierte Ellen.

Eine nach der anderen schickte ihrem jeweiligen Exfreund eine SMS, doch bevor die letzte, Cheyenne, eine versendete, quiekte Ellen auf.

„Sascha... er hat mir geantwortet", die blonde, etwas untersetzte Bürokauffrau blickte freudig überrascht auf ihr Handy.

„Jetzt sag´, was hat er geschrieben", rief Jessy.

„Hi Ellen, wow, ich fühle mich geehrt. Wo bist du? Können wir uns sehen?", während Ellen diese Worte vorlas, wurde ihre Stimme zittrig.

„Ist das zu fassen? Dein Ex will dich wiedersehen?"

„Ja... unglaublich...", Ellen starrte weiterhin auf die Nachricht.

„Was hattest du ihm geschrieben?", fragte Ute neugierig.

„*Hi Sascha, ich vermisse unseren Sex.*"

„Waaas?", rutschte es aus fast allen Mündern gleichzeitig.

„Das hast du nicht!", Cheyenne stellte sich hinter Ellen und blickte auf das Display. „Doch, das hat sie. Jesses, Ellen!"

Alle blickten fassungslos auf die unscheinbare Freundin, denn die sonst so schüchterne und tiefharmlose Blondine war über ihre Grenzen gegangen.

„Ähm, ja, ich geh dann mal telefonieren", Ellen stand auf und rief Sascha an.

„Viel Spahaaaß", riefen ihr die Freundinnen hinterher.

„Unglaublich", staunte Alina.

„Und weg war sie. Die kommt heut jedenfalls nicht mehr wieder", lachte Ute.

„Oh mein Gott", rief nun auch Tanja. „Ich bin dann direkt auch mal weg." Sie lachte und packte ihr Handy in die Tasche.

„Sagt mal, spinnt ihr alle? Das war nicht der Plan, ich wollte nur, dass wir witzige Antworten erhalten, aber was ist das jetzt bitte?", Sandra protestierte und meinte das teils ernst, teils mit einem lachenden Auge. Bis ihr eigenes Handy in ihrer Hand vibrierte.

„Oh... ich hab´ auch ´ne Nachricht... *Hey Süsse, wäre ich nicht gerade geschäftlich in Hong Kong, würde ich rumkommen. Lass uns das verschieben – falls das ernstgemeint war.* Ist das zu fassen? Holger antwortet?"

Damit hätte niemand gerechnet, denn Holger und Sandra hatten sich getrennt, weil Holger beruflich immer zu eingespannt gewesen war. Als Sandra Schluss gemacht hatte, war er ziemlich sauer gewesen. Immerhin wollten die beiden damals ein halbes Jahr später heiraten. Sandra blickte wie verliebt auf ihr Handy. „Holger... du Idiot... warum bist du jetzt auch in Hong Kong..."

„Sag mal, ist das heute das *Verlieb-dich-in-den-Ex-zurück*-Spiel?", Vincy lachte und warf fragend die Hände in die Luft.

16

„Verrückt", sprach Ute und blickte wartend auf ihr eigenes Telefon. Sie war froh, dass sie keiner nach dem fragte, was sie geschrieben hatte. Denn keiner wusste, dass sie bereits seit einigen Wochen wieder mit ihrem Exfreund Klaus zusammen war. Sie hatte befürchtet, dass ihr das alle versuchen würden auszureden, doch sie wollte nicht, dass irgendjemand etwas dagegen sagte. Dieses dumme Spiel kam ihr wie gerufen. Klaus wartete ja schon längst bei ihr zuhause, doch sie wollte ihren Weiberabend nicht einfach absagen und nun war sie froh, dass es jetzt aussah, als wäre es Teil des Spiels. Das konnte sie locker ausnutzen, um es völlig ungeplant aussehen zu lassen.

„Klaus hat geantwortet", sang sie gespielt überrascht.

„Nein, krass, lies vor", rief Vincy. Ute tat verlegen, steckte das Handy in ihre Tasche und grinste.

„Ach, einfach nur, ob wir uns treffen können... ich geh dann wohl auch mal", sie verabschiedete sich bei dem immer spärlicher werdenden Rest ihrer Freundinnen, die ihr mit offenem Mund hinterher blickten.

So waren es nur noch fünf.

„Wie ging das Lied mit den zehn kleinen Negerlein noch mal?", lachte Cheyenne.

„Sag mal, Chey, wem hast *du* denn überhaupt geschrieben?", fragte Sandra neugierig.

„Hm?", tat Cheyenne, als hätte sie es nicht verstanden und stand hektisch auf. „Oh, ich muss grad mal an der Theke nach dem Rechten schauen." Und verschwand.

„Was´n mit der los?", fragte Sandra.

„Ich glaub´ sie weiß nicht wem sie schreiben soll, bei der Menge an Verflossenen", lachte Vincy hämisch.

„Ach komm, so schlimm ist sie nun auch nicht, sie hängt immer noch an Aykut und ich glaube nicht, dass sie ihm aktuell gerade schreiben will. Die sind doch erst frisch auseinander. Also habt Mitleid mit ihr", bat Alina und die anderen stimmten nickend zu.

Ein lauter Ping unterbrach die Stille. Alle blickten zu Vincy und ihrem Handy.

17

„Wie ihr alle kuckt", gluckste sie. „Ne, zu früh gefreut, das war nur meine Schwester. War mir klar, dass mein Ex sich nicht meldet. Thorsten is wahrscheinlich geschockt von meiner Nachricht", lachte die dunkelhäutige Kfz-Mechanikerin, die mit ihrer burschikosen Art so manche Männer wahnsinnig machte, da sie aussah wie ein Model, aber sprach wie eine Komödientante aus dem Ruhrpott.

„Was hast du ihm denn geschrieben?"

„Na, ihr habt nicht gesagt, *was* wir schreiben sollen und ich hab ja nicht gewusst, dass ihr denen allen schreibt, dass ihr sie wiedersehen wollt..." Vincy verdrehte die Augen.

„Vincy, was hast du getan?", lachte Sandra.

„Ihm geschrieben, dass er ein Arschloch ist und bleiben soll, wo der Pfeffer wächst."

„Vincy", schimpfte Alina vorwurfsvoll. Der Rest lachte.

„Alina, dein Handy hat geleuchtet", Cheyenne kam zurück an den Tisch. Alinas Herz klopfte bis zum Hals, sie hoffte, es wäre nur irgendeine unwichtige Facebook Notification, doch als sie es öffnete, sah sie direkt Jochens Namen über der eher unerfreulichen Message. Ihr stiegen sofort die Tränen in die Augen.

„Oh nein, Alina, was is los?", Cheyenne legte tröstend einen Arm und ihre Freundin und las laut vor.

„*Hallo Alina, ich lieg mit meiner neuen Perle im Bett, deine Nachricht kam jetzt nicht so prickelnd. Seit wann bist du unter die Stalker gegangen. Lösch meine Nummer!*"

Sandra zog vor Empörung laut die Luft ein, Vincy fluchte und Alina nahm einen großen Schluck von ihrem Cocktail.

„Ich hol ´ne Runde Shots", rief Cheyenne und rannte in die Bar.

„Er war schon immer ein Arschloch", tröstete Sandra ihre Freundin.

„Das stimmt und was für eins", stimmte Vincy mit ein. „Du hättest ihm dieselbe Nachricht schicken sollen wie ich dem Thorsten."

18

„Kann sein..." Alina konnte kaum die Tränen zurück halten. Sie hatte Jochen geliebt, aber er war schon immer ein Tausendsassa, ein sexsüchtiger Musiker, der einfach nicht die Finger von seinen Groupies hatte lassen können. Er hatte es zwar jedes Mal wieder abgestritten, aber Alina hatte einfach gefühlt, dass sie ihm nicht vertrauen konnte. Also hatte sie die Sache beendet. Jochen konnte ihr das anscheinend nie verziehen und jedes Mal, wenn sie sich über den Weg liefen, machte er sich lustig über sie oder knutschte absichtlich mit einem dahergelaufenen Mädel rum. Das letzte Mal, dass die beiden sich gesehen hatten, war ein paar Jahre her, doch es verletzte Alina immer noch.

„Was hattest du ihm geschrieben?", fragte Cheyenne, als sie mit einem Tablett voller Tequila-Shots zurückkam.

„Dass ich ihn vermisse..."

„Autsch", rief Vincy.

„Das hättest du nicht tun dürfen", stellte Jessy fest, die die ganze Zeit ruhig gewesen war.

„Jessy, hat Marv schon geantwortet?", Alina versuchte von sich und ihrem Schmerz abzulenken.

„Klar mann, war ja kein Wunder. Ich fahr nachher zu ihm, aber er wartet gefälligst brav, bis ich mit meinen Mädels fertig gefeiert hab. Ich verpiss mich nicht wie die anderen", Jessy lachte und die kleiner gewordene Gruppe stieß mit dem Tequila an.

♥

Einen Monat später. Selbe Location, selbe Gruppe der acht Freundinnen – Weiberabend.

„Wehe, heute kommt jemand auf die Idee, wieder irgendwelche SMSen an Exfreunde zu schreiben. Das letzte Mal war ein Desaster", lachte Cheyenne, während

19

sie ihren Freundinnen die Cocktails hinstellte und sich dazu setzte.

„Was ist denn eigentlich in der Zwischenzeit passiert? Gibt's Erfolge nach dem letzten Mal?", fragte Ellen.

„Pah, wir erzählen dir nix. Du wirst dumm sterben", lachte Vincy.

„Häh? Warum denn?", Ellen war verwirrt.

„Weil du die erste warst die einfach unseren heiligen Weiberabend gecrasht hat", sang Jessy gespielt vorwurfsvoll und blickte dann abwechseln Ute und Tanja an, als wenn auch die beiden schuldig gesprochen wären.

„Hach Jessy, du bist doch nur neidisch", lachte Tanja.

„Von wegen! Ich habe Ehre! Ich bin erst zu meinem Fuckbuddy, als der Abend vorbei war. Ihr Hühner", verteidigte sich Jessy.

„Bis einer heult! Hört auf zu streiten, lasst uns anstoßen!", schlichtete Cheyenne das witzige Gezanke.

„Was gibt es denn jetzt so Neues?", fragte Ute und blickte einmal im Kreis herum, bis ihr Blick auf Sandra fiel. Diese grinste.

„Ich habe Holger getroffen", gluckste sie vergnügt.

„Was? Wie cool? Und?", riefen alle durcheinander.

Sandra erzählte von ihrem Wiedersehen und, dass sie und Holger planten, sich regelmäßig zu sehen und auch jeden Tag Kontakt über WhatsApp hielten. Beide konnten und wollten nicht mehr ohne einander.

„Das ist ja unglaublich schön", schwärmte Cheyenne.

Auch Tanja und Ellen hatten interessante Geschichten zu erzählen. Sie hatten sich ebenfalls mit ihren Exfreunden getroffen und einem regelmäßigen Wiedersehen stand nichts im Wege.

„Da stimmt der Satz ‚aufgewärmte Suppe schmeckt nicht‘ ja dann doch nicht, oder?", sang Ute.

„Warum, sag bloß, du hast Klaus auch mehrmals wieder getroffen?", bohrte Alina neugierig.

Ute nickte verlegen. Ihr war das unangenehm. Sie redete nicht gerne über sich.

20

„Warum haben eigentlich alle immer Glück, außer mir?",
fragte Alina traurig und nahm einen riesigen Schluck ihres
Cocktails. „Chey, ich brauch noch einen." Sie verbarg
ihren Frust kein Stück.

Cheyenne winkte eine ihrer Kellnerinnen herbei und
bestellte die nächste Runde für alle.

„An uns verdienst du echt gerne, oder?", lachte Jessy.
die Barbesitzerin zwinkerte überlegen.

„Ach Alina, so ein Quatsch. Jessy und ich haben doch
auch keinen Kerl!", beruhigte Vincy ihre Freundin.

„Was?", fragte Jessy, als hätte sie nicht zugehört – man
merkte, dass es Absicht war.

„Was?", wiederholte Ellen und blickte Jessy fragend an.

„Ja, was?", wiederholte nun auch Tanja amüsiert.

Jessy pfiff leise und blickte völlig unschuldig durch die
Gegend.

„Jessy, ich hasse es zu warten!", schimpfte Sandra.

„Naja, Marv und ich… vielleicht ist es doch nicht nur Sex",
gluckste sie vergnügt.

„Ich hab´s gewusst", lachte Ute. „Ihr zwei passt einfach
zusammen wie die Faust aufs Auge."

„Eher wie Arsch auf Eimer", lachte Vincy.

„Seht ihr, und wenn Vincy jetzt auch noch einen neuen
Freund hat, spring ich von der Teppichkante", jaulte Alina
frustriert.

„Halloooo – ich bin auch noch da", beschwerte sich
Cheyenne. „Ich bin auch immer noch Single, oder zähle
ich nicht?" Sie zeigte mit beiden Zeigefingern von oben auf
sich selbst. „Ich springe mit! Also Vincy – hast du?"

„Haha, ne meine Lieben, ich hatte zwei Dates, die in die
Hose gingen, ich hab´ erst einmal die Schnauze voll!",
lachte Vincy laut.

„Zwei Dates? Erzähl!" Neugierig lehnten sich fast alle
nach vorne an den Tisch und lauschten gespannt, was
Vincy zu berichten hatte.

„Na, der eine war einfach nur nett, aber nicht mein Typ,
wir haben kurz gequatscht, dann bin ich wieder nach

21

Hause. Mit dem anderen mit dem hab´ ich mich an der Lahn getroffen. Es war warm, er hat Bier mitgebracht, ich ´ne Decke. Der kam mir immer näher, ich bin immer weiter weggerückt. Ich lag irgendwann auf der Wiese und der hatte sich auf der ganzen Decke breit gemacht."

Cheyenne konnte sich einen lauten Lacher nicht verkneifen. „Oh Gott, ich kann mir das so lebhaft vorstellen, wie du vor dem weggekrochen bist."

„Jaaa, der hat es echt nicht gerafft. Ich hab´ dem gesagt, er soll doch mal Abstand halten, doch der meinte, wir wären doch erwachsen und wenn die Chemie stimmt und so. Bäh."

„Die Kerle, krass, wollen einem immer sofort an die Wäsche", schimpfte Tanja.

„Jaaaa, irgendwann hat er mir wieder Platz auf der Decke gemacht und ehe ich mich versah, hat der mich geküsst."

„Waas? Du hast ihm doch bestimmt eine gescheuert?", rief Alina aus.

„Nein, ich hab´ mitgemacht, wollte den ja testen", gluckste Vincy.

„Du bist komisch", maulte Ute. „Ich küss doch keinen, den ich nicht von Anfang an toll finde."

„Der hat mich einfach überrumpelt, Mann", verteidigte sich Vincy.

„Und, wie war´s?", fragte Cheyenne neugierig.

„Ekelig", antwortete Vincy schroff. Die anderen lachten. „Ja, der konnte einfach net küssen, das war eher so ein... Kauen."

Ellen lachte laut und warf dabei fast ihren Cocktail um.

„Eher so ein *Kauen*?", sie konnte sich kaum beruhigen vor Lachen.

„Ja, Kauen. Ich hab´s dann abgebrochen und mich verabschiedet. Später schrieb der mir, dass ich phantastisch küssen könnte. Ich hätte bald gekotzt."

„Was hast du ihm geantwortet?", Ellen lachte immer noch.

22

„Naja, dass ich das nicht so empfand und dass mir das viel zu schnell gegangen war. Auf seine verkackte Antwort hin, hab ich ihn direkt blockiert", erzählte Vincy.

„Warum, was hat er denn geschrieben?", fragte Sandra.

„*Dafür dass du es nicht wolltest, haste aber gut mitgemacht.* Ekelhafter Arsch."

„Arsch", antworteten alle solidarisch im Chor.

„Wie so ein Triebtäter: *Du wolltest es doch auch!*"

Die acht Freundinnen waren sich einig. Der Kuss allein war schon eine Grenzüberschreitung gewesen. Dass Vincy mitgemacht hatte, war dumm von ihr. Aber als Mann zu schreiben, *dafür haste aber gut mitgemacht,* war völlig daneben.

„Ich hatte eine ähnliche Geschichte", erzählte Alina plötzlich.

„Waaas?", riefen alle im Chor.

„*Du* hattest ein Date?", fragte Tanja.

„Ja, ist das so verwunderlich?", beschwerte sich Alina.

„Nein, natürlich nicht, sorry", beschwichtigte Tanja, die ihrer Freundin unwissentlich auf den Schlips getreten war.

„Erzähl", forderte Ute sie auf.

„Also, ich kenn den schon eine Weile. Er ist Personalleiter in einer Firma, wo ich mal gearbeitet habe. Wir hatten jetzt schon zwei Jahre Kontakt über Facebook. So immer mal wieder geschrieben. Er reist total gerne und so, aber er war nie mein Typ und ich habe es eher als eine kollegiale Freundschaft gesehen." Alle hörten Alina aufmerksam zu und nippten an ihren Getränken.

„Ihr macht mir Angst, wie ihr alle kuckt", lachte Alina. Die anderen sieben kicherten.

„Ja, von dem hattest du mal erzählt", erinnerte sich Ellen.

„Okay… also… er schrieb mich an, ob wir mal einen Wein zusammen trinken wollen. Und ich habe zugestimmt. Dann habe ich an seinen Bildern auf Facebook gesehen, dass er renoviert und ihm geschrieben, falls er Hilfe bräuchte, sollte er sich melden. So rein freundschaftlich, wisst ihr."

23

„Ja, klar, da ist ja auch nix dabei", nickte Ute und Cheyenne nickte zustimmend mit.

„So, und dann spontan am Dienstag schrieb er, dass das Dach jetzt fertig wäre, ob ich mit ihm drauf anstoßen wolle. Also bin ich hin – hab mir nix dabei gedacht bei einem anständigen Geschäftsmann, nachhause zu ihm zu fahren und mich mit ihm auf einen Wein in seinen Garten zu setzen."

„Nein, da ist nichts dabei", stimmte Jessy zu.

„Aber ich ahne, dass das doch nicht so gut war?", fragte Tanja vorsichtig.

„Jetzt lasst sie doch erzählen, mann, ich kann die Spannung nicht aushalten", lachte Cheyenne.

„Ja... er hat mir sein Haus gezeigt. Er hat das alte Fachwerkhaus seiner Eltern ausgebaut und alles modernisiert, sah echt cool aus. Dann sind wir in seinen Garten. Da geht man durch eine dunkle Garage, er hat hinter mir abgeschlossen, das war schon echt seltsam..."

„Oh mein Gott, ich wäre durchgedreht, du bist trotzdem da geblieben?", Ute war geschockt.

„Warum hat der die Garage abgeschlossen?", fragte Vincy, doch sie erhielt keine Antwort. Alle warteten gespannt, dass Alina weiter erzählte.

„Naja, warum der die abgeschlossen hat, weiß ich nicht, aber ich konnte ja schon den Garten sehen – es war hell und alles beleuchtet, also habe ich mir nichts dabei gedacht. Aber ehrlichgesagt, hatte ich schon ein ungutes Gefühl und bin in Gedanken schon über den Zaun gesprungen. Also hab mir einen Fluchtweg überlegt."

„Du bist so krass. Ich hätte mich da gar nicht erst hingesetzt. Auf deine Intuition hören, Süsse!", schimpfte Tanja.

„Ja, ich weiß ja, Tanja, aber ich dachte echt, ich übertreibe und bilde mir da nur was ein. Der war ja auch total nett und witzig, ich mein, der sieht nicht aus wie ein geisteskranker Psychopath – der ist Personalleiter einer großen Firma...", Alina rechtfertigte sich kurz, dann

24

erzählte sie weiter. „Naja, wir saßen uns gegenüber, dann hat er einen Stuhl dazwischen geschoben, damit wir unsere Füße drauf legen konnten. Ich hab´ meine nur an den Rand aufgestellt, der hat seine Beine komplett auf den Stuhl gelegt.“

„Igittigitt, Füße“, lachte Cheyenne. „Ich finde Füße so ekelig.“

„Ja, eben, ich nämlich auch“, stimmte Alina zu. „Dann kamen wir völlig idiotisch auf das Thema Politik und dann wurde der schon fast ungemütlich, weil ich eine andere Meinung hatte als er. Das war echt anstrengend, weil ich von dem Thema wegkommen wollte, doch er hat drauf rumgeritten. Dann legte er plötzlich seine Füße neben meine – echt, meine hatte ich ganz am Rand vom Stuhl nur so dagegen gelehnt, der hat sich verbiegen müssen um da dran zu kommen…“, Alina wurde immer hitziger beim Erzählen.

Vincy lachte: „Sorry, aber ich stell mir das echt urkomisch vor.“

„Das war es aber nicht. Der hat dann auf einmal mit *seinem* Fuß *meinen* gestreichelt.“

„Igitt, Fußpetting“, riefen alle sieben Frauen aus.

„Ja, ieh! Ich hab´ meine Füße sofort weggezogen und ihm erklärt, dass ich das nicht mag. Da ist der ausgerastet.“

„Waaas?“, riefen erneut alle sieben Freundinnen aus.

„Wie denn ausgerastet?“, fragte Ute.

„Naja, er hat mich dann in einem so arroganten, ruhigen, aber fiesen Tonfall runtergeputzt, dass ich ja ein psychisches Problem hätte, wenn ich so eine Angst vor Körperkontakt hätte und dass ich mich gerade lächerlich verhalten würde und so. Wir wären doch keine 18 mehr.“

„Ich wäre sofort gefahren“, schimpfte Ellen.

„Bin ich auch!“

„Hat er dich einfach rausgelassen?“

„Ich war mutig, hab mich vor ihm aufgebaut und gemeint, er solle mich sofort rauslassen. Hat er auch gemacht.“

„Oh mann Alina, das tut mir leid, du hast aber auch ein Pech", Cheyenne war aufgestanden und umarmte ihre Freundin.

„Du Arme", stimmten auch die anderen ein und verfielen in eine Diskussion über die Grenzüberschreitung und Selbstüberschätzung mancher Männer.

„Alina... du hast das Pech wohl leider echt gepachtet...", raunte Sandra und zog die Luft ein, als hätte sie einen Geist gesehen. Alle sieben folgten ihrem Blick und machten ähnliche Geräusche.

„Ach du Scheisse", rutschte Vincy lauthals heraus, woraufhin sich der Grund, warum sich alle auf ein Ziel fokussierten, zu der Clique herumdrehte - Jochen. Mit seiner neuen *Perle*.

Zu aller Unglaublichkeit grinste er, wies seine Freundin an, sich schon einmal zu setzen und kam zur Gruppe herüber.

„Guten Abend, die Mädels. Hi Alina, ich bin mit meiner neuen Perle hier, also benimm dich bitte." Er nickte, grinste arrogant und ging beschwingt zu seiner Freundin, um ihr provokant einen Kuss zu geben und sich neben sie zu setzen.

Alle acht waren zu schockiert, um in irgendeiner Art hilfreich reagieren zu können. Alina traten die Tränen in die Augen. Das war das Erniedrigendste, was dieser Typ ihr noch hätte antun können. Nach allem was er bereits angerichtet hatte. Sie war wie gelähmt.

Vincy war dann die erste, die reagierte. Sie sprang auf, woraufhin ihr Stuhl fast umkippte, doch Ute konnte ihn gerade noch auffangen. Die hübsche Dunkelhäutige setzte ihr überlegenstes Lächeln auf, warf ihre Haare zurück und ging schnurstracks zum Tisch von Jochen und seiner Begleitung.

„Was hat sie vor?", flüsterte Jessy. Keine antwortete ihr. Sie sahen, wie Vincy sich über den Tisch beugte, etwas sagte und Jochen auf den Kopf küsste – worauf hin alle sieben Freundinnen scharf die Luft einzogen. Keiner

26

konnte fassen oder verstehen, was Vincy gesagt oder was sie gerade getan hatte. Lächelnd und mit arrogantem Hüftschwung kam sie zurück an den Tisch der Freundinnen und ließ sich genüsslich auf ihren Stuhl sinken, während die neue Freundin von Alinas Ex mit schockierendem Blick hinter ihr herschaute. Vincy hob ihren Cocktail und prostete Jochens Perle fröhlich lachend zu. Man sah, dass Jochen auf diese versuchte einzureden, doch die geschockte junge Frau sprang auf, dieses Mal landete der Stuhl krachend auf dem Boden, und sie rannte weg. Dicht gefolgt von einem sich rechtfertigenden Jochen.

„Tschüss, Joe", lachte Vincy und winkte dem Paar hinterher.

Es folgte eine Weile Totenstille, bis Cheyenne als erste ihre Stimme wieder fand.

„Was in Gottes Namen hast du gesagt?"

„Naja, das was Joe verdient hat. Ich habe dem Mädel erklärt, dass Joe immer in das Lokal seiner Exen geht, wenn er mit einer Freundin Schluss macht. Dass wir alle acht bereits mit ihm zusammen waren, uns hier immer mal treffen und sie jederzeit willkommen ist, wenn er demnächst Schluss macht, weil er schon die nächste am Start hat."

„Das hast du nicht...", gluckste Jessy.

„Doch das hat sie...", gluckste Vincy siegessicher zurück.

Wie ein kleiner Ruck ging durch die Runde und dann jubelten alle über den genialen Schachzug ihrer Freundin Vincy. Alina sprang auf und umarmte ihre Heldin.

„Oh mann, ich danke dir so sehr – ich hätte mir niemals so etwas Geiles ausdenken können. Ich hoffe, du hast ihm damit mal so richtig eins ausgewischt!"

„Da drauf kannst du Gift nehmen, der wird sich hier nie wieder mit 'ner Alten blicken lassen", lachte Vincy.

„Und selbst wenn, schmeiß ich ihn hochkant raus – das ist mein Lokal, da ist kein Platz mehr für Arschlöcher", kündigte Cheyenne an. Sie ging in die Bar und kam mit einem Tablett voller Shots wieder raus.

„Lasst uns anstoßen!"

Die Mädels feierten ihren Sieg über die Männer, die ihre Grenzen nicht einhielten.

♥

Einen Monat später. Wieder dieselbe Location, wieder alle Acht an Board – Weiberabend.

„So, Mädels, wie viele sind noch glücklich vergeben, wie viele brauchen endlich einen neuen Kerl?" Jessy fiel direkt mit der Tür ins Haus.

„Sagt mal, geht es bei unseren Abenden nur noch darum?", meckerte Tanja.

„Ja, das ist vielleicht nicht psychisch wertvoll, meine liebe Psychotherapeutin, aber wir total Verliebten können unsere Singlefreundinnen doch nicht einfach im Regen stehen lassen", erklärte Sandra.

„Ja, weil wir uns da nicht selbst drum kümmern können", jammerte Cheyenne sarkastisch.

„Genau das ist es", nickte Ellen. „Hattest du in den letzten vier Wochen mal ein Date?", fragte sie Cheyenne direkt.

„Nein, sie hatte in den letzten *zwölf* Wochen keins", petzte Sandra.

„Ja, weil ich einfach keine Lust habe. Ich arbeite zu viel und da ist kein Platz für einen Mann", verteidigte sie sich.

„Für Aykut wäre Platz…", neckte Vincy.

„Vincy", schimpfte Tanja, „ich wünschte mir bei dir echt etwas mehr Feingefühl, mann!"

„Ist schon okay, sie hat ja Recht", seufzte Cheyenne. „Für Aykut wäre Platz. Aber es gibt keinen Aykut mehr und aktuell will ich einfach keinen anderen Typen in meiner Nähe sehen. Punkt."

28

„Lasst sie doch in Ruhe, außerdem Vincy, du bist auch nicht besser. Seit dem du Thorsten verscheucht hast und den Typen auf der Decke an der Lahn angekaut hast, ist bei dir doch auch nix Neues mehr gekommen, oder?", diskutierte Ellen mit ihrer Freundin. Liebevoll, aber bestimmt.

Vincy grummelte. Alina beugte sich nach vorne und ergriff das Wort. „Mädels, wir sind zwar Single, aber doch nicht verzweifelt, nur weil wir mal 'ne Weile alleine sind. Unsere Zeit wird noch kommen! Tschakka!"

„Themawechsel", sang Sandra und unterbrach die hitzige Diskussion. „Ich werde heiraten!" – die Katze war aus dem Sack.

Alle Augen schossen zu Sandra und alle begannen zu jubeln. Für die Freundinnen gab es fast kein schöneres Paar als Sandra und Holger.

Cheyenne ging in die Bar und holte ein Tablett voller Shots.

„Lasst uns feiern", rief sie und alle erhoben ihr Glas zum Exen der doppelten Tequilas.

Einen Monat später. Die Location gleich, doch leider ohne Ute. Sie war mit Klaus in den Urlaub geflogen.

„Das sollte verboten werden. Unser Weiberabend ist heilig, niemand darf fehlen. Selbst mit 50 Grad Fieber wird hier angetanzt", schimpfte Ellen im Scherz und schob Tanja den üblichen Cocktail hin, den Cheyenne wie immer gebracht hatte.

„Nein, heute keinen Alkohol", Tanja schob den Cocktail zurück.

„Was? Biste krank?", fragte Vincy besorgt.

„Nein, vollkommen gesund, aber Alkohol ist nichts für Minderjährige." Die Stille am Tisch zeigte, dass alle wussten, von was sie sprach, doch ihr Gehirn konnte es nicht wirklich verarbeiten. Cheyenne war wieder die erste, die es raffte.

„Du bist schwanger? Wie cooool", nachdem sie ihre Freundin umarmt hatte, rannten auch alle anderen um den Tisch und freuten sich mit Tanja.

„Das erste Cliquenkind – wie cooool", jubelte Sandra.

„Also dürfen wir jetzt nur noch mit Wasser oder Milch anstoßen?", jammerte Jessy.

„Jessy, Tanja ist schwanger, nicht wir. *Sie* muss verzichten, nicht wir", erklärte ihr Alina lachend,

„Gottseidank, ich trink deine Ration Alkohol für dich gerne mit", gluckste Vincy und schnappte sich den Cocktail von Tanja.

Als sich alle wieder ein gekriegt hatten und das Schwangerschaftsgequatsche abgeebbt hatte, verfielen die Freundinnen urplötzlich in eine kleine Schockstarre. Außer einer. Die lächelte glücklich.

„Hi", von einem Moment auf den anderen stand nämlich ein grinsender Aykut am Tisch und begrüßte die sieben Freundinnen. Die sechs Mädels blickten von Aykut zu Cheyenne und wieder zurück. Blickten sich gegenseitig an und waren verwirrt.

Aykut ignorierte das lachend, ging zu Cheyenne, beugte sich hinunter und küsste seine Freundin.

„Ich stör' euch nicht lange, helfe Cenk im Club um die Ecke und wollte meinem Babe nur kurz Hallo sagen. Bis später", er küsste Cheyenne noch einmal und ging an den Bars vorbei um die Ecke zum besagten Club.

„Ähm…", räusperte sich Jessy.

„Du hast Geheimnisse vor uns?", beschwerte sich Tanja.

„Oh, ich freu mich soooo", sang Sandra.

„Los, wir wollen die ganze Geschichte", forderte Ellen neugierig.

30

Cheyenne erzählte ihren Freundinnen, wie es dazu gekommen war, dass sie und Aykut wieder ein Paar sind.

„Als ihr nach dem letzten Treffen alle weg wart und ich noch aufgeräumt habe, die Angestellten hatte ich alle schon nach Hause geschickt, stand Aykut plötzlich in der Bar. Mit einem Strauß Blumen. Und seiner Gitarre. Und dann hat er mir einen Liebessong gerappt, das war soo süüüsss...."

„Aaaaw", schwärmten Sandra und Alina.

„Oh Gott, wie kitschig", jammerte Vincy, Jessy stupste sie vorwurfsvoll in die Seite.

„Aykut kann singen?", lachte Ellen.

„Nein, aber rappen", klärte Alina sie auf.

„Halloooo, jetzt lasst sie doch weiter erzählen", schimpfte Tanja.

„Ja... Naja... das war echt so süß und ihr wisst ja, dass es für mich nie eine Vorstellung von einem Leben ohne Aykut gab. Ich... wir... versuchen es noch einmal miteinander und wir sind uns sicher, dass wir zusammen alt werden wollen – also geben wir uns ein Jahr auf Probe und wenn das funktioniert, werden wir nächstes Jahr auf Bali heiraten."

Die Freundinnen jubelten.

„Was ´ne Scheisse", lachte Vincy, „ich krieg Torschlusspanik bei eurer Heiraterei und Kinderkriegerei, mann!"

„Da sagste was", stimmte Alina mit ein.

„Kommt, lasst uns anstoßen, ich bin die glücklichste Frau auf der Welt und Tanja ist heute die alkoholloseste der ganzen Stadt", lachte Cheyenne und hatte bereits wieder das Tablett mit Shots organisiert.

„Ey, ich bin auch die glücklichste Frau", beschwerte sich Sandra.

„Okay, dann stoßen wir darauf an, dass wir alle glücklich sind", jubelte Cheyenne.

„Kann ich auch drauf anstoßen, dass ich die unglücklichste Singlefrau von ganz Deutschland bin?", jammerte Alina.

„Die bin ich schon", protestierte Vincy.

Einen Monat später. Andere Location, denn es war der Tag von Sandras Hochzeit. Alle waren schick gekleidet und die sieben Freundinnen unglaublich aufgeregt. Gleich würden sie Zeuginnen der Trauung ihrer besten Freundin sein. Sieben Brautjungfern, sieben bunte Frauen, die unterschiedlicher nicht sein konnten. Doch Sandra hatte es geschafft, dass alle dieselben Kleider trugen. Eigentlich hatte die Braut rosafarbene Kleider geplant, doch Vincy schaffte es mit ihrer energischen Art tatsächlich, sie von türkisblauen Kleidern zu überzeugen.

„Sandra, in rosa seh ich aus wie ein Schweinchen, das zieh ich nicht an", dieses Argument hatte wohl gewirkt.

Die sieben Freundinnen warteten vor der Kirche, dass Sandra mit dem Wagen vorfuhr, als der Bruder des Bräutigams aufgeregt aus der Kirche gerannt kam.

„Wer von euch ist Vincy?", rief er.

„Hier, die hier", riefen Jessy und Ellen gleichzeitig und zeigten auf die türkisleuchtende Inderin, die sich in einem solchen Kleid überhaupt nicht wohl fühlte.

„Jo hier, warum?", rief sie zurück.

„Das Hochzeitsauto ist stehen geblieben und Sandra meinte, du bist die einzige, die helfen kann. Sie erreichen niemanden, bis der ADAC kommt würde es zwei Stunden dauern und du kennst dich mit Oldtimern aus?", während der Bruder das herunterrasselte, sich dann Vincy genauer anschaute, wurde er stutzig. „Echt jetzt? Du bist die Rettung?"

32

„Schönen Dank auch", lachte die Dunkelhäutige laut. „Entweder ich oder niemand, Junge."

„Okay…", der Bruder war nicht ganz überzeugt. „Sandra wird wohl wissen, was sie tut, wir haben ja auch keine Wahl. Komm, ich fahr dich hin."

Während Vincy in ihrem seidenen, schicken Kleid hinter dem Bruder herrannte, um die Braut zu retten, standen die anderen sechs Freundinnen völlig überrumpelt auf derselben Stelle wie zuvor. Doch Cheyenne fand erneut einmal ihre Stimme zuerst wieder.

„Ist irgendwie noch jemandem aufgefallen, dass es zwischen den beiden mächtig gefunkt hat?"

„Aha, ja, und ob", stimme Ute zu.

„Das war kaum zu übersehen", merkte Jessy an.

„Das hat *Boom* gemacht, aber die beiden wissen glaube ich von nix", gluckste Alina. Dann ließ sie die Schultern hängen. „Toll, dann bin ich die letzte, super!"

Ute und Cheyenne nahmen Alina von links und rechts in den Arm. „Du bist nicht die letzte, du bist das *Beste* – denn das Beste kommt zum Schluss", den letzten Teil des Satzes sprachen Ute und Cheyenne im Chor.

Als Vincy von der Notfallreparatur zurückkam, sah sie aus, wie Vincy eben aussieht, wenn sie ein Auto repariert hat. Das türkisfarbene Seidenkleid war am Saum eingerissen und hatte einige schwarze Stellen.

„Warum siehst du selbst *dann* noch so gut aus, wenn du gerade ein Auto repariert und das Kleid ruiniert hast, bitte?", beschwerte sich Ellen.

„Vincy ist auch eine von denen, die zum Sport gehen und nach ´ner Stunde Power-Aerobic aussehen wie vorher, während ich reingehe wie ein gestriegeltes Pferd und rauskomme mit hochrotem Kopf und zerzausten Haaren…", fügte Jessy an.

„Patschnass geschwitzt, total fertig, stinkend und mich schämend, dass ich lebe", beendete Alina Jessy´s Satz und die Freundinnen lachten zustimmend.

33

Während der ganzen Hochzeit neckten sich Vincy und der Bruder des Bräutigams am laufenden Band. Meistens beleidigten sie sich, als könnten sie sich nicht leiden, doch die Freundinnen wussten ganz genau, dass hier was ganz Großes im Gange war.

„Das ist göttlich mit den beiden, nicht wahr?", flüsterte Tanja ihrer Sitznachbarin Ute zu.

„Absolut, da hat Amor einen besonderen Pfeil abgeschossen", kicherte Ellen von gegenüber.

Aber keiner sagte etwas zu Vincy, denn vielleicht würden sie das Spiel dann kaputt machen. Denn dann würde Vincy auf Abstand gehen – die Frauen kannten ihre Freundin zu gut.

„Wo ist eigentlich Alina?", fragte Tanja.

„Du hast recht, die habe ich schon die ganze Zeit nicht mehr gesehen", stimmte Cheyenne ihr zu.

Die Frauen blickten sich um, doch Alina war nirgends zu sehen. Vincy kam gerade von der Toilette und warf sich lachend auf ihren Stuhl.

„Mädels. Ich weiß nicht, wie ich es sagen soll, aber Alina steht an der Bar mit einem Kerl", Vincy gluckste, man wusste genau, dass das nicht alles war.

„Aber das ist doch nicht verwerflich", fragte Ute.

„Ne, eigentlich nicht...", Vincy machte eine Spannungspause. „Aber... wie soll ich das sagen... es ist der Typ, mit dem ich das Date auf der Decke hatte", Vincy konnte sich kaum halten vor Lachen.

„Der, der kaut und nicht küsst?", grölte Jessy.

„Ja, genau der", nickte Vincy kichernd.

„Oh, die Arme", Ute hatte direkt Mitleid. „Das müssen wir ihr sagen, das muss sie wissen..."

„Ute, sei nicht immer so anständig. Wir können ihr doch jetzt nicht sagen, dass der Kerl, mit dem sie da gerade total angeregt flirtet, der Kerl ist, der Vincy *angekaut* hat", Tanja prustete los, während Ellen sich schon die Tränen vor Lachen wegwischte.

34

„Oh mann, Leute, das ist doch Scheisse", Jessy fand das amüsant, aber es war im Grunde genommen auch gemein. „Da kommt sie, oh mann, sie sieht so glücklich aus. Wir müssen es ihr...", Ellen trat ihrer Freundin unter dem Tisch gegen das Bein, um sie aufzuhalten.

Alina landete fast wie eine Fee auf ihrem Stuhl, man merkte ihr an, dass sie beflügelt war.

„Ähm Alina, der Typ da...", setzte Vincy an, dieses Mal war es Ute, die Vincy gegen das Bein trat und so unbemerkt wie möglich mit dem Kopf schüttelte.

Doch Alina hob die Hand. „Ich will nichts hören, Vincy. Ich weiß, der Typ ist nicht der Hübscheste, aber ich finde ihn witzig, intelligent und..."

„Aber der Typ...", setzte Vincy noch ein weiteres Mal an, um ihre Freundin darüber zu informieren, wer der Typ denn war.

„Vincy", sang Alina vorwurfsvoll. „Geh du mit deinem neuen Spielzeug spielen und ich mit meinem, wenn ich das will. Ich will nichts hööören", sie steckte sich die Finger in die Ohren und sang „La La La".

„Mit meinem neuen *was*? Wer? Paul?", Vincy wirkte total überrascht und blickt sich fragend um.

„Was ist mit Paul?", Sandra war unbemerkt in ihrem wunderschönen wallenden Hochzeitskleid an den Tisch getreten.

„Alina behauptet, der wäre mein neues Spielzeug", erklärte Vincy verächtlich.

„Das war nicht zu übersehen, ihr zwei seid so süß...", schwärmte Sandra und meinte das wirklich ernst.

„Sind wir nicht!", protestierte Vincy. „Ihr spinnt wohl"

„Toll, da haben wir´s, jetzt geht sie wieder auf Abstand", meckerte Tanja.

„Was gehe Ich?", Vincy verstand die Welt nicht mehr.

„Komm, wir gehen tanzen", Sandra hatte bemerkt, dass hier gerade ein unangenehmes Thema aufgekommen war und munterte ihre Freundinnen auf, mit ihr das Tanzbein

35

zu schwingen. Es war ihre Hochzeit, keine ihrer Freundinnen verwehrte ihr diesen Wunsch.

Später am Abend saß die Hälfte der Frauenclique wieder an ihrem Platz, völlig außer Atem vom Tanzen, Lachen und Feiern. Keiner hatte übersehen können, dass Vincy und Paul zusammen passten wie Siamesische Zwillinge. Und sie war auch nicht wie gewöhnlich auf Abstand gegangen, wie sie es normalerweise tat, wenn ein Mann ihr näher kommen wollte.

„Vincy und Paul haben sogar zu einem romantischen Song wie ein richtiges Paar zusammen getanzt", sang Ute begeistert in die Runde.

„Jaaa, jetzt bitte, zieht mir kein Prinzessinnenkleid an, ja? Der ist einfach *nett*."

„Nett... ja ne, is klar", lachte Jessy.

„Wo ist eigentlich Alina schon wieder hin?", lenkte Vincy vom Thema ab. Die Freundinnen suchten die tanzende Meute nach ihr ab. Vergeblich.

„Da kommt sie", teilte Tanja nach einer Weile mit. Alle Blicke fokussierten sich in die Richtung, in die Tanja zeigte. Alina stampfte regelrecht auf ihren Platz zu. Sie versuchte frustriert und sauer auszusehen, doch man sah ihr an, dass sie lachen musste.

Gespannt und fragend warteten die Freundinnen auf den Grund für Alinas Laune.

„Der Typ ne...", begann sie den Satz in ähnlicher Art, wie Vincy ihn Stunden zuvor begonnen hatte. Alle waren gespannt, was jetzt käme.

„Vincy, ich weiß jetzt, was du meinst", gluckste Alina.

Ute blickte zwischen Vincy hin und her. „Ich kann dem nicht folgen, klärt ihr mich mal auf?"

„Sei doch nicht so ungeduldig", zog sie Tanja auf, doch Ellen ruckelte auf ihrem Stuhl herum. „Seid ihr doof, ich will wissen was Alina sagen will, seid still." Alle blickten weiterhin gespannt. Alina lachte.

36

„Ja, was denn", lachte Vincy, die sich schon denken konnte, was jetzt kommen würde.

„Ich weiß jetzt, was du meinst mit dem Ausdruck – *der küsst nicht, der kaut*," Alina und Vincy prusteten zeitgleich los, wenig später folgten auch die anderen, nachdem sie verstanden hatten, was dieser Satz zu bedeuten hatte.

„Du hast den Kerl geküsst? Alina!", schimpfte Ellen.

„Lass sie doch", schimpfte Jessy zurück.

„Ich schmeiß mich weg. Alina und Vincy haben denselben Typen... Achtung, jetzt kommt´s: angekaut", Cheyenne, die etwas angetrunken war, konnte sich vor Lachen kaum noch halten, dicht gefolgt von Ute, der schon die Tränen vom Glucksen die Wangen hinunter liefen.

„Das müssen wir feiern, lasst uns anstoßen", rief Cheyenne, wie gewohnt.

„Ja, aber hier ist nicht deine Bar, wo kriegen wir die Shots her", lachte Ellen.

„Hat hier jemand Tequila gerufen?", Sandra, die mittlerweile durchgeschwitzt und ziemlich fertig aussah, aber glücklich, brachte ein Tablett mit den ersehnten Shots. Und für Tanja einen Saft.

„Wisst ihr Kinder eigentlich, wie es ist, euch völlig nüchtern ertragen zu müssen?", lachte Tanja. „Furchtbar!"

Die Mädels feierten das Leben und die Liebe!

♥

Einen Monat später. Dieselbe Location wie üblich – Cheyenne´s Bar, dieselben acht Freundinnen – Weiberabend.

„Süsse, ich habe einen neuen alkfreien Cocktail für dich erfunden", sang Cheyenne, während sie, wie üblich, allen anderen ihre Lieblingscocktails servierte.

„Ich habe eine Idee für ein Spiel heute", Sandra feierte sich selbst für diesen Satz.

Alle anderen protestierten. „Neeee, lass ma´, ich hab genug davon."

„Was willste denn spielen? Bis auf Alina sind alle vergeben...", sprach Ute.

„Nanana, du bist aber schlecht informiert", zog Ellen die Älteste der Gruppe auf.

„Wie? Warum? Hab ich was verpasst?", beschwerte sich Ute, dasselbe wiederholte Vincy ebenfalls.

„Naja, ich wollt´s nicht an die große Glocke hängen, weil ich Angst hatte, ihr lacht mich aus...", Alina zog den Kopf ein und biss sich auf die Unterlippe.

Als alle ziemlich verwirrt drein blickten, lachte Ellen laut. „Sagt mal, bin ich die einzige die das weiß?"

„Was denn?", beschwerte sich Vincy. „Los, Katze aus dem Sack, was wissen wir nicht?"

Cheyenne zog Alina ungeduldig am Ärmel. „Sag uns sofort, was Ellen weiß. Das darf nicht nur die Ellen sein, die das weiß", sie imitierte die Stimme eines Kindes.

Tanja stieg in das kindliche Getue mit ein. „Das ist voll gemein, dass es nur die Ellen weiß, jetzt sag es schon."

„Ähm... naja... der Typ von der Hochzeit..."

„Nein!", rief Vincy und saß mit offener Kinnlade da.

„Der Kauer?", frotzelte Jessy.

„Ja, der Kauer", lachte Alina. „Er heißt im Übrigen Richi, also Richard. Jetzt seid nicht so gemein. Küssen kann man lernen und mittlerweile küsst er richtig gut."

„Ich glaub mir wird schlecht...", Vincy machte Würgegeräusche.

„Vincy", schimpfte Ute.

„Is doch wahr... jetzt is meine Freundin mit einem Kerl zusammen, den ich geküsst habe..."

„Gekaut", frotzelte Jessy amüsiert.

„Jessy", schimpfte Ute. Sie fand es nicht in Ordnung, dass man Alina lächerlich machte.

38

„Ist okay Ute, ich find das doch selbst total lustig. Also Vincy, ich habe lange darüber nachgedacht und ja, auch ich fand das total doof, weil er der Kerl ist, der deine Grenzen überschritten hat und der nicht küssen konnte und so… und deshalb habe ich ihn echt auf Distanz gehalten. Aber irgendwie wollte das Universum, dass wir zusammen kommen – wir sind uns immer und immer wieder über den Weg gelaufen und er hat sich wirklich Mühe gegeben. Wir haben darüber geredet, wie das damals mit dir war und er will sich auch bei dir entschuldigen…"

„Baaah, ich will das nicht. Du kannst ja mit dem zusammen sein und ich will das damals einfach vergessen. Der soll ich sich ja nicht entschuldigen, dann muss ich mich dran erinnern, dass er mich angekau… ähm geküsst hat", Vincy lachte und gab Alina einen High Five als Zeichen, dass zwischen ihnen alles okay war.

„Oh Mann, das muss ich erstmal verarbeiten", Sandra schüttelte mit dem Kopf. „Meine Hochzeit, zwei Paare, krasser Schnitt."

„Das müssen wir feiern", sang Cheyenne und lief los für eine übliche Ladung Shots.

All das begann mit einer SMS einer jeden der Acht an einen Exfreund… und gibt zu denken, dass alte Liebe manchmal doch nicht rostet und Rituale, wie ein Weiberabend, niemals aussterben sollte.

Die Wege des Universums sind manchmal auch ein Spiel von Wahrheit oder Pflicht und *wer nicht wagt, der nicht gewinnt.*

Diese Story geht an die verrückten Mädels 2013
Diese Aktion gab es nämlich wirklich, zumindest
bis zu einem gewissen Punkt...
Ich bekam damals die Antwort-SMS,
die Alina von *Jochen* erhalten hat,
aber mehr hatte ich mit Alina nicht gemeinsam.
Den Weiberabend gibt es leider nicht mehr.

ICH BIN SICHER NICHT
DER HÜBSCHESTE *Mann* HIER,
DAFÜR KANN ICH
ABER *auch* NICHT KOCHEN.

1,98M, BLOND, GRÜNE AUGEN,
Naturbauch UND
EIN SEHR GROSSES HERZ.

♥

STEPHAN, 48 BEI TINDER

KAPITEL ZWEI

Nimm zwei

"Mensch, ist das toll, dich endlich wiederzusehen", Jenny umarmte ihre Freundin so fest sie nur konnte.

„Hey, mach mich nicht kaputt, sonst seh ich auf der Betriebsfeier gleich voll verknautscht aus", lachte Jenny, während sie Hajra allerdings ebenso feste drückte. Die beiden hatten sich monatelang nicht gesehen. Die dunkelhaarige Hajra, die fast einen ganzen Kopf kleiner war, als die blonde Jenny, hatte mit den zwei Kindern und ihrem Mann in ihrer Elternzeit mehr Termine, als Jenny mit ihrem Job und sämtlichen Hobbies. Es war fast unmöglich, die junge Mutter mal spontan zu treffen.

„Mann bin ich froh, endlich mal Ablenkung vom Mamadasein zu kriegen und raus zu kommen. Müssen wir direkt los?" Hajra strich sich ihr kurzes Kleid glatt, während sie nervös auf ihren sehr hohen Schuhen versuchte, gerade stehen zu bleiben.

„Du bist aber dünn geworden, Süße, und das Kleid sieht toll aus. Und ja, wir sollten direkt los, ich muss noch beim Aufbau der Deko und der Orga von den Spielen helfen." Jenny schnappte sich ihre Tasche und schob Hajra Richtung Haustür.

„Ich bin doch nicht dünn! Ey, schieb nicht so, ich bin doch nur noch gewohnt in Turnschuhen zu laufen, das mit den Stöckelschuhen hätte ich vorher vielleicht mal üben sollen." Die Freundinnen lachten und brabbelten aufgeregt über den neuesten Klatsch und Tratsch in der Firma. Seit Hajra in die Elternzeit gestartet war, war es für Jenny nicht mehr dasselbe.

„Ich hoffe, die Zeit, bis du zurück kommst, vergeht schnell. Mann, ein Jahr noch, was soll ich nur ohne dich tun?"

Hajra zwinkerte ihr zu. „Wer weiß, ob ich überhaupt zurückkommen kann, die Stelle ist ja jetzt besetzt – und wer weiß, ob du dann überhaupt noch da bist."

Jenny zuckte mit den Schultern: „Das weiß man nie."

„Vielleicht ziehst du ja zu Oli? Und suchst dir da 'nen Job", spielte Hajra auf Jennys Freund an.

Die Blondine zuckte erneut mit den Schultern: „Also ich weiß ja nicht, Mainz gefällt mir jetzt ehrlich gesagt nicht so toll, ich möchte lieber hier bleiben, hier gefällt's mir."

„Wie läuft's denn eigentlich bei euch beiden jetzt so?", harkte Hajra nach. Jenny begann zu grinsen.

„Total gut. Nachdem wir ja ziemlich holprig gestartet waren und er nicht aus dem Quark kam, ob er eine Beziehung will, läuft es echt gut. Ich mein, die Fernbeziehung nervt schon ganzschön und Oli arbeitet echt viel, da sehen wir uns manchmal eher nur stundenweise. Nicht mal ein ganzes Wochenende ist drin. Das ist ätzend, weil ich mich tierisch freue, wenn er mal Samstag und Sonntag frei hat, dabei ahne ich schon, dass er dann letztendlich doch einen der beiden Tage arbeiten muss. Meistens erfahre ich das erst am Freitag davor."

„Aber das ist doch auch komisch, oder? Hat der nicht mal mindestens einmal im Monat ein Wochenende komplett frei?" Hajra dachte an ihren Mann. Sie war heilfroh, dass sie nicht mehr wie Jenny in den Anfangsschuhen einer Beziehung steckte. Hajra war mit Chris nun schon über sechs Jahre verheiratet und sie wohnten zusammen mit den Kindern in einem großen Haus. „Auch wenn ich mir manchmal wünschte, Chris und ich würden uns mal weniger sehen, bin ich doch froh, dass wir das jeden Tag

43

können", hängte sie lachend an ihre Fragen an, bevor Jenny antwortete.

„Klar is das komisch und als ich ihm am Anfang nicht so vertraut habe, haben Freunde gemeint, dass er bestimmt eine Tussi auf der Arbeit sitzen hat, mit der er was hat. Weil er da so viel Zeit verbringt und oft sogar freiwillig arbeitet. Der will ständig mehr Geld verdienen und Stunden aufbauen für mehr Freizeit..." Die Freundinnen lachten gleichzeitig, weil sie dasselbe dachten: „Freizeit aufbauen die er dann *wann* nimmt? Nie?"

Eigentlich war es für Jenny nicht zum Lachen. Die Situation, dass über 100 km zwischen ihr und Oli lagen und dass er so wenig Zeit hatte, machten ihr schon schwer zu schaffen. Oft fühlte sie sich vernachlässigt und fand, dass ihm sein Job und andere Dinge wichtiger waren, als sie zu sehen. Das war nicht einfach zu ertragen und nagte an ihrem Selbstwertgefühl.

„Hey Michel, du bist ja schon da", begrüßten sie den jungen Kollegen, als sie an der Location angekommen waren, die er für die Betriebsfeier ausgesucht hatte. Ein cooler und exklusiver Burgerladen direkt am Rhein. Eine riesengroße Glasfront zog sich um den Gastronomiebetrieb, welcher sich an einer Ecke der langen Meile von anderen Restaurants und Bars befand. Die Einrichtung war stilvoll und modern, die Beleuchtung war einladend und teilweise mit Neonfragmenten ausgeleuchtet. Die Außenterrasse war überdacht und man hatte Heizstrahler aufgestellt, falls es in der Nacht kühler werden würde.

„Wir haben ja echt Glück mit dem Wetter. Gestern hat´s geregnet und im Gegensatz zu den letzten Wochen, wo es knalleheiß war, sind es teilweise die Tage nur 16 Grad gewesen", begrüßte Michel seine Kolleginnen. Die Kellner kamen mit einem Tablett voller Sektgläser zum Empfang, Jenny nahm sich direkt zwei: „Immerhin muss ich dank Hajra ja heute nicht fahren", grinste sie begeistert.

44

„Kann mir mal jemand sagen, was die für Putzmittel verwenden?", Hajra schien total begeistert.

„Man merkt, dass du 'ne Vollblut-Hausfrau bist. Warum fragst du?", Michel stellte die Frage, die Jenny auf den Lippen hatte.

„Weil, kuck doch mal, die Fensterfront, so sauber, dass man aufpassen muss, dass man die Stelle erwischt, wo sich die Türöffnung befindet", die Hausfrau und Mutter war ganz in ihrem Element.

Michel und Jenny wechselten einen verständnislosen Blick. Sie konnten die Begeisterung nicht teilen. Für beide war nur wichtig, dass das Essen schmeckte und genug Alkohol floss.

In der nächsten Stunde bauten sie die Deko auf, wiesen den DJ ein und bereiteten die kurzen Spiele vor, die die etwa hundert Kollegen untereinander etwas auflockern sollten. Dann trudelte einer nach dem Anderen ein. Jenny hatte mit Hajra ihren Spaß dabei, jeden einzeln zu begrüßen und seine Platznummer ziehen zu lassen. Wenn man die Leute dazu zwang, sich endlich von ihren Grüppchen zu lösen, würden sich viele untereinander besser kennen lernen. Während Jenny die Ankömmlinge aus ihrem Topf mit den Nummern ziehen ließ, verteilte Hajra Blankozettel mit dem Hinweis, dort eine Eigenschaft oder ein Hobby über sich drauf zu schreiben, ohne Namen zu nennen. Später würden diese Geheimnisse in einen Topf geworfen, jeder musste einen Zettel ziehen und durch Fragen an alle möglichen Kollegen herausfinden, wer dieses Geheimnis geschrieben hatte. Das könnte witzig werden und würde die Kommunikation antreiben.

„Ich hoffe, da schreibt niemand was Versautes drauf, so wie: *Ich hab mal innem Porno mitgespielt!*" Die Mädels prusteten vor Lachen.

„Warum nicht? Immerhin hatten wir auch schon eine lesbische Mitarbeiterin, die in der Glotze bei Frauentausch gezeigt wurde und dort einen Dildoabend vorgeführt hat." Erneut prusteten die Freundinnen.

45

„Ist das euer Ernst?", zwängte sich ein männlicher Kollege neugierig zwischen Jenny und Hajra. „Das stimmt nicht, oder?"

„Hey Mirko! Und ob, das ist echt passiert!" Hajra begrüßte den Kollegen freudestrahlend. Jenny blickte Mirko neugierig an. Es war das erste Mal, dass er so offen auf sie zugegangen war. Sie kannte ihn nur als eher zurückhaltend ober-cool und er wirkte auf sie meistens eine Spur zu arrogant. Jenny hatte ihn noch nicht oft getroffen, denn die anderen Filialen besuchte sie selten – meistens telefonierte sie nur mit den Filialleitern. Mirko war ihr allerdings schon ein paar Mal aufgefallen, wenn sie sich zufällig im *Mutterschiff* trafen. So nannten alle Kollegen die Hauptverwaltung, in der die Geschäftsleitung saß, wo auch Jenny ihr Büro hatte. Die Mitarbeiter der Filialen hielten dort regelmäßige Meetings und Workshops ab. Mirko war nun mal auch kein unscheinbarer Typ. Dieser Kerl war über und über tätowiert, trug Tunnel in den Ohren, ein Piercing in der Unterlippe, strubbelige Haare und einen gestutzten Vollbart – sein Style war ein Gemisch aus Punkrocker und Rockabilly. Jenny hätte diese Mixtur nicht genau zuordnen können und es war ihr zu blöd, mal nachzufragen, was sein Styling darstellen sollte. Immerhin hatten sie und Mirko noch keine fünf Worte miteinander gewechselt. Sie wurde aus ihrer kurzen Überlegung gerissen, als die nächsten neuen Gäste ankamen, sie sich einfach von Mirko abwandte und weglief, um weitere Platznummern zu vergeben.

Nach einer weiteren Stunde waren fast alle Gäste eingetroffen und die Spielutensilien verteilt. Jenny hatte bereits das fünfte Glas Sekt in der Hand und versuchte sich ihre leichte Dusseligkeit vor der Geschäftsleitung nicht anmerken zu lassen, wenn sie mal in deren Nähe stand.

Die Chefs eröffneten das Buffet, nachdem sie eine kurze und witzige Rede gehalten hatten. Die Stimmung war locker und lustig, der Abend würde ein voller Erfolg werden. Die beiden Freundinnen hatten natürlich auch blind ihre Platznummern gezogen und saßen leider nicht am selben Tisch – gleiche Spielregeln für alle, da hatten sie nicht mogeln wollen.

Jenny hatte mehr Glück als Hajra. Die Mutter saß an einem Tisch mit einigen älteren Frauen und einem Teil der Geschäftsleitung – da war Benehmen angesagt und gehobene Konversation. Jenny hingegen saß an *Tisch vier* mit einigen ihrer Lieblingskollegen und von einem anderen Platz rief jemand spaßig, dass das doch Betrug wäre – alle acht von Tisch vier würden sich ja gut kennen. Doch daran ändern konnte niemand etwas und das war auch gut so. Jenny hatte so viel Spaß wie lange nicht mehr auf einer Betriebsfeier. Bei den vorangegangenen Festen hatte sie noch niemanden so richtig gekannt. Mittlerweile fühlte sie sich besser integriert, sie mochte viele Kollegen und die mochten auch sie.

„Ich hätte gerne einen Spätburgunder", Jenny bestellte einen Rotwein zum Essen. Als dieser erst lange später und nach mehrfachem Nachfragen geliefert wurde, machte sich der gesamte Tisch vier darüber lustig.

„Spätburgunder kommt halt spät, das hättest du vorher wissen müssen." Die Meute grölte.

„Es ist auch viel zu früh für einen späten Burgunder", witzelte ein anderer. Jenny nippte am Glas und verzog das Gesicht. „Und schmecken tut er auch nicht."

Ein Kollege kam von einem anderen Tisch und stellte ihr ein Radler hin. „Jetzt trinken wir beide Mal was Richtiges, Prost!" Jenny bemerkte, dass sie aufpassen musste, nicht zu viel durcheinander zu trinken, trank das Bier aber dennoch.

Nach dem Essen setzte sich auch Hajra an Tisch vier – an dem mittlerweile nicht mehr nur acht, sondern zwölf Personen saßen und sich köstlich amüsierten. Dieser Tisch war wie die Rauchergruppe, die man immer draußen vor einer Tür fand – die Lustigsten eben.

Während des ganzen Abends fühlte Jenny, dass Mirko sie beobachtete. Er saß zwei Tische weiter, mit dem Gesicht zu ihr gewandt. Es war nicht unangenehm, wenn es sie auch etwas verwirrte. Sie konnte es nicht einordnen und wollte es auch gar nicht wirklich. In dem Moment klingelte ihr Handy, ihr Freund Oli hatte eine WhatsApp geschickt.

Hey Hase, wie läuft's?

Gut Spatzl, der Abend läuft rund, alle amüsieren sich, ich hab Spaß und schon ganz schön die Lampe an.

Aha.

Jenny grinste. *Aha* – schrieb Oli immer, wenn er genervt war und nicht begeistert davon, dass sie ihm auch noch auf die Nase band, dass sie betrunken war. Sie schickte ihm noch einen Kussmilie und steckte das Handy wieder weg. *Sollte er sich ruhig mal Gedanken machen...*

Oli und Jenny waren nun seit einigen Monaten zusammen. Wenn man Oli fragte, redete er von etwa vier Monaten, während es für Jenny bereits acht waren. Oli hatte sich die Hälfte der Zeit davor gedrückt, sich verbindlich für eine Beziehung zu entscheiden. Jedes Mal, wenn Jenny es beenden wollte, weil ihr das zu blöd war, kam er an und bat noch um Bedenkzeit. Jenny hatte sich oft gefragt, warum sie das tat, aber irgendwie mochte sie Oli sehr. Auch wenn alles mit ihm etwas schwierig war, machte er sie dennoch an manchen Tagen sehr glücklich. Er ging mit ihrer Eifersucht sehr souverän und sehr geduldig um. Jenny fiel es nicht leicht, Vertrauen aufzubauen, weil sie von ihren Exfreunden oft betrogen worden war und das hatte sie von Mal zu Mal mehr zerbrochen. Oli hatte ihr nie einen Grund für Mistrauen gegeben, doch durch Jennys Eifersucht sah sie in jedem Nichtmelden oder in jeder anderen Frau, mit der er Kontakt hatte, einen Grund um auszuflippen. Deshalb suchte sie die Schuld nicht nur bei Oli, dass er sich nicht für eine Beziehung entscheiden konnte – immerhin hatte sie ihm das Leben mit ihren Ausrastern auch nicht leicht gemacht.

Was Jenny zu viel hatte, hatte Oli allerdings zu wenig. Niemals sei er je eifersüchtig gewesen, das würde er gar nicht kennen und er fand, dass Eifersucht etwas Unnormales sei. Jenny hatte ihm ja auch nie Grund dafür gegeben, sie war sehr ehrlich und offen, Oli eher verschlossen und Vieles musste sie ihm aus der Nase ziehen.

Jenny war in den ganzen acht Monaten erst zweimal alleine ausgegangen und jedes Mal war Oli ganz komisch geworden. Immer hatte er einen Streit provoziert, an dem Tag wenn sie weggehen wollte – oder sich nur mit einer Freundin traf. Erst nach dem zweiten Mal war ihr das überhaupt erst aufgefallen. Deshalb nahm sie ihn jetzt, beim dritten Mal, gar nicht mehr so ernst, wenn er sauer war oder zickig. Sie wusste, er meinte es nicht böse und er würde sich auch wieder beruhigen. Er wollte nur immer wissen mit wem und wo sie war, dann war am nächsten Tag sein Groll wieder verflogen. *Von wegen, er ist nicht eifersüchtig!*

Einige Kolleginnen begannen zu 90er-Jahre-Musik zu tanzen. Die Meute von Tisch vier amüsierte sich, als die Frauen einen Kreis machten, sich ständig gegenseitig anlachten und blödelnde Gesten vollzogen.

„Das ist irgendwie nix für mich, kann der DJ nicht mal was Modernes spielen", murmelte Hajra ihrer Kollegin und Freundin ins Ohr.

„Ja, hab´ ich mir auch gerade gedacht", die Mädels waren mal wieder einer Meinung. Jenny dachte traurig daran, dass sie nun schon ein Jahr ohne ihre Freundin im Büro saß und auch noch ein weiteres Jahr warten musste. Da

49

trat die Personalleiterin an den Tisch und sprach Hajra direkt an.

„Hajra, wir müssen demnächst mal ein Personalgespräch führen. Sie wissen ja, ihre Stelle ist jetzt neu besetzt und wir haben ein Problem, sie wieder auf diese Stelle zurück zu holen. Ich weiß nicht, ob wir noch einen Platz für Sie haben werden." Jenny beobachtete, wie Hajra die Tränen in die Augen schossen, während sie versuchte cool zu bleiben.

„Ja, natürlich Frau Rabenhorst, ich melde mich demnächst." Die Personalleiterin verließ den Tisch wieder, nachdem sie gespielt mitleidig Hajras Arm getätschelt hatte. Jenny blickte ihre Freundin mit verzogenen Mundwinkeln an. „Was muss die das jetzt heute Abend auf der Betriebsfeier sagen? Du hast ein Anrecht auf deinen Job."

„Kannst du dir eine Klage leisten? Ich nicht." Hajra klang gar nicht mehr so gut gelaunt, wie zuvor. Es dauerte nicht lange und die junge Mutter beschloss nach Hause zu fahren. Jenny konnte es ihr nicht verübeln. Hatte sie doch gerade nicht durch die Blume, sondern mit einem Zaunpfahl mitgeteilt bekommen, dass es für sie in der Firma wahrscheinlich gar keinen Platz mehr geben würde. Jenny drückte ihre Freundin zum Abschied lange.

„Soll ich dich noch zum Parkhaus bringen?"

Hajra winkte ab. „Lass mal, ich kann Mukitu, ich mach die Verbrecher alle mit Links platt."

„Mukitu? Was is′n das?", fragte Mirko. Jenny hatte gar nicht bemerkt, dass er an den Tisch gekommen war.

„Na, Mutter-Kind-Turnen – Mu Ki Tu." Hajra lachte, auch wenn Jenny wusste, dass es ihr gerade bestimmt nicht zum Lachen zumute war. Die Mutter verabschiedete sich auch nicht von der Geschäftsleitung, darauf hatte sie jetzt keine Lust mehr, die Laune war ihr vergangen. Jenny blickte der Kollegin und Freundin traurig hinterher.

„He, kuck nicht so traurig. Komm mit zu unseren Leuten von der Filiale. Wenn dich deine Freundin einfach alleine

50

stehen lässt, muss ich dich eben retten!" Mirko zog sie, ohne auf Antwort zu warten, mit zum Tisch einiger anderer Kollegen, die ihr direkt einen Gin Tonic vor die Nase hielten.

„Was soll´s, saufen wir heute durcheinander!", prostete Jenny allen Kollegen begeistert zu. Sie war nicht die einzige, die bereits etwas mehr getrunken hatte, die Runde schien feucht fröhlich.

Aus dem Augenwinkel sah Jenny, wie eine Kollegin mit eiligem Schritt auf die Eingangstür zu rannte, als müsste sie sehr dringend aufs Klo.

„Na, die muss bestimmt kotzen", lachte Mirko, wonach sich alle anderen ebenfalls zur rennenden Kollegin drehten. Was dann geschah, konnte man kaum in Worte fassen. Es tat einen riesigen Schlag, als die junge Frau mit voller Wucht gegen die Fensterfront krachte, da sie die Tür um einen Meter verfehlt hatte. Die schlanke Mittdreißigerin flog durch den heftigen Rückschlag zurück und landete direkt auf dem Hinterteil und vor der Geschäftsleitung. Alle zogen besorgt die Luft ein, doch das Mädel stand peinlich berührt auf und rannte sofort wieder los – dieses Mal durch die richtige Öffnung.

„Als hätte es Hajra schon geahnt", rief Michel zu Jenny.

„Naja, jetzt isses nicht mehr frisch geputzt", lachte sie zurück und zeigte auf die MakeUp-Spuren auf dem Glas, gegen das die Kollegin gedonnert war. Man konnte die Abdrücke ihres kompletten Gesichtes sehen.

Jenny hatte bei dem ganzen Geschehen den Moment genutzt und Mirko möglichst unauffällig beobachtet. Zumindest war ihr aufgefallen, dass er sie immer noch nicht aus den Augen ließ. Allerdings redete er kein Wort mit ihr und hatte sich in einigem Abstand zu ihr hingestellt.

„Hey du, ich hab dich bei Facebook gefunden, darf ich dich anklicken? Willst du meine Freundin sein?", sprach die argentinische Kollegin Caro gespielt kindisch, während sie sich dicht und mit Dackelblick neben Jenny stellte.

51

„Klar, darfst du, aber ich nehm´ nur besondere Kollegen an – Facebook is´ mein Privatleben und ich will nicht, dass Hinz und Kunz alles weiß, was ich tippe", zwinkerte Jenny ihr zu und hatte das Ganze mit etwas theatralischem Unterton untermalt.

„Klar, is´ Ehrensache, ich seh das genauso – aber mit dir wäre ich halt gerne auf Facebook befreundet", grinste Caro und gluckste, als wäre es das Aufregendste der Welt.

„Ätsch, ich bin schon lange Jennys Facebookfreund", schaltete sich Hennes, der neben Mirko stand, ins Gespräch mit ein.

„Ihr redet zu viel, hier, trinkt!" Ein älterer Kollege versorgte die Gruppe mit neuem Gin Tonic, bevor Jenny den ersten überhaupt leer getrunken hatte. Sie brauchte nicht lange und kippte den letzten Schluck in einem Rutsch runter.

„Jaaa, betrink dich, Jenny, vielleicht fängst du dann endlich was mit mir an", baggerte Hennes, machte einen Schritt auf sie zu und legte ihr einen Arm um die Schultern. Er hatte in den letzten zwei Jahren schon oft Anspielungen gemacht, dass er Jenny gerne näher kommen würde. Das war auch nicht schlimm, denn er machte das immer auf eine witzige und nicht ganz ernst gemeinte Art und Weise.

„Hennes, du weißt doch: vergebene Männer sind tabu!" Jenny schüttelte den Arm von Hennes von ihren Schultern. „Pech, mein Lieber!"

„Aber ich bin Single", schaltete sich Mirko ein und grinste Jenny erwartungsvoll an. Jenny wurde rot, hob jedoch eine Augenbraue vor Skepsis, denn man munkelte, dass er mit einer ehemaligen Kollegin zusammen sei.

„Ach, ich hab´ da was ganz anderes gehört!"

„Ach, was denn?", fragte er herausfordernd.

„Na, dass Du mit Sabrina zusammen bist", konterte Jenny.

„*War*, die Betonung liegt auf *war*. Sie hat die Firma verlassen und gleichzeitig hat sie mich verlassen, also bin

52

ich Single!" Mirko blickte Jenny wieder neugierig an, als wollte er testen, wie sie reagieren würde.

Bevor sie etwas erwidern konnte, kam ihr Hennes zuvor: „Pech für dich mein Lieber, denn die heißbegehrte Jenny ist vergeben." Mirko rollte direkt die Augen und zuckte mit den Schultern. „Tzja, dann hat sich das ja wohl erledigt." Der punkige, im schummrigen Neonlicht noch besser aussehende Typ drehte sich weg.

Jenny stellte verwirrt fest, dass sie sich darüber ärgerte. Sie war sauer auf Hennes, weil er ihren Beziehungsstatus verraten hatte und sie ärgerte sich über sich selbst, dass sie sich darüber ärgerte eine Beziehung zu haben. Diese Gedanken flitzten so schnell durch ihren Kopf, dass ihr ganz schummrig wurde und sie sofort ein schlechtes Gewissen wegen Oli hatte.

„Leute, der Gin Tonic is´ alle, was ein Saftladen. Wir müssen auf Rum-Cola oder Jägermeister-Cola umsteigen." Der ältere Kollege schien sehr um aller Wohl besorgt. Er verteilte die Gläser und Jenny war sich nicht sicher, welches von den beiden Ekelgetränken sie jetzt gerade erwischt hatte. „Bah, ich will das nicht, gibt´s nicht noch was anderes?"

„Hier, Redbull-Wodka! Besser?" Da war er wieder – Mirko - und stellte sich an ihre Seite. Jenny wurde nicht nervös, aber ganz kalt ließ sie seine Nähe auch nicht. *Ein bisschen schäkern kann ja nichts schaden,* sie hatte ja nicht vor fremd zu gehen. Sie griff nach dem gelbschimmernden Glas mit Redbull-Wodka und stellte den Cola Mix auf den Stehtisch vor sich.

„Wenn du hier schon Facebookfreunde sammelst, will ich auch dazu gehören." Mirko blickte sie gespielt flehend an und zeigte ihr, dass er sie gerade bei Facebook geaddet hatte. „Da, jetzt hast du meine Freundschaftsanfrage, wehe du nimmst nicht an!" *Mirko hat ein grandioses Lächeln.* Da er sonst immer so ernst oder arrogant wirkte, war ihr das bisher nie aufgefallen. Seine Stimme war warm und ruhig, seine braunen Augen so treu wie... *Alter, was tue ich da gerade, Jenny, reiß dich gefälligst zusammen!* Schimpfte sie mit sich selber und ließ Mirko einfach ohne eine Antwort stehen, um auf Toilette zu gehen. Im Spiegel stellte sie fest, dass sie nur noch ziemlich verschwommen und nicht mehr klar sehen konnte. Sie kicherte, als sie hörte, dass im Klo nebenan ein Paar soeben Sex hatte. Zu gerne hätte sie gewusst, welche Kollegen sich da gefunden hatten. Jenny dachte kurz daran auf die Kloschüssel zu steigen, um über die Wand zu blicken, aber in ihrem Zustand würde sie sicherlich ins Klo abrutschen. Einen Moment lang erwischte sie sich sogar dabei, wie sie versuchte, anhand des Stöhnens auf gewisse Kollegen schließen zu können. Doch dann kam sie sich vor wie eine Stalkerin und beschloss, die Szene lieber schnell zu verlassen. Mit diesem amüsanten Zwischenfall im Kopf, von dem sie zum Schutz des Liebespaares allerdings niemandem erzählen würde, ging Jenny zurück zur Gruppe. Erst jetzt fiel ihr auf, dass bereits viele Kollegen gegangen waren.

„Hey, kommste mit, wir wollen noch in die City", fragte Hennes.

„Eigentlich bin ich gerade etwas müde und könnte noch den letzten Bus nach Hause erreichen...", wandte Jenny ein, doch prompt hielt ihr Mirko ein neues Glas Redbull-Wodka vor die Nase: *„Nich´ schnacken, Kopf in´ Nacken*, sagen die Norddeutschen immer. Ich find den Spruch doof, aber jetzt gerade solltest du dich daran halten", zwinkerte Mirko ihr zu.

„Sie geht mit", sprach er an Hennes gewandt, ohne auf Jennys Entscheidung zu warten. Jenny blickte ihn gespielt vorwurfsvoll an: „Hey, seit wann sagst *du* mir, was ich tue und was nicht?"

„Seit heute!", teilte ihr Mirko überzeugt mit und zog sie hinter der Gruppe her, die bereits in Richtung City torkelte. Das neue Glas mit dem Gesöff, welches ihr Mirko gegeben hatte, stellte sie im Vorbeigehen auf einen der Tische. Sie hatte den Vorgänger schon nicht leer getrunken.

54

Die älteren Kollegen hatten den Weg vorgegeben, der Rest watschelte hinterher. Sie zielten auf eine Kaschemme zu, in der Ballermann Musik lief. Jenny stöhnte. „Och nöö, verfolgt mich so ein Scheiss denn immer wieder? Ich dachte, ihr seht cool aus und wir gehen in einen coolen Laden, aber doch nicht hier rein…"

Die Kollegen zogen sie mit, die anderen weiblichen Kolleginnen protestierten ebenfalls, wurden jedoch genau wie Jenny hinein geschoben, ohne Widerworte zu akzeptieren.

„Nein, hier bleiben wir nicht", tönte Hennes nach gefühlten zehn Sekunden entschlossen.

„Danke, das wollte ich auch grad sagen", schloss sich Mirko an. Jenny war erleichtert: „Na Gott sei Dank, lasst uns direkt wieder gehen."

Auf dem Weg nach draußen verloren sie die älteren Kollegen und Kolleginnen, was auch nicht schlimm war – die passten wie perfekt in dieses *Ballermann Flair*. Nun waren sie nur noch zu sechst – Mirko, Hennes, Jenny, Caro und zwei Mädels von anderen Filialen, die viel betrunkener waren, als Jenny und Caro zusammen. Mirko ging vor und der Rest folgte ihm, wohin auch immer sein Ziel sein sollte. Er ging vorne ganz alleine, die anderen Mädels hatten sich bei Hennes eingehakt. Er war einfach ein Macho, auf den die Mädels standen und er machte keinen Hehl daraus, dass ihm das gefiel. Jenny hatte schon mitbekommen, dass er zwar in einer langjährigen Beziehung war, dass ihn das aber nicht störte und auch nicht davon abhielt, sich zwischendurch Affären zu gönnen. Hennes hatte mal erzählt, dass seine Freundin das ebenfalls tat und sie so was wie eine *offene Beziehung* führten. Jenny konnte sich so was gar nicht vorstellen und wollte das auch gar nicht. Einen Augenblick lang lief sie in der Mitte der Truppe. Sie traute sich nicht, sich Mirko zu nähern. Sie hatte keine Gefühle für ihn, aber er schien sie nervös zu machen und seine leicht arrogante, eher verschlossene Art machte Jenny neugierig. Ihn so alleine

55

vorne laufen lassen, wollte sie jedoch auch nicht und ging schneller, um ihn einzuholen.

„Hey, biste auf der Flucht?" Jenny steckte ihre Hände in die Hosentaschen, fast hätte sie sich bei ihm eingehakt, wie sie es bei *normalen* Freunden getan hätte. Bei Kumpels. Aber sie wollte mit Mirko keinen näheren Körperkontakt als notwendig.

„Ne, aber die Weiber da hinten sind etwas *zu* betrunken und keine Sorge – Hennes schafft sie alle", lachte Mirko, während er Jenny von der Seite genau beobachtete.

„Weißt du, was mir da drin gerade total auf den Sack ging?", fragte Mirko.

„Die Musik?", lachte Jenny.

„Nein!", sprach Mirko weiter und er war dabei ziemlich ernst. „Wie die Kerle dich angegafft haben. Wie ein billiges Flittchen, noch zwei Minuten länger und ich hätte jeden von denen umgehauen."

Jenny war irritiert. „Ich sehe aus wie ein billiges Flittchen?", forderte sie ihn heraus.

„Nein, im Gegenteil - aber die haben dich so angeglotzt und das ging mir gegen den Strich."

Jenny wusste nicht, was sie darauf erwidern sollte. Warum sollte Mirko sie derart verteidigen und warum regte er sich überhaupt so darüber auf? Sie konnte es nicht zuordnen und der Alkohol plus Frischluft ließen ihre Gedanken sowieso nicht zur Ordnung kommen. Mirkos Laune änderte sich wieder.

„Sag mal, Hennes hat mir eben erzählt, dass wir im selben Stadtteil wohnen? Wie cool, das wusste ich ja gar nicht. Du wohnst unten am Berg, oder?" Jenny nickte.

„Ich wohn oben am Berg!", erklärte er.

„Das wusste ich auch nicht, warum haben wir uns noch nie gesehen? Wie witzig", freute sich Jenny.

„Lass uns doch demnächst zusammen auf das Rockfestival in der Stadthalle gehen, hast du Lust?"

Jennys Herz klopfte plötzlich. Sie wusste, dass sie sich darüber freute und sie hatte große Lust mit Mirko auf

56

diesen Event zu gehen. Allerdings wusste sie auch, dass sie das eigentlich gar nicht durfte... *oder wollen dürfte... oder könnte... oder sollte...* Jenny war zu betrunken, um klar zu wissen, was sie wollte oder nicht.

„Coooole Idee, lass uns zusammen aufs Rockfest gehen", stimmte sie, ohne weiter zu überlegen, zu.

„Cool", grinste Mirko und hielt Jenny die Tür von einem etwas schäbigen Metal-Laden in der City auf, den Jenny noch nie zuvor betreten hatte.

Die Kolleginnen rannten alle gleichzeitig erstmal aufs Klo und kicherten vor sich hin. Das Gesprächsthema war Hennes. Caro legte einen Arm um Jennys Schultern.

„Hey Süße, ich lass den besoffenen Weibern mal den Vortritt bei Hennes, das is´ mir zu viel Kampf. Ich such mir hier einfach ´nen abgefuckten Rocker", Caro gluckste beim Lachen, sie war definitiv auch nicht nüchterner als die anderen Kolleginnen. „Aber weißt du was, du und Mirko seid ein tolles Paar. Läuft da was?"

„NEIN! Spinnst du? Ich bin in einer Beziehung!", rief Jenny viel lauter aus, als geplant.

„Oh, is´ ja gut, das sah halt so aus, wusste ich ja nicht", Caro warf theatralisch die Hände in die Luft. „Ich kenn ja deinen Freund nich´, aber ich finde trotzdem, dass du und Mirko ein viel tolleres Paar wärt." Sie verließ das Klo mit einem weiteren lauten Glucksen und Jenny schüttelte lachend den Kopf. Ja, Mirko gefiel ihr, aber sie liebte Oli. Und nach heute Abend würde sie Mirko ja nicht unbedingt noch mal wieder sehen. Wer weiß, ob er sich nach dem Suff am nächsten Morgen noch an das geplante Rockfestival-Date erinnern könnte.

„Lass mal, das zahl ich!" Mirko drückte Jennys Hand mit dem Geldbeutel herunter, als sie zahlen wollte. Er übernahm ihre Getränke. Jenny schluckte. *Das macht Oli nie...*

„Danke", blickte sie Mirko strahlend an.

„Selbstverständlich, so was macht ein Gentleman bei einer coolen Frau", erwiderte ihr Kollege.

57

Warum nur muss Mirko so ein cooler Typ sein und das besser machen, als Oli? Ihr Freund war nicht einfach, er war sehr geizig und jedes Mal, wenn es ums Bezahlen ging, drückte sich Oli davor. Jenny war immer diejenige, die ihren Geldbeutel schon draußen hatte, wenn der Kellner kam oder sie an der Kasse standen, um zu bezahlen. Manchmal hatte sie aus Gewohnheit bezahlt und dachte, Oli würde sich einschalten und sagen: „Ne, lass mal, das mach ich!" – aber das tat er nie. Wenn der Kellner nach dem Essen fragte: „Getrennt oder zusammen?", war es Jenny, die antwortete: „Getrennt." Das störte sie maßlos. Sie hatte sogar schon provokant darauf gewartet, ob Oli die Antwort geben würde – aber das tat er einfach nicht. Manchmal war sie kurz davor zu sagen: „Zusammen, Oli du zahlst!", nur um herauszufinden, wie er reagieren würde. Aber Jenny war wie blockiert in solchen Momenten, weil sie so etwas noch nie erlebt hatte. Zumindest und vor allem nicht in einer Beziehung.

„Wie kommst du nach Hause", unterbrach Mirko ihre Gedanken. Sie blickte sich um und bemerkte, dass die Mädels und Hennes schon am Gehen waren.

„Ich weiß es noch gar nicht, ich nehm´ mir wohl ein Taxi?", Jenny zuckte mit den Schultern.

„Nene, kommt gar nicht in Frage. Die Freundin von Hennes holt uns ab und da is noch Platz im Auto." Jenny konnte sich ein erfreutes Grinnsen kaum verkneifen. *Gott, der soll aufhören so unsagbar nett zu sein…*

Jenny fand es makaber, dass Hennes mit all den Weibern flirtete und dann eine Freundin hatte, die ihn mitten in der Nacht brav nach Hause holte. Aber das war sein Problem. Und das seiner Freundin. Jenny mischte sich nicht gerne in die Angelegenheiten von anderen ein.

Sie war heilfroh, dass Mirko ihr diese Mitfahrgelegenheit organisiert hatte, denn ein Taxi hätte, für sie alleine, locker 25 Euro gekostet. Die Freundin von Hennes sah nicht sehr begeistert aus, dass sie noch alle nach Hause fahren musste. Sie redete kein Wort und Hennes verhielt sich plötzlich völlig anders, als vorher – still, brav und verschwiegen. So kannte sie ihn gar nicht.

„Jetzt weiß ich wenigstens, wo du wohnst!", strahlte Mirko und zwinkerte Jenny verschwörerisch zu.

„Ohje, jetzt hab ich Angst", lachte sie und warf die Autotür zu. Sie winkte der kleiner gewordenen Gruppe im Auto noch kurz zu und ging direkt ins Bett. Dort merkte sie die Menge des Alkohols am drehenden Karussell ihres Gehirns. Dennoch schlief sie irgendwann problemlos ein.

Am nächsten Morgen, als sie aufwachte, war das Karussell noch schlimmer geworden. Ihr Kopf dröhnte und das nicht nur vom Alkohol, sondern auch davon, dass sie die ganze Nacht geträumt hatte – von Mirko.

„Das muss aufhören!", versuchte sie sich selbst zu befehlen, aber jedes Wort tat ihrem Kopf noch mehr weh. Sie konnte nicht mal aufstehen. *Das war wohl definitiv zu viel Alkohol gewesen.*

Jenny versuchte noch etwas zu schlafen, doch das funktionierte nicht. Sie war durcheinander von der Träumerei von Mirko und ihr schlechtes Gewissen gegenüber Oli wurde noch schlimmer, als sie auf ihr Handy blickte und bereits eine Gutenmorgen-Nachricht von ihm auf dem Handy las.

Guten Morgen mein Schatz,
gut geschlafen? Wie war´s
gestern noch?

Jenny ließ das Handy sinken, ohne zu antworten und starrte an die Decke. Zumindest versuchte sie es, aber die Zimmerdecke drehte sich.

Erst zwei Stunden später verzog sich der Drehwurm langsam und sie konnte aufstehen. *Kaffee, ich brauch ´nen Kaffee...* Doch selbst das Zähneputzen gestaltete sich schmerzhaft, jede Berührung ihrer Zähne verursachte

59

ein scharfes Pochen hinter ihrer Stirn. *Nie wieder, nie wieder trinke ich so viel Alkohol!*

Doch sie wusste genau, das hatte sie sich schon so oft geschworen – wer tat das nicht, nach so einem Kater. Allerdings vergaß man so was einige Zeit später leider wieder, um dann erneut mit einem Suffkopp aufzuwachen – ein Teufelskreis und ein Fehler, aus dem man nie wirklich lernte.

> Guten Morgen Sweety, ich hab nen Megakater. Es war cool gestern, ich hab nur zu viel getrunken – mein Kopf dröhnt wie als wenn einer mit nem Hammer drauf rumhaut.

Tzja, Strafe muss sein. Was trinkste denn auch so viel? Haste dich daneben benommen? Muss ich mir Sorgen machen?

> Natürlich nicht, ich hatte noch volle Kontrolle. Hab gar nicht gemerkt, dass es sooo viel war.

Wann kannst Du wieder Auto fahren? Du kommst doch heute zu mir, oder?

> Na klar, lass mich mal nen Kaffee trinken und was essen, ich denke so gegen 13 Uhr fahre ich dann los.

Cool, das passt.

Jenny freute sich darauf, heute zu Oli zu fahren. Sie musste Mirko vergessen, das war nur eine Schwärmerei im Suff gewesen und nichts Ernstes. Das Wochenende mit ihrem Freund würde sie wieder zur Vernunft bringen.

„Haben dich gestern Kerle angebaggert?", fragte Oli, kurz nachdem sie bei ihm angekommen war.

„Klar, wie immer", lachte sie, „aber ich hab sie alle abgewimmelt!"

„Besser so, sonst müsste ich sie nämlich alle umbringen", witzelte Oli.

Jenny küsste ihren Freund auf die Wange. Es war schön, dass er sich Sorgen machte und etwas Eifersucht zeigte. Das war nicht immer so gewesen, er hatte meist eine Scheiss-Egal-Haltung gezeigt und erzählt, er wäre noch nie eifersüchtig gewesen – in keiner seiner Beziehungen. In einem Streit hatte ihm Jenny genau das an den Kopf geworfen: „Weißt du, wenn du deiner Freundin nie zeigst, dass sie dir wichtig ist, dann fühlt man sich ungeliebt – und ich will ja nix sagen, aber frag dich mal, warum dir deine Freundinnen fremd gegangen sind!"

Danach hatte er nichts mehr geantwortet.

Sie wusste, dass das gemein klang, aber sie hatte das selbst erlebt – sie hatte so viel durchgehen lassen in ihren vergangenen Beziehungen, hatte ihrem Freund Freiraum gegeben und ihm vertraut – natürlich war sie eifersüchtig gewesen, aber eher im Verborgenen und hatte es nie so gezeigt. Einer ihrer Exfreunde hatte ihr dann, nachdem Schluss war, genau das an den Kopf geworfen: „Anfangs wollte ich dich nur eifersüchtig machen, aber du hast nie reagiert und da hab ich mir gedacht, dir ist eh alles egal und ich kann machen was ich will."

Das hatte sie zum Nachdenken gebracht. Auch wenn sie fand, dass man so etwas vorher sagen musste, dass einen das stört und nicht erst, wenn die Beziehung schon im Arsch ist und man sich eine andere gesucht hatte, um sie eifersüchtig zu machen. Seit dem zeigte Jenny lieber immer genau das, was sie fühlte und sagte es auch.

Nun war es mit Oli genau anders herum. Als sie sich damals nach dem Streit und ihrer gemeinen Aussage aussprachen, hatte Oli ihr fast dasselbe gesagt, wie sie selbst es in der Vergangenheit getan hatte: „Ich wollte dir

61

nicht so zeigen, dass du mir so wichtig bist – nur nicht zu viel Gefühl zeigen, um nicht verletzt zu werden. Die anderen Frauen haben sich nie darüber beschwert."

Was für eine Logik. *Männer eben.*

Von Mirko erzählte sie Oli natürlich nichts.

„Du brauchst niemanden umbringen", lachte Jenny, „wir waren nach der Feier mit ein paar Kolleginnen und Kollegen in der City unterwegs und wir Frauen waren in der Überzahl."

Das beruhigte Oli und er stellte keine weiteren Fragen. Das Wochenende war wunderschön und die beiden hatten viel Spaß. Oli war ein unternehmungslustiger, witziger Typ, Jenny genoss jeden Moment mit ihm und verschwendete keinen Gedanken mehr an Mirko.

Bis dieser am Montagmorgen im Büro anrief. Jenny griff sich das klingelnde Telefon und meldete sich mit ihrem Namen und der Firma, wie immer.

„Hi, hier is′ Mirko!" Jenny wäre fast der Hörer aus der Hand gefallen. Er hatte sie bisher noch nie im Büro angerufen.

„Äh hi… Mirko, hier is′ Jenny", brabbelte sie völlig nervös.

„Ja, das weiß ich", lachte er, was Jenny nur noch nervöser machte. Sie wollte nicht, dass er überhaupt merkte, dass er sie verunsicherte, aber das klappte gerade nicht so gut. „Warum gehst du ans Telefon in der Buchhaltung? Ist Jolanta nicht da?"

Jenny klatschte sich mit der Hand vor die Stirn. Fast hatte sie sich gefreut, dass Mirko *sie* anrief, als er sie daran erinnerte, dass sie das Telefon ihrer Kollegin Jolanta übernommen hatte, weil die in einem Meeting saß.

„Äh…", stammelte Jenny wieder. „Ja, die ist nicht da, musst du in einer halben Stunde noch mal anrufen."

„Okay, mach ich. Tschüss", erwiderte Mirko freundlich und legte direkt auf. Jenny war enttäuscht. *Ich sollte froh sein, dass er nicht wegen mir angerufen hat... ich bin*

62

vielleicht bescheuert... schimpfte sie mit sich selbst. Wie um ihr schlechtes Gewissen wieder zu beruhigen, tippte sie ihrem Freund eine WhatsApp, dass sie ihn vermissen würde.

Echt? Aber wir haben uns doch gestern erst gesehen.

Jenny starrte enttäuscht auf ihr Handy. Das war typisch Oli – gefühllos abweisend. Sie wusste manchmal nicht, ob er sie wirklich so gerne hatte wie sie ihn. Sie fühlte sich ungeliebt – von beiden Männern. *Toll, der eine behandelt mich abweisend, der andere will nichts von mir. Was eine Scheiße...* Jenny zog die Stirn kraus. *Warum mache ich mir überhaupt so Gedanken um Mirko?*

Einige Tage später hatte sie sich mit ihrem Frust abgefunden. Von Mirko hörte Jenny rein gar nichts mehr, sie vermisste Oli und wünschte sich so sehr, dass er endlich beschließen würde, zu ihr zu ziehen. So eine Fernbeziehung war einfach totale Scheisse. Aber auch er würde seinen Job und seine Gegend nicht so einfach aufgeben, dessen war sie sich sicher. Ihre Enttäuschung steigerte sich, als Oli ihr gemeinsames Wochenende absagte, weil er arbeiten müsste.

„Was ein Scheissleben, was eine Scheissbeziehung...", fluchte Jenny. Sie verabredete sich Freitagabend mit ihrer Freundin Hajra, um nicht das ganze Wochenende alleine zuhause zu hocken. Die Mutter würde zwar wegen der Kinder nicht weggehen können, aber sie zu besuchen, wäre sicher lustig. Sie könnten quatschen, Jenny konnte ihr ihre Problemchen erzählen, sie würden rosafarbenen Sekt trinken (den gab es bei Hajra irgendwie immer) und wenn der Mann von Hajra nicht da war, würden sie zusammen einige *Zigarettchen* rauchen. Hajra durfte nicht *offiziell* rauchen, Chris würde ausrasten – aber so tat sie es eben heimlich.

„Das gibt einem so ein bisschen den Kick, jung zu sein und sich vor den Eltern zu verstecken", gluckste Hajra vergnügt.

„Also, ich würde mir von meinem Mann garnix verbieten lassen", war Jennys Meinung dazu.

„Sei mir nicht böse, Süße, aber deswegen *hast* du auch keinen", frotzelte Hajra und lachte sich über ihren Spruch fast kaputt. Jenny lachte mit, denn sie wusste, dass Hajra das nicht so meinte, wie es klang. *Aber hat sie vielleicht Recht?*

Jenny wurde plötzlich ernster, weil ihr ihre Probleme mit Oli und die Schwärmerei für Mirko einfielen.

„Ach Hajra. Ich liebe Oli, bin aber mit ihm nicht wirklich glücklich. Ich schwärme für Mirko und träum sogar von ihm und dabei hat der überhaupt kein Interesse an mir. Ich verrenn mich da in Phantasien, dadurch hab ich ein schlechtes Gewissen gegenüber Oli...", brabbelte sie fast ohne Punkt und Komma. Hajra unterbrach sie.

„Mein Gott – du und dein schlechtes Gewissen. Erstens weiß Oli doch garnix von Mirko, zweitens - ein bisschen Schwärmerei für einen anderen hat doch jeder", Hajra zwinkerte geheimnisvoll, „und sei doch froh, dass Mirko kein Interesse hat – was für ein Desaster wäre das erst, *wenn* er das hätte!"

Da musste Jenny ihrer Freundin zustimmen.

Es war Freitagabend und Oli hatte eigentlich bereits seit 14 Uhr Schluss. Es war ungewöhnlich, dass er sich nicht bei Jenny meldete. Ständig blickte sie auf ihr Telefon, er hatte ihre Nachricht von 14 Uhr noch gar nicht gelesen, mittlerweile war es fast 19 Uhr.

„Was glotzt du denn ständig auf dein Handy? Du sollst die Zeit mit mir genießen", tat Hajra gespielt beleidigt.

„Komisch, Oli hat sich noch überhaupt nicht gemeldet, das macht er sonst *immer*, wenn er Feierabend hat und meine Nachricht hat er auch nicht gelesen..."

64

„Ruf ihn doch an, vielleicht ist er eingeschlafen nach der Arbeit?", schlug Hajra vor. Was Jenny auch sofort versuchte, doch es klingelte durch. Jennys Herz klopfte.

„Machst Du Dir Gedanken?", fragte Hajra.

„Ja klar, das hat er noch nie gemacht!" Jenny war beunruhigt. Sie musste an all die weiblichen Bekanntschaften denken, mit denen Oli Kontakt hatte und die ihr ein Dorn im Auge waren. Sie kannte keine von ihnen und Oli erzählte ihr immer nur sporadisch etwas von der einen oder anderen. Manchmal traf er sich sogar mit einer von ihnen zum Kaffeetrinken und erzählte es Jenny erst ein paar Tage später, so ganz nebenbei, als wenn er es aus Versehen ausgeplaudert hätte. Jenny hatte dann immer das Gefühl, dass er es ihr gar nicht hatte erzählen wollen und wenn sie nachhakte, gab er ihr keine ausreichende Antwort. Meistens lenkte er das Gespräch absichtlich auf ein anderes Thema.

„Süße, das zeigt aber immerhin, dass du dir Gedanken machst und er dir nicht egal ist." Hajra lag damit zwar richtig, aber besser fühlte sich Jenny bei der Sache dennoch nicht.

Erst um 20 Uhr meldete sich Oli lediglich mit einer kurzen Nachricht. Er wäre bei einem Kumpel gewesen und hätte dort keinen Empfang gehabt.

Bei welchem Kumpel?

Jennys direkte Frage zeigte ihr Misstrauen, denn ihre Gefühle fuhren Achterbahn vor Eifersucht.

Kennst du nicht. Und du bist bei dieser Hajra.
Die kenn ich ja auch nicht.

Olis Antwort war eine Spur zu schroff, was Jenny noch unruhiger machte. Sie legte das Handy weg und wollte ihm nicht noch weiter schreiben. Sie war frustriert, dass er so hart und unnahbar reagierte. Sie fühlte sich von ihm bestraft dafür, dass sie bei einer Freundin war.

Jenny übernachtete bei Hajra, die in der Pampa wohnte. Die Autofahrt zurück in die Stadt führte einen durch Wälder, das war nachts einfach zu gruselig. Nach ein paar Gläsern Sekt war es sowieso besser, nicht mehr zu fahren. Oli hatte noch ein paar Nachrichten geschrieben, doch sie antwortete einfach nicht. Sie wollte es ihm heimzahlen, dasselbe tun, was er getan hatte – sie einfach ein paar Stunden sitzen lassen.

„Findest du das nicht kindisch?", fragte Hajra am nächsten Morgen.

„Mag sein, aber es kotzt mich einfach an, dass er manchmal einfach sein Ding durchzieht und mich im Nebel stehen lässt."

„Heißt das nicht *im Regen stehen lässt?"*, lachte Hajra und Jenny musste ebenfalls lachen.

„Ja, kann sein." Sie schrieb Oli einen Gutenmorgengruß, damit er nicht ganz so sauer wurde, und erklärte, dass sie und Hajra früh schlafen gegangen waren. Er war sicher bereits wieder an der Arbeit.

Auf dem Nachhauseweg an diesem Samstagmorgen fuhr Jenny in einen Supermarkt, um noch ein paar Sachen fürs Wochenende einzukaufen. Jemand rempelte ihren Wagen mit dem seinen an und Jenny wollte diesen Jemand mit genervtem Blick strafen. Es war Mirko.

„Hey, bring mich nicht gleich um", lachte ihr Kollege. Jenny fühlte, wie sie rot wurde.

„Oh hi, was machst du denn hier?", fragte sie nervös.

„Hm, lass mich überlegen… ist hier ein Fitnessstudio und ich trainiere? Nein… ein Fußballstadion ist das auch nicht… oder wechsele ich bei den Einkaufswagen die Winterreifen?" Jenny boxte ihm freundschaftlich gegen den Oberarm. „Hey, verarschen kann ich mich selber."

66

„Naja, wenn du so seltsam fragst, was man in einem Einkaufsladen macht, dann muss ich auch seltsam antworten", Mirko zwinkerte ihr zu.

Dieses Zwinkern ist der Hammer, stellte Jenny fest. Dann wusste sie nicht mehr, was sie noch hätte sagen sollen. Ihr Kopf war wie leer gefegt.

„Was machst du heute Abend?", fragte Mirko direkt.

„Ich? Garnix bisher, warum?"

„Na, wir hatten doch ausgemacht, dass wir zusammen aufs Rockfestival gehen und das ist heute Abend. Hab mich schon geärgert, dass ich dich nicht nach deiner Handynummer gefragt habe und hab sie auch nicht rausgekriegt. Deine Kolleginnen nehmen den Datenschutz echt ernst und du warst heute Nachmittag schon weg. Das ist voll der gute Zufall, dass ich dich hier treffe."

Sofort schlug Jennys Herz bis zum Hals. Sie wusste, dass sie sich eigentlich nicht mit Mirko treffen sollte, aber was war denn schon dabei, mit einem Kollegen – und vielleicht noch anderen – auf ein Festival zu gehen. Immerhin hatte Oli ja keine Zeit und musste arbeiten.

„Oh cool, klar, da komm ich mit!" Jenny fühlte, dass es ein Fehler sein könnte, aber sie versuchte dieses Gewissensding einfach abzuschütteln.

Um halb acht würde Mirko sie abholen. Die Schreiberei mit Oli war an diesem Tag sehr spärlich verlaufen. Jenny fühlte sich nicht gut, wenn sie an Oli und Mirko dachte. Und sie wurde das Gefühl nicht los, dass mit Oli irgendwas nicht stimmte; sie hatte Angst, dass er sich mit irgendeiner anderen Frau getroffen hatte.

Vielleicht muss er gar nicht arbeiten... Diese Erkenntnis ließ bei Jenny Übelkeit aufkommen. Ihr ungutes Gefühl wurde nur noch schlimmer. Sie hätte heulen können. Und den Mut, Oli danach zu fragen, hatte sie auch nicht. So etwas über WhatsApp zu klären war immer schwierig, Oli machte dann immer sofort zu und blockte ab. Wenn sie sich persönlich sahen, konnte sie mit ihm besser über alles reden, was sie belastete oder welche Gedanken ihr durch den Kopf gingen.

Wer weiß, vielleicht trifft er sich mit einer anderen Frau – ich gehe ja auch mit einem anderen Mann aufs Rockfest, und da ist ja auch nichts dabei... versuchte sich Jenny zu beruhigen, was jedoch nur ansatzweise klappte. Was stärker wurde, war der Wille, mit Mirko auszugehen. *Wenn sich Oli mit anderen trifft und mir nichts davon erzählt, kann ich das ja wohl auch!*

Trotzig stylte sie sich besonders hübsch und war gespannt, wie der Abend verlaufen würde.

Als Mirko klingelte, wurde Jenny nervös und zweifelte schon wieder an ihrer Entscheidung. Sie würde Oli davon lieber nichts erzählen und sie hatte noch nie Geheimnisse vor ihm gehabt.

Scheiss drauf, sehen wir mal was kommt. Selbst schuld, wenn Oli immer so viel arbeitet.

Jenny öffnete die Tür und Mirkos Augen funkelten, als er sie ansah. Tief vom Bauch herauf schoss ein Feuer in ihr Gesicht, dass sie nicht kannte. Fast hätte sie „Puh" ausgerufen, um der Energie Luft zu verschaffen, doch Mirko kam ihr mit dem ersten Wort zuvor.

„Wow", schoss es aus ihm heraus. „Gut siehst du aus, ganz anders als der Work-Look."

„Danke", Jennys Blick senkte sich verlegen, Mirko machte einen Schritt auf sie zu und begrüßte sie mit einem gehauchten, freundschaftlichen Kuss auf die Wange.

Gott, dieses Gefühl hat mir Oli noch nie gegeben... Himmel, er hat mir auch noch nie so ein Kompliment gemacht, eigentlich hat er mir noch nie... Jenny, reiß dich zusammen!

„Okay, können wir los?", völlig überfordert von der Situation versuchte Jenny sich wieder unter Kontrolle zu bekommen und ging an Mirko vorbei zu seinem Wagen, er folgte ihr und die beiden sprachen im Auto kein Wort.

Das Festival war proppenvoll. Als Mirko und Jenny ankamen, mussten sie noch eine Weile in der Schlange vor dem Eingang stehen. Jenny war nervös, sie wusste gar nicht richtig, was sie mit Mirko reden sollte, doch der quasselte lustig vor sich hin und lockerte damit auch Jenny auf. Plötzlich stellte er eine Frage, bei der ihr lieber gewesen wäre, Mirko hätte dieses Thema nicht erwähnt.

„Sag mal, stimmt das, dass du einen Freund hast?"

Jenny hatte einen Kloß im Hals. Einen kurzen Moment überlegte sie, ihn anzulügen und Oli zu verleugnen. Aber das brachte sie nicht über´s Herz. Weder Mirko noch Oli gegenüber wäre das fair.

„Ja, das stimmt."

„Hm... aber du triffst dich auch mit anderen? So wie Hennes und seine Freundin? Die haben ja auch eine offene Beziehung." Mirko zeigte Interesse, keinerlei Abneigung, eher Neugier.

„Nein, eigentlich treffe ich mich nicht mit anderen. Und nee, von so offenen Beziehungen halte ich nichts."

„Aha... aber warum gehst du dann mit mir weg? Weiß dein Freund, dass du mit einem anderen unterwegs bist?" Jenny fühlte sich ertappt und ausgequetscht, allerdings war es besser, gleich von Anfang an einige Dinge klar zu stellen statt ein Geheimnis draus zu machen.

„Hm... nein, er weiß es nicht. Er muss das ganze Wochenende arbeiten und warum sollte ich dann nicht mit einem Kollegen, den ich ganz nett finde, auf ein Festival gehen?" Jenny versuchte locker zu klingen.

„Soo, du findest mich also nur *ganz nett.*" Mirko blickte sie etwas enttäuscht an, Jenny war sich nicht sicher, ob er das spaßig meinte oder sie sich das nur einbildete.

„Jaaa, wir kennen uns ja kaum", zwinkerte sie ihn an.

„Da haste auch wieder recht, dann müssen wir uns richtig kennen lernen, denn *ganz nett* lass ich nicht gelten!" Mirko stupste sie in die Seite, so dass Jenny quieken musste. Sie war sehr kitzelig. Ihr Kollege lachte sich über ihre Reaktion kaputt.

Die Schlange lichtete sich endlich weiter und sie gingen durch die Eingangsschleuse. Das Licht im Vorraum war schummrig, es hingen alte, zerfetzte und auch neue Konzertplakate an allen Wänden. Eine lange Theke zog sich von vorne bis hinten durch, an der T-Shirts und CDs, Aufkleber und andere Artikel der Bands verkauft wurden. Mirko steuerte direkt auf einen der Typen hinter der Theke zu, sie begrüßten sich mit einem Handschlag, er schien ihn wohl zu kennen. Jenny dackelte hinterher. Sie kannte bestimmt nicht viele, da sie erst vor wenigen Jahren hierher gezogen war und sich nicht in das *Dorfleben* integriert hatte. Sie war außerdem beruhigt, dass niemand hier ihren Freund Oli kannte und das war gut so. Wieder traf sie die Erkenntnis, dass auch *sie* niemanden in Olis Gegend kannte und er dort auch mit Frauen weggehen konnte, ohne dass Jenny je davon erfahren würde. Wenn Oli sagte, er fuhr zu einem Kumpel, könnte ja sonst wer dahinter stecken und Jenny kannte weder die Freundinnen von Oli noch irgendeinen Kumpel. Er hatte sie nie irgendwem vorgestellt. Ihr Trotz wurde noch größer und sie würde den Abend mit Mirko in vollen Zügen genießen.

„Jenny, das ist Robby, Robby, das ist Jenny. Eine *ganz nette* Kollegin", Mirko zog sie mit ihrem eigenen Satz auf. Ihr gefiel, dass Mirko sie vorstellte und so ging es noch bei vielen anderen Leuten. Mirko schien die halbe Halle zu kennen. *Er ist so voll das Gegenteil von Oli. Und das ist schlimm, weil es gefällt mir so...* Jenny vermisste Oli in diesem Moment, wie schön wäre es doch, wenn er mit dabei wäre. Sie wäre gar nicht in dieser misslichen Lage, mit einem anderen Kerl, den sie viel zu interessant fand, auszugehen. Mirko reichte ihr ein Bier, das er wohl gerade geholt hatte.

Die anderen Besucher waren ein wildes Gemisch aus *normalen Leuten*, Rockern, Punks, Emos und was es da noch alles so an Richtungen gab. Mirko passte hier voll rein, Jenny eher weniger. Sie hörte zwar auch rockige

Musik, kannte sich aber mit den Bands überhaupt nicht aus. Diese Welt hier war irgendwie dreckig, aber cool, abgefuckt, aber interessant. Sie bewegte sich hinter Mirko her, als wäre sie ferngesteuert. Er schien wohl alle Bekannten und Freunde begrüßen zu wollen und bei allen wurde Jenny vorgestellt. Auch das kannte sie von Oli überhaupt nicht.

Jetzt hör doch mal auf ständig alles mit Oli zu vergleichen, schimpfte sie mit sich selbst. Sie versuchte Mirko nur als einen netten Kollegen zu sehen, mit dem sie einen rockigen Abend verbrachte. Doch das ging nicht so einfach. Und es wurde noch schwerer, als Mirko sie an der Hand nahm und sie hinter sich herzog. Kalt und heiß lief es Jenny den Rücken hinunter.

Scheisse fühlt sich das gut an, überhaupt nicht verkehrt. Einfach nur gut... Jenny genoss dieses Händchenhalten sehr, auch wenn sie versuchte, dem keine Bedeutung zu geben. Es war einfach brechend voll und Mirko zog sie in die Halle.

„Ich will dich nicht verlieren in dem Gewühl und du kuckst überall rum, statt hinter mir her, zack sind wir getrennt und das wäre bitter", Mirko zwinkerte und grinste sie an.

„Jaaaa, schon okeeeeee.", lachte Jenny schreiend zurück. In der Halle war es so laut, dass sie sich ärgerte, keine Ohrstöpsel mitgenommen zu haben. Die waren in ihrer SchickiMicki-Tasche, die hatte sie heute zu Hause gelassen. *Mist.*

„Hier, ich hab dir ein paar Ohrstöpsel mitgebracht, die solltest du tragen, sonst werd´ ich noch gekündigt, weil du taub geworden bist und nicht mehr arbeiten gehen kannst."

Jenny himmelte Mirko an. *Scheisskerl, warum bist Du nur so scheisse perfekt?*

Sie war froh, als sie sich die Schaumstoffpropfen in die Ohren gepfriemelt hatte. Dieses Gefühl, wenn die zusammengedrückten Dinger sich im Ohr entfalteten und dann der Krach total dumpf wurde, war irre.

71

Ein Gefühl und Gedanke von „Huch, ich werde taub" und „Oh wie entspannend".

Von da an musste Mirko bei jedem Wort, das sie miteinander sprachen, näher kommen. Dennoch war das Verständnis der Sätze nicht immer ganz gewährleistet. Jenny versuchte, durch einen Mix aus Lippenlesen und Hören zu verstehen, was Mirko zwischendurch erzählte. Meistens erklärte er ihr die Bands, die auf der Bühne standen. Wie cool der Bassist oder der Schlagzeuger wäre, oder dass er diesen oder jenen kannte. Der Kerl schien einfach alle zu kennen. Das erste Mal seit langem, kam sich Jenny nicht mehr fremd vor. Sie fühlte sich zugehörig, akzeptiert und wahrgenommen – von Mirko. Dieses Gefühl gab ihr Oli zwar auch, aber egal, wo sie hingingen, nirgendwo kannten sie Leute – weder Oli noch sie hatten viele Freunde, mit denen sie etwas unternahmen. Bei sich selbst verstand das Jenny, denn sie war von weit her in diesen Ort gezogen, alle Freunde waren ja dort, wo sie herkam. Doch Oli war in seinem Wohnort aufgewachsen, da war es schon seltsam, dass er ihr nie Freunde vorstellte.

In einem der Momente, in denen Mirko ihr etwas ins Ohr schreien wollte, drehte sich Jenny just in diesem Augenblick ihm zu, um von seinen Lippen abzulesen und fast hätte Mirko sie aus Versehen geküsst. Für einen Sekundenbruchteil blieben die zwei Nasenspitzen voreinander stehen, die Blicke trafen sich. Einen Moment, eine Sekunde noch, dann hätte Mirko sie vielleicht tatsächlich geküsst, doch Jenny senkte den Blick und drehte ihm ihr Ohr zu. Sie versuchte, den Moment zu ignorieren, in dem es so stark geknistert hatte, dass sie sich fast darüber ärgerte, dass Mirko nicht eine Sekunde schneller gewesen war und sie einfach geküsst hatte.

Viel darüber grübeln konnte sie aber nicht. Denn entweder zog Mirko sie wieder irgendwo hin oder versuchte, ihr irgendetwas mitzuteilen – meistens

72

vergeblich, weil Jenny einfach überfordert von Krach, Musik, Ohrenstöpseln und Lippenlesen war – oder weil sie von tanzenden, durchlaufenden oder hüpfenden Menschen angerempelt wurden. So sehr sie das mit Mirko auch genoss, nach drei Stunden ging ihr das ziemlich auf den Keks – zu laut, zu wild, ständig liefen sie irgendwo hin.

„Mirko, ich muss mal raus, brauch 'ne Pause", schrie sie ihren Kollegen an.

„Ja okay, ich komm mit", schrie Mirko zurück.

Im Vorraum war es wenigstens etwas ruhiger, noch etwas weiter draußen im Raucherbereich war es total angenehm. Es hatte auch seinen kleinen Vorteil, wenn man Raucher war – diese kurze Ruhe.

„Gefällt's dir, oder eher nicht?", fragte Mirko interessiert, während er Jennys Zigarette anzündete.

„Ja, total. Voll coole Bands und interessante Menschen hier. Aber diese Schreierei beim Quatschen kann ich nich' mehr lange, hab total Halsweh!" Jenny krächzte absichtlich deutlich, nicht dass sie rüber käme wie eine zickende Heulsuse.

„Geht mir genauso. Wenn du willst können wir noch 'ne Weile aushalten oder auch gehen, wie Du magst. Ich muss nicht unbedingt hier bleiben. Wir holen uns einen Sixpack und setzten uns auf 'nen Berg oder so." Mirko zwinkerte wieder und lachte.

Scheisskerl, mit seinem Scheisszwinkern. Jenny versuchte sich im Schimpfen auf Mirko, damit sie nicht noch weiter begann, ihn immer toller zu finden. Denn das tat sie irgendwie mit jedem Moment, wie er da an seiner Zigarette zog und mit ihr schäkerte. Sein Verständnis und Vorschlag, dass sie gehen könnten, imponierten ihr sehr. Er zeigte, dass sie ihm wichtig war.

„Sixpack und Berg gefällt mir gut. Lass uns gehen, wenn es dir nix ausmacht."

„Sonst hätte ich es nicht vorgeschlagen und ich hab Bock mit dir zu quatschen, das geht ja bei dem Krach da drinnen gar nicht."

Die beiden quälten sich durch die Menschenmassen wieder nach draußen, fuhren an die Tankstelle, Mirko kaufte einen Sixpack und steuerte dann gezielt auf eine Anhöhe zu, von der man einen grandiosen Blick auf die Stadt hatte.

„Wow, den Platz hier kenn ich gar nicht."

„Ist ja auch *mein* spezieller eigener privater Privatplatz", blinzelte der dunkelhaarige Typ wieder mit seinen dunklen Augen, während Jenny eine Haarsträhne in ihren Fingern drehte, bis es am Haaransatz fast wehtat. Sie war nervös, wie ständig bei Mirko, und fummelte in ihren Haaren, weil sie gar nicht wusste, wohin mit ihren Fingern.

„So, jetzt erzähl doch mal von deinem Freund. Ist das was Ernstes? Seid ihr schon lange zusammen? Bist du glücklich? Das glaub ich nämlich nicht, sonst wärst du ja nicht mit einem *netten* Kollegen unterwegs, der nicht nur Single ist, sondern dich auch mehr als nett findet..."

Da, er zwinkert schon wieder. Jenny versuchte cool zu bleiben. „Also, wenn du alle Fragen selbst beantwortest, brauch ich ja nix mehr sagen", feixte sie.

„Okay, ich bin still und stell´ immer nur eine Frage." Mirko reichte ihr ein Bier.

Jenny blickte gedankenverloren auf die Stadt. Es war dunkel, aber warm draußen. Die Sterne glitzerten, die Lichter der City zauberten eine romantische Stimmung über die gesamte Umgebung. Selbst die Autobahn war kaum zu hören, einige Grillen zirpten und machten die Romantik damit komplett.

„Also... wir sind jetzt ein paar Monate zusammen und eigentlich ist es was Ernstes..."

„Eigentlich... da haben wir das Wort, dass es *eigentlich* gar nicht gibt..."

„Jaaa, ich weiß ja!" Jenny boxte zur Strafe gegen seinen Oberschenkel. „Ich weiß nicht, ob ich dir davon erzählen oder was ich sagen soll."

„Bist du glücklich?", bohrte Mirko weiter.

74

Jenny starrte in die Nacht. Sie konnte ihm keine klare Antwort geben, denn sie war sich da nicht so sicher.

„Du bist es nicht, denn sonst würdest du strahlen, wenn du von ihm erzählst und du wärst nicht hier, wenn du mit ihm glücklich wärst." Jenny schwieg weiterhin. Mirko hatte Recht, sie hätte heulen können.

„Jenny, ich erwarte nichts, weißt du. Aber ich will, dass du weißt, dass ich dich echt interessant finde und es ist mir egal, dass du ´nen Kerl hast. Der Typ interessiert mich nicht die Bohne und auch nicht, dass du eine Beziehung hast. Ich seh´ das mal ganz cool – du bist nicht glücklich, er scheint kein so toller Typ zu sein, wenn er so eine tolle Frau wie dich nicht glücklich macht und es ist nur eine Frage der Zeit, bis du die Nase von ihm voll hast." Mirko grinste. Seine Überheblichkeit war einerseits interessant, andererseits fand Jenny diese Worte auch ziemlich arrogant.

„Ach, und du glaubst, dass du mich glücklich machen könntest?", fragte Jenny herausfordernd. „Du kennst mich doch noch gar nicht, ich kenn dich kaum, kurz: wir kennen uns noch überhaupt nicht richtig."

Mirko nippte an seinem Bier und starrte ebenfalls in die Nacht. „Aber wir können uns kennen lernen und ich habe gesehen, dass du heute Abend glücklich warst – deshalb bin ich mir sicher, dass ich dich glücklicher machen kann, als dein Typ."

Jenny schwankte zwischen *Oh Gott, ist der Typ cool* und *Oh Gott, was bildet sich dieser Kerl ein…*

„Keine Ahnung, was ich dazu sagen soll…", erwiderte Jenny.

„Musst nix zu sagen. Lass uns Freunde sein, auch wenn das komisch klingt grad. Ich würde dich gerne näher kennen lernen – ohne Hintergedanken. Einfach so. Wenn wir Bock haben, unternehmen wir was zusammen und schauen, wohin uns das bringt. Was hältst du davon?"

75

Jenny bewunderte seine Offenheit und Motivation. So etwas hatte sie noch nie erlebt. Mirko schien so cool, so locker, so leicht. Eben ganz anders als Oli.

Hör auf zu vergleichen, Mädel – Oli ist ein toller Mensch und dein Freund. Wirf nicht einfach die ganzen Monate hin – Mirko ist ein cooler Typ, ein Kollege, ein Freund, der ganz witzig ist – aber auch echt wild und strange, ein Freak – riskiere nicht Unsicherheit gegen Wildheit.

Diese Worte, die Jenny in dieser Nacht nur gedacht hatte, wiederholte ihre Freundin Hajra am Sonntagabend fast wortwörtlich, als sie die Geschichte um Mirko erfuhr.

Mirko und Jenny hatten sich noch ganze drei Stunden unterm Sternenzelt am Rande der City unterhalten. Das Thema *Freund* hatten sie beendet, nachdem Jenny zugestimmt hatte, dass sie sich erstmal als Freunde kennen lernen könnten. Ohne Hintergedanken.

„Aber es ist doch nichts dabei, wenn ich mich ab und an mit Mirko treffe, wenn Oli keine Zeit hat, oder?"

„Jenny, warum tust du das? Ich weiß ja, dass du mit Oli gerade nicht superglücklich bist, aber jede Beziehung geht mal durch ein Tal und dann wirft man das nicht einfach hin für einen dahergelaufenen Kerl. Und was sagst du immer so oberschlau? *Never fuck in your company* – und jetzt brichst du dein eigenes Gesetz? Hör auf mit der Scheisse!"

„Du hast ja recht... ich werd´ Mirko ja jetzt auch nicht hinterherlaufen und wir haben auch noch kein neues Treffen ausgemacht. Er hat nicht mal nach meiner Handynummer gefragt."

„Hat er dich geküsst, als er dich nach Hause gebracht hat oder vorher schon?"

„Nee, er hat es auch gar nicht versucht. Das Knistern zwischen uns war riesig, hatte ich das Gefühl, aber er hat mir nur beim Abschied im Auto einen Kuss auf die Wange gegeben – rein freundschaftlich. Da is´ ja wohl nix dabei."

Hajra betrachtete ihre Freundin skeptisch und mit hochgezogener Augenbraue. *Wenn sie da mal nicht kopfüber ins Unglück rennt... mit Zucker oben drauf...*

♥

Du bist komisch.

Jenny blickte auf die WhatsApp von Oli. Die Rocknacht mit Mirko war bereits zwei Wochen her. Weder hatte sich Mirko bei Jenny noch sie sich bei ihm gemeldet. Ihre Gefühle fuhren Achterbahn und der Abend mit Mirko hatte sich wie ein Keil zwischen ihre Gefühle zu Oli geschoben. Sie war distanziert, konnte das kaum verhindern und an Olis WhatsApp las sie heraus, dass auch er es bereits spürte.

Wir müssen reden.

Niemals hätte Jenny gedacht, dass sie diesen Satz mal sagen oder schreiben würde.

Machst du Schluss?

Nein, ich will nur, dass wir reden.

Gibts nen anderen?

Oli, bitte, ich finde einfach nur, dass wir uns mal unterhalten müssen.

Also ja

Ich bin dir nicht fremdgegangen, wenn du das meinst, aber ich finde zwischen uns stimmt irgendetwas nicht.

77

Lass uns das nicht per WhatsApp klären, können wir uns sehen?

Wenn es einen anderen gibt, brauchen wir uns nicht mehr sehen.

Jenny versuchte ihren Freund anzurufen, doch er drückte sie weg. Er gab ihr überhaupt keine Chance, sich ihm mitzuteilen, das war nicht fair. Traurig sank sie aufs Sofa. Warum war Liebe nur so schwierig? Sie hing in der Luft. War jetzt Schluss mit Oli oder war er nur grad mies drauf? Diese Unsicherheit fraß sie auf, doch sie würde jetzt nicht abends nach Mainz fahren, um das zu klären und dann wäre Oli vielleicht gar nicht zu hause.

Eine Stunde später klingelte es.

„Oli", rief Jenny aus und lief hoffnungsvoll zum Türöffner. Ohne zu fragen wer es sei, drückte sie den Knopf und stellte sich erwartungsvoll an die Wohnungstür. Sie hörte wie er die Treppe hoch kam.

„Lässt du immer jeden rein, ohne zu fragen, wer da ist?", ein lachender Mirko schwang sich gerade um die letzte Kurve des Treppenaufgangs und blickte sie verschmitzt an.

„Mirko", rief Jenny überrascht aus, das Herz rutschte ihr in die Hose und machte dann einen Satz in ihren Kopf.

„Oh, du hast jemand anderen erwartet?", fragte er mit gespielter Enttäuschung.

„Ja... nein... ähm... komm rein", Jenny war aus ihrer Erstarrung erlöst und lachte nun auch wieder. Ihr Herz klopfte heftig, doch sie zwang sich dazu, ruhig zu bleiben.

„Du hast deinen Freund erwartet, oder?", bohrte Mirko weiter, während er Jenny ins Wohnzimmer folgte.

„Nein, naja, vielleicht doch. Aber er wohnt in Mainz, eigentlich fährt er nicht während der Woche so weit."

„Ich würde für dich so weit fahren."

„Schleimer", lachte Jenny nervös, „du hast nach unserem Date nicht einmal angerufen."

78

„Ach, das war ein Date?", verschmitzt zog der gutaussehende Rockabilly-Punk seine Augenbrauen hoch. Er wusste genau, welche Wirkung er auf Jenny hatte und das machte die ganze Sache nicht einfacher.

Es klingelte erneut. Jennys Herz war überfordert und schien für einen Moment lang auszusetzen. Sie kam sich vor wie eine Verbrecherin, wie als wäre sie Oli fremdgegangen, obwohl sie weder sicher sein konnte, dass es Oli war, noch hatte sie mit Mirko engeren Kontakt gehabt. Ihr wurde schwindelig. Es klingelte noch einmal. Jenny war wie erstarrt.

„Ohje, *das* ist nun wohl dein Freund? Kriegst du Ärger, wenn ich hier bin?" Mirko stand auf und hatte Jenny am Arm gefasst, voller Mitgefühl. Sie konnte nicht reagieren, sie starrte ihn einfach nur an. Wenn Oli nun Mirko hier sehen würde, wäre alles vorbei und sie wusste nicht, ob ihr das gefallen würde. Und sie wollte auch nicht, dass Oli was Falsches dachte.

„Kein Problem, ich verschwinde", Mirko küsste sie auf die Wange, ging in den Flur und drückte auf den Türöffner der unteren Haustür. Jennys Adrenalinpegel stieg auf 300 Prozent, sie hielt die Luft an, unfähig zu reagieren oder etwas zu sagen. *Warum hatte er das getan?*

Bevor Jenny auch nur irgendetwas tun konnte, war Mirko aus der Wohnungstür gehuscht und sie wartete darauf, dass es im Flur ein Palaver geben würde oder sich die Typen auf dem Weg treffen würden und Oli eins und eins zusammen zählte. Jenny hatte immer noch die Luft angehalten. Doch dann trat Oli in Jennys Wohnung, ohne Mirko auch nur zu erwähnen.

„Was hat da so lange gedauert? Warst du am Klo?", fragte Oli, er war mies drauf.

Jenny warf sich Oli ohne ein Wort an den Hals.

„Schatz, ich will nicht, dass Schluss ist, das war ein Missverständnis", sie weinte – teils vor Erleichterung, dass Oli nicht auf Mirko getroffen war. Teils aus Schreck über die Szene an sich und auch, weil sie tatsächlich viel für Oli empfand und ihn zu verlieren das Schlimmste für sie wäre.

Ihr Freund blieb starr stehen, ohne die Umarmung zu erwidern. Nach einem kurzen Moment drückte er sie von sich weg. Sanft aber bestimmt.

„Wieso willst du reden? Sag mir erst, wieso du reden willst. Ich liebe dich, Jenny, wenn es einen anderen gibt, bricht es mir das Herz. Aber sag es mir bitte, ich spür doch, dass etwas nicht stimmt. Du hast dich verändert, du bist irgendwie komisch zu mir."

„Nein, es gibt keinen anderen!" Jenny nahm seine Hände in ihre und blickte ihm in die Augen. *Du bist eine Lügnerin,* schrie es in ihrem Kopf, doch sie widersprach, *das bin ich nicht.*

„Aber warum willst du dann reden? Ich bin auf dem Weg hierher fast gestorben. Ich habe das dumpfe Gefühl, seit zwei oder drei Wochen bist du anders, so distanziert."

Das Paar setzte sich und sprach lange über die Beziehung und welche Probleme zwischen den beiden standen. Jenny erklärte ihrem Freund, dass er zu viel arbeitete und sie sich ausgeschlossen fühlte aus seinem Leben. Oliver verteidigte sich und beteuerte, dass er sie liebte, aber dass ihm sein Job sehr wichtig wäre, das müsste sie verstehen.

Jenny glaubte ihm. Sie erwähnte ihre Begegnung mit Mirko nicht. Sie hätte ehrlich sein müssen, wahrscheinlich. Doch warum sollte sie von einem anderen Mann erzählen, der eigentlich gar keine Rolle spielte. *Als Mirko meine Hand genommen hatte, fühlte sich das so viel schöner, so viel wärmer an...*

„Allein jetzt, Schatz, spüre ich, dass du nicht ganz bei mir bist", Oliver riss Jenny aus ihren Gedanken, die sich gerade um Mirko gedreht hatten. Sie schluckte. Ihr Freund spürte es, doch sie war nicht Manns genug, es ihm zu beichten. Sie war sich sicher, dass Mirko ihr wieder aus dem Kopf gehen würde, es war sicher nur eine Spinnerei.

„Oli, du fehlst mir einfach so, die Fernbeziehung ist unglaublich schwierig für mich, aber das ist auch alles – ich liebe dich!"

Damit beließ es das Paar. Sie hatten sich sonst nichts zu sagen, was der Situation hätte helfen können. Die anschließende Versöhnung war eher oberflächlich, als liebevoll. Ein Keil steckte zwischen Jenny und ihrem Freund, der deutlich spürbar war, doch sie erstickten es in Schweigen.

♥

„Ich bin so sicher, dass ich Oli liebe, aber ich denke dauernd nur an Mirko, das ist so schlimm! Wenn ich an Oli denke, bin ich traurig, wenn ich an Mirko denke, bin ich glücklich, das ist doch nicht normal", heulte sich Jenny bei Hajra aus. „Ich bin so hilflos, ich weiß nicht, was ich tun soll."

„Ja, Süsse, ich weiß, aber jetzt hör auf an ihn zu denken, das geht schon irgendwann vorbei." Hajra war die rationalere von den beiden Frauen. Musste man vielleicht sein als Mutter und Ehefrau.

Doch das war alles nicht so einfach, wie sie das sagte. Für Jenny jedenfalls nicht. Mirko hatte sich erneut seit dem Vorfall in ihrer Wohnung wegen Oli nicht wieder gemeldet. Jenny erwischte sich täglich dabei, wie sie die Anwesenheit von ihrem Kollegen im System checkte, ob er sich am Standort eingeloggt hatte. Sie war auch etwas enttäuscht, dass sie von ihm nichts mehr gehört hatte. Er arbeitete doch in derselben Firma und wusste, genau wie sie umgekehrt, ob und wann sie an ihrem Schreibtisch saß. *Was beschwerst du dich, vielleicht wartet auch er darauf, dass du ihn kontaktierst*, dachte sie. *Scheisse, warum denke ich sowas? Es muss mir egal werden, ich habe mich für Oli entschieden…*

81

Sie schwor sich, nie wieder im System nach Mirko zu suchen, wenn es beruflich nicht notwendig wäre.

„Hi Jenny", bei diesen unerwarteten Worten einer allzu bekannten Stimme, fiel ihr vor Schreck fast die Kaffeetasse aus der Hand. Der *Casus Knacktus* hatte sich gerade am Türrahmen in ihr Büro geschwungen. Jenny blickte in seine wundervollen glänzenden Augen, sah sein herzerwärmendes Lächeln...

„Was willst du?", fragte sie in geschäftlichem Ton und schüttelte den Kopf, um ihre Unsicherheit und Schwärmerei zu verbergen. *Oli, Oli, denk an Oli...*

„Na, fragen was du so gerne isst?"

„Warum?", sie runzelte die Stirn.

„Sushi?"

„Ich liebe Sushi!", warum hatte sie ihm geantwortet? Sie hatte keine Kontrolle über ihren Mund.

„Gut, heute Abend um sieben? Ich hol dich ab. Bei dir zuhause könnte mich sonst wieder jemand zwingen die Treppen nach oben zu springen, um nicht gesehen zu werden. Ich hätte mich fast umgebracht." Er lachte. Jenny hatte ein schlechtes Gewissen.

„Mirko...", sie schüttelte mit dem Kopf.

„Jenny...", veralberte er sie und nickte übertrieben deutlich, was so viel bedeutete, als dass er keine Widerrede dulden würde. Er zwinkerte und wandte sich zum Gehen.

„Sieben Uhr!", rief er beim Herausgehen noch einmal.

„Du weißt, dass du das nicht tun darfst", sprach Jenny mit ihrem Spiegelbild. Sie hatte es vermieden, Hajra von dem Date zu erzählen. Die schimpfenden Worte wollte sie sich ersparen.

Ein paar Minuten vor sieben klingelte es. Jenny starrte zur Uhr, denn sie war es von Oli gewohnt, immer auf ihn warten zu müssen. Meistens sogar eine halbe Stunde oder länger. Er hatte es nicht so mit Pünktlichkeit, obwohl es ihr selbst sehr wichtig war.

Warum war Mirko so anders? So wie sie es gerne bei Oli hätte? *Er scheint perfekt... so ein Quatsch, halt die Klappe du Teufelchen da auf meiner Schulter.*

Mirko wartete in seinem schwarzen Mazda auf sie und küsste sie auf die Wange, als sie sich ins Auto gesetzt hatte und Jenny ihn zur Begrüßung einfach nur kurz freundschaftlich umarmen wollte. Sie war nervös.

„Du brauchst nicht nervös zu sein, wir sind doch nur *Freunde*", lachte Mirko.

„Alter, du bist so von dir überzeugt, das ist schon ekelhaft", lachte Jenny.

„Ja, aber zack biste viel lockerer", er grinste überlegen.

„Du bist so doof", sie fühlte den Unterschied. Sie fühlte den Gegensatz so deutlich, dass sie es nicht verdrängen konnte. Als sie Oli kennenlernte, war sie immer unsicher und er hatte sich über ihre Unsicherheit lustig gemacht und sie damit noch mehr verunsichert. Sie hatte sich eher unwohl, als wohl gefühlt. Doch bei Mirko... war sie glücklich. Locker, frei und glücklich. *War das ein Test vom Universum?*

Wie bereits beim Rockfestival, kannte Mirko auch hier die Besitzer und Kellner im Sushi Restaurant, welches Jenny an diesem Tag zum ersten Mal betrat. Oli ernährte sich meistens nur von Fast Food und deutscher Küche, was Jenny überhaupt nicht mochte. Ihr Freund mochte grundsätzlich keine ausländische Küche, schon dreimal kein Sushi, deshalb gingen sie selten mal in ein Restaurant, welches Jenny bevorzugte.

„Gefällt es dir hier oder möchtest du woanders hin?", Mirko hatte ihr Zögern und Schweigen falsch gedeutet.

„Nein, ganz im Gegenteil, es ist wundervoll hier."

„Ja, ich liebe diesen Laden und ich mag es auch total, immer mal neue Sachen auszuprobieren. Fast Food und deutsche Küche sind nicht so mein Ding."

Das Universum verarscht mich... Jenny kicherte leise und fast hysterisch.

Es war, als wenn in Jennys Phantasie zwei Glasröhren aufgestellt worden wären. Mit einem Umfang, der je einen Tennisball von der Breite her umfasste und sehr hoch war. Rechts stand MIRKO drauf, links OLI. Jedes Mal, wenn Mirko eine Eigenschaft hatte oder etwas tat, was Jenny sehr imponierte, flog ein pink leuchtender Tennisball in die rechte Röhre und machte dabei ein PING. Für den heutigen Abend hatte es bereits mehrfach gepingt, angefangen für die Pünktlichkeit beim Abholen, für das Gefühl des Glücks im Auto, der Wahl des Restaurants, der... PING PING PING! *Ja, is gut, ich hab´s verstanden, du sarkastischer Engel auf der Schulter...*

Jenny begann aufzuhören, sich dagegen zu wehren; gegen das Gefühl, das langsam in ihr aufstieg. Sie genoss den Abend mit und bei Mirko – es war reine Freundschaft, die ihr gut tat. *Mehr ist es ja grad auch nicht, also was soll´s. Außerdem muss auch Oli die Chance bekommen, die Röhre mit Tennisbällen zu füllen, das wird er schaffen, denn wir lieben uns ja. Wofür könnte Oli einen Ping erhalten...*

„Wollen wir los?", Mirko unterbrach jäh ihre Gedanken, als er diese Frage stellte. Er war auf Toilette gewesen und hatte direkt bezahlt. Was ein weiteres PING auslöste.

Sofort danach durchzog Jenny ein Gefühl der Enttäuschung.

„Ja, schade, dass der Abend schon vorbei ist", sie war sogar richtig traurig. Es war erst elf Uhr, sie hätte noch ewig mit ihrem *netten Kollegen* dort sitzen und lachen können. Sie hatten sich Geschichten erzählt, sich gegenseitig das Essen vom Teller geklaut, einen Wettstreit ausgefochten, wer am besten mit den Stäbchen essen kann... Mirko machte sie glücklich.

Auf dem Weg zum Auto sprach auch Mirko kein Wort. Jenny hatte sogar Selbstzweifel, ob sie irgendetwas Falsches gesagt haben könnte, was Mirko geärgert hatte oder schlimmer noch, dass er Jenny wegen ihrer Art total Scheisse fand. Hatte sie vielleicht zu laut gelacht?

84

Oli hatte ihr oft gesagt, dass sie komisch lachen würde und sie hatte ständig versucht, etwas daran zu ändern. Aber bei Mirko war sie einfach so geblieben wie sie ist. Ob das ein Fehler gewesen war?

Stumm fuhren die beiden nun in Richtung Stadtrand, wo Jenny wohnte und sie hatte einen Kloß im Hals. Sie blickte aus dem Autofenster, während aus dem Radio punkige, aber dennoch angenehme Musik plätscherte. Es war mittlerweile dunkel geworden, ihr stiegen Tränen in die Augen. *Ich will nicht, dass dieser Abend zu Ende ist, es fühlt sich so gut an... aber das darf es nicht...* Jenny sah, wie die Häuser an ihr vorbei zogen, eine Tankstelle, die zweite Tankstelle, die Ausfahrt zu ihrer Straße... die Ausfahrt zu ihrer Straße?

„Hey, du bist vorbei gefahren!?", rief sie aus und blickte zu Mirko. Der grinste.

„Ich weiß", er grinste noch breiter.

„Häh?", ein blöderer Ausruf fiel Jenny einfach nicht ein. „Wo fahren wir hin?"

„Lass dich überraschen", Mirko warf ihr einen Blick zu, seine Augen funkelten, Jenny lief es eiskalt den Rücken herunter. Der Abend war noch nicht vorbei. In Jennys Herz tanzten Glühwürmchen. „Hast du echt geglaubt, ich fahre dich jetzt nach Hause und das war´s dann?"

Seine Augen funkelten sie an, sie wusste, ihre funkelten zurück, ohne dass sie etwas dagegen tun konnte. Wortlos, doch glücklich und aufgeregt, betrachtete sie die vorbeirauschenden Gebäude.

Als Mirko eine halbe Stunde später auf einem Parkplatz an einem Waldstück den Wagen parkte, wusste Jenny nicht, was auf sie zukommen würde.

„Was hast du vor?"

„Jetzt warte halt mal ab, du neugieriges Ding", Mirko wuschelte seiner Kollegin über den Kopf, sie protestierte. Er nahm sie an der Hand, dagegen wehrte sie sich nicht. Es fühlte sich einfach zu gut an. Die beiden gingen durch die Dunkelheit über ein Stück Wiese, unter Bäumen hindurch und Jenny hatte keine Ahnung, wo sie war oder wo Mirko sie hinführen würde. Sie wollte gerade nachfragen, als Mirko stehen blieb und sich zu ihr drehte.

„Hast du Angst?", fragte er auf eine seltsame Art und Weise.

„Ähm... nein?", log Jenny, denn etwas mulmig war ihr durchaus zumute. Nicht wegen Mirko, eher wegen der immer schwärzer werdenden Dunkelheit. Aber sie vertraute ihm.

„Solltest du aber", sprach ihr Begleiter plötzlich mit dunkler Stimme und leuchtete sich mit seiner Handylampe von unten ins Gesicht. Das sah bekanntlich gruselig aus.

„Mann, hör auf", Jenny schlug ihm lachend auf den Oberarm. „Das macht mir Angst."

„Tut mir leid, aber ich konnte nicht wiederstehen, als mir auffiel, dass ich Licht brauche um den Weg zu finden", kicherte der sympathische Punkrockabilly und ergriff wieder Jennys Hand, als wäre es das Selbstverständlichste der Welt.

Und dann sah sie es. Fast wie ein riesiges Gewächshaus. Sie hatte ja schon geahnt, dass sie irgendwo in Sayn waren, einem Ort mit Burg, einem märchenhaften Wald, einem tollen Kletterwald und diesem magischen Gewächshaus.

„Ist das der Garten der Schmetterlinge?", rief Jenny aus, als sie es erahnte.

„Pscht, nicht so laut, ja das ist er", Mirko legte seinen Zeigefinger auf ihre Lippen, während er flüsterte. Diese Berührung war wie ein elektrischer Schlag. *Nimm ihn bitte nicht wieder weg...*

„Was machen wir hier?", flüsterte nun auch Jenny.

„Du sollst es abwarten, Süsse", lachte er leise.

Bei dem Wort *Süsse* lief der jungen Frau ein wohliger Schauer über den Rücken. Sie hatte Oli fast vergessen... eigentlich dachte sie nur noch im Nebel an ihn. Sie wollte diesen Abend, der so wundervoll war, auf keinen Fall kaputt machen oder beenden. Es war fast alles egal, es zählte nur...

„Sag mal, willst du hier etwa einbrechen?", wenn auch leise, aber zischend, fragte sie das mit einer gewissen vorwurfsvollen Tonlage.

„Nein, ich hab 'nen Schlüssel organisiert. Keine Angst, wir tun nix Verbotenes, es darf nur keiner wissen, dass ich eine Ausnahmegenehmigung habe." Jenny glaubte ihm kein Wort, aber das war auch egal.

Tatsächlich öffnete Mirko mühelos eine Seitentür mit einem Schlüssel, den er aus seiner Hosentasche holte und die beiden betraten das sehr warme Gewächshaus, dessen extreme Luftfeuchtigkeit den beiden direkt entgegen sprang. Mirko führte sie durch einige kleine Räumlichkeiten, bis sie durch eine etwas größere Tür traten.

„Mirko, es ist so unheimlich hier, ich hab doch ein bisschen Angst...", flüsterte sie. Mirko drehte sich zu ihr um. Die ganze Zeit hatte er sie mehr oder weniger hinter sich hergezogen. Nun stand er ganz dicht vor ihr und blickte ihr im schummrigen, rötlichen Licht, das von einigen Wärmelampen kam, direkt in die Augen.

„Ich bin bei dir, egal was passiert, ich beschütze dich, du brauchst keine Angst haben."

Jenny wäre fast geplatzt, denn sie hätte ihn am Liebsten geküsst und umarmt. *Halt dich zurück, du hast einen Freund, das hier wird ein toller Abend, aber dann gehst du nachhause und vergisst das Ganze hier.*

„Bleib hier stehen, genau hier. Nur ein paar Sekunden, ich mache das Licht an und dann bin ich wieder da. Geh nicht weg", ohne auf eine Antwort zu warten, war Mirko in der Dunkelheit verschwunden. Jenny dachte plötzlich daran, dass sie inmitten eines Urwaldes stand, in dem nicht nur Schmetterlinge und eine Menge Larven lebten und Kokons hingen, sondern sie wusste auch von großen Leguanen und dachte darüber nach, ob es nicht auch Spinnen waren, die hier wohnten. Sie rieb sich den Arm

87

und ihr fröstelte es, denn jetzt fühlte sie sich mehr als unwohl. *Mirkoooo wo bleibst du...*

Kaum waren die Sekunden um, machte es KLACK und Mirko hatte blaues Neonlicht eingeschaltet. Was Jenny dann sah, war wie mitten im Film *Avatar* zu stehen. Ihre Kinnlade klappte runter, sie schlug vor Begeisterung die Hände vor ihren Mund, um nicht laut aufzuschreien und staunte. Mirko stand plötzlich wieder neben ihr und beobachtete sie mit funkelnden Augen.

„Gefällt's dir?", fragte er leise.

Es dauerte einen Moment, bis Jenny ihre Worte wieder gefunden hatte. Sie sah leuchtende Schmetterlinge so groß wie Handflächen und so klein wie Fingernägel durch die Luft tanzen. Es wirkte alles so surreal und wie in einem Märchen.

„Oh mein Gott, das ist ja wie in Avatar, als wären wir mittendrin", Jenny konnte sich kaum fangen, so wunderschön war das Schauspiel, in dem sie standen.

Jenny sah sich um und entdeckte einen Leguan, der gelangweilt auf seinem Ast lag. Vielleicht war sein Blick auch genervt, weil man mitten in der Nacht das Licht angemacht hatte. Durch das Anschalten der Lampen flogen alle möglichen Schmetterlingsarten wild durcheinander und doch, sah es aus wie ein eingeübtes Ballettstück. Sie flogen um das Paar herum, setzten sich für einen Sekunden Augenblick sogar auf Jennys Kopf und flogen dann weiter. Sie hatte gar nicht gemerkt, dass sie nach Mirkos Arm gegriffen hatte, weil sie so fasziniert war.

„Oh ´tschuldigung, hab ich zu fest gedrückt?"

„Nein, du könntest gar nicht fest genug drücken", lächelte er sanft und seine warme ruhige Stimme ließen Jennys Herz hüpfen. Sie blickte ihn an, sein Blick ging ihr direkt durch und durch. Verlegen senkte sie ihre Augen, sie spürte ihr Herz sowohl im Bauch als auch im Kopf wild herumschlagen. Mirko nahm ihre Hand von seinem Arm und umschloss sie mit der seinen, dann strich er mit der anderen eine Haarsträhne aus ihrem Gesicht und man

88

konnte die Elektrizität zwischen den beiden deutlich spüren. Er kam dichter an sie heran, es knisterte, sie traute sich kaum zu atmen. Immer noch hatte sie den Kopf leicht gesenkt und Mirko senkte sein Gesicht neben das ihre. Sie konnte seinen Atem spüren. Erneut hob er seine freie Hand und sie spürte seine Berührung an ihrem Hals und dann an ihrer Wange, sie schmiegte ihr Gesicht in seine Hand, ein wohliger Schauer jagte den nächsten. Dieser Moment, wenn alles still zu stehen scheint; dieser Moment, wenn das Knistern kaum noch zu ertragen ist; dieser Moment, wenn du weißt, dass gleich der erste Kuss erfolgt und du ihn sehnlichst dir wünscht. Dieser Augenblick den du nicht willst, dass er vorbei geht und doch, kannst du das Ende kaum erwarten. Wenn er dich küsst.

Mirko kam so langsam mit seinen Lippen an ihre, dass Jenny fast durchgedreht wäre vor Spannung. Und dann kam der Moment, an dem alles kaputt gehen könnte oder alles in einem Feuerwerk endete. Der erste Kuss war immer entscheidend.

Mirko küsste sanft ihre Lippen, ganz warm und weich, ganz sanft und überhaupt nicht fordernd. *So liebevoll...* hauchte ihr Verstand und sie gab sich dem Kuss hin, den Mirko ihr schenkte und beide versanken in diesem einen zauberhaften Augenblick.

Nach einer Weile lösten sie dieses Siegel und Mirko hielt Jenny fest im Arm. Ihr Kopf lag auf seiner Schulter, dicht an seinem Hals. Er spürte ihren Atem, er roch ihren Duft, er hielt ihre Zerbrechlichkeit.

„Ich will dich nie wieder loslassen", flüsterte er.

„Dann tu es nicht", antwortete sie.

89

„It´s in his kiss", sang Jenny leise, als sie mitten in der Nacht die Treppe zu ihrer Wohnung hinauf lief. Dieser wunderschöne Kuss, dieser unglaubliche Moment hatte eine Ewigkeit gedauert und sie würde es nie vergessen. Leider hatten sie keine Ewigkeit Zeit, um dort zu bleiben und irgendwann hatte Mirko sie nach Hause bringen müssen. Jenny wollte in dieser Energie ausharren, sie wollte, dass alles so bleiben und nie vorbei gehen würde. Während sie die Jacke auszog, die Handtasche auf den Boden stellte und den Schlüssel hineinwarf, sah sie das erste Mal, seit sie das Haus am Vorabend verlassen hatte, ihr Handy dort in der Tasche liegen. Es war fast wie die abrupte, unschöne Rückkehr aus einem wundervollen Traum in die harte Realität.

Wie das Aufwachen mit einem Ruck und sie knallte auf den Boden der Tatsachen zurück. „Oli...", keuchte sie und starrte auf ihr Telefon dort unten in der Tasche. Jetzt fühlte sie sich schlecht. Sie hatte es von Anfang an drauf angelegt mit Mirko ungestört die Zeit zu verbringen, denn sie hatte ihr Handy auf lautlos gestellt und an diesem Abend nicht einmal drauf geschaut. Ihr Herz klopfte. Das schlechte Gewissen überflutete sie, sie traute sich fast gar nicht drauf zu kucken, doch sie konnte es nicht ewig da drin liegen lassen. Oli hatte sich mit Sicherheit große Sorgen gemacht oder ist ausgerastet, da sie nicht erreichbar war. Was sollte sie ihm nur sagen? Wie sollte sie es ihm erklären? Wie sollte sie sich überhaupt verhalten? Hatte der Anfang mit Mirko nun das Ende mit Oli eingeleitet?

Bin heute mit nem Kumpel unterwegs, nur für den Fall, dass du mich nicht erreichst, ich hab da keinen Empfang.

„Das ist alles?", Jenny konnte kaum fassen, dass Oli ihr um halb acht am Vorabend nur diese eine Nachricht geschickt hatte. Enttäuscht ließ sie das Handy sinken. Ihre

90

Augen füllten sich mit Tränen. Aber hatte sie nicht genau dasselbe gemacht wie er? Schlimmer noch, sie hatte ihm nicht einmal Bescheid gesagt, dass sie nicht erreichbar wäre. *Gleiches, wem Gleiches gebührt...* schoss ihr in den Kopf. Statt sich über den Abend mit Mirko und den wundervollen Kuss im Schmetterlingsgarten zu freuen, schlief sie mit Gewissensbissen und Verzweiflung ein. Wo war Oli gewesen? Sie fühlte eine Eifersucht, die ihr gar nicht zustand. Nicht, nachdem, was sie heute getan hatte.

Als sie am Morgen erwachte, sie hatte sich fast die ganze Nacht schlaflos hin und her gewälzt, fand sie gleich zwei Nachrichten auf ihrem Telefon.

Oli
Komme so um 12 Uhr, eher ging nicht, können dann direkt los in die Stadt, muss zum Media Markt.

Mirko
Gestern Abend war wunderschön, ich hoffe wir können das wiederholen.

Jenny stöhnte, rieb sich den Schlaf aus den Augen und blickte auf die Uhr. 11:11 Uhr – mit einem Satz war sie aus dem Bett und rannte ins Bad. So lange hatte sie noch nie geschlafen.
„Oh Gott, jeden Moment kommt Oli", Jenny hatte das Gefühl jede Faser an ihr roch nach Mirko und nach dem gestrigen Kuss. Sie wollte sich wieder ins Bett kuscheln, den Geruch so lange wie möglich behalten, doch sie sprang unter die Dusche und versuchte, den gestrigen Abend komplett aus ihrer Erinnerung zu waschen. Das funktionierte nicht. Mirko blieb präsent. Seine Küsse, seine Berührungen, seine warme, dunkle Stimme. „Gottverdammt", schimpfte sie und drehte das Wasser auf eiskalt, vielleicht würde die Kälte helfen zu vergessen.
Vergeblich.

„Was mache ich mir eigentlich so eine Panik, der Kerl kommt doch eh immer zu spät", spottete sie, während sie sich anzog. *Er kann doch nichts dafür...*

Während sie sich einen Kaffee machte, es war kurz nach 12 Uhr, antwortete sie Mirko. Ganz im Gegensatz zu Oli brachte er ihr Herz zum Erwärmen, sie fühlte sich glücklich, frei und leicht, während sie ihm schrieb.

> Ja, das war es und dafür danke ich dir sehr. Es war wirklich wunderschön! Aber... ich hätte das nicht tun dürfen...

Mirkos Herz machte einen Satz, als er auf sein Handy blickte und ihre Nachricht eintraf, nur um im nächsten Moment einen Stich zu verspüren. Was hatte er sich dabei gedacht? Dass sie das alles cool lässt? Dass sie ihren Freund mit ihm betrügt und dann alles in Butter ist? Dass sie sofort mit dem anderen Schluss macht?

„Ich muss das klären", erklärte er seinem Hund und schnappte sich seine Schlüssel. Es waren nur einige Minuten von ihm zu ihr, sie musste mit dem Macker Schluss machen, der machte sie nicht glücklich. *Er* würde sie glücklich machen. Er hätte sie gestern nicht nach Hause fahren sollen, sondern mit ihr reden, sie zu sich nach Hause nehmen. Weg von diesem Typen.

Fast mit quietschenden Reifen fuhr er los, den Berg hinunter. Das ging leider nur langsam, da es Serpentinen waren, zwischen Häusern und parkenden Autos hindurch. Die Straßen waren eng, die Autos der Anwohner parkten auf der rechten Seite. Er musste ständig warten, wenn ein Auto entgegen kam. Irgendwie schien das Universum ihm gerade alle möglichen Endgegner zu schicken, die er vorbei lassen musste. Das forderte seine Geduld aufs Äußerste. Mirko hatte das Gefühl, er würde sie verlieren, wenn er sich nicht beeilen würde.

Als er unten am Berg, kurz vor ihrem Haus um die Ecke bog, sah er sie. Wie sie in einen silbernen teuren Audi stieg. Mirko kam zu spät. Enttäuscht fuhr er rechts ran und sah zu, wie der andere mit ihr weg fuhr. Sie hatte es ihrem Freund nicht gesagt, sie hatte nicht Schluss gemacht. Hatte dieser Typ in ihrer Wohnung auf sie gewartet? Das erste Mal spürte er so etwas wie Wut in sich aufkommen. Wut auf sich, Wut auf sie und Wut auf den Typen. Er schlug mit der Faust auf sein Lenkrad und fluchte. Erneut quietschten die Reifen, der Mazda fuhr mit lauter Metalmusik in den Nachmittag hinein.

♥

Zwei Wochen vergingen. Mirko hatte auf ein Zeichen von ihr gewartet, eine Nachricht, irgendetwas. Doch sie meldete sich nicht. Stur ging er an die Arbeit, er hätte am liebsten gekündigt, da er genau wusste, dass sie am anderen Standort in der Verwaltung saß. Seine Wut an diesem einen Tag, als sie in das Auto des anderen gestiegen war, hatte tagelang angehalten. Das ganze Wochenende hatte er sich mit seinen Kumpels betrunken, er hatte nur seinem besten Freund von Jenny erzählt.

„Alter, die hat ´nen Freund, das wusstest du. Du hast es versucht, mehr kannst du nicht machen.“

Sein Kumpel klopfte ihm brüderlich auf die Schulter, doch seine Worte wollte Mirko gar nicht hören. Das konnte nicht alles gewesen sein. Er war verrückt nach ihr. Bis zur Betriebsfeier war sie ihm überhaupt nicht aufgefallen, doch seit dem ging sie ihm nicht mehr aus dem Kopf. Er hatte es so weit geschafft, er hatte ihr den Abend ihres Lebens geschenkt, versucht ihr die Sterne in Form von Schmetterlingen vom Himmel zu holen. Das hatte er noch für keine getan und würde es auch nie wieder tun.

Der Alkohol hatte es nicht geschafft, die Erinnerung zu löschen, aber zumindest war seine Wut endlich weg. Mirko spürte so etwas wie Trauer. Herzschmerz um den Verlust eines Mädchens, das er so sehr begehrte, das ging so tief, so etwas hatte er noch nie gespürt. Alle anderen Frauen vorher waren Peanuts dagegen, doch was hatte sich sein Herz dabei gedacht, ihn so zu verarschen?

Der dunkelhaarige Kerl trat aus dem Standort, er war der letzte gewesen und schloss die Tür hinter sich ab. Er drehte sich herum und lief zu seinem Auto, das auf dem Parkplatz hinter dem Gebäudekomplex stand und traute seinen Augen kaum. Jenny lehnte an seinem Wagen. Sie lächelte ihn an. Ihm lief ein wohliger Schauer den Rücken herunter, doch was hatte das zu bedeuten. Seine Muskeln waren angespannt.

„Hi, ich dachte schon, du kommst nie mehr", verlegen blickte Jenny ihn an und lächelte unsicher. Sie wusste nicht, wie er sich verhalten würde, da sie sich so lange nicht gemeldet hatte.

„Hi", hustete Mirko, dessen Sprachzentrum für einen Moment eher dem Krächzen eines Raben glich. Mehr fiel ihm nicht ein, er blieb mitten auf dem Weg stehen und war unsicher, wie er sich verhalten sollte. „Ich musste noch einen Bericht schreiben..."

Es folgte eine Stille, die etwas unangenehm war. Mirko konnte nicht deuten, warum Jenny hier war.

„Gehen wir spazieren?", fragte sie immer noch unsicher.

„Klar", er stopfte seine Hände in seine Hosentaschen, entspannte sich etwas und wartete, bis sie neben ihm ankam. Die beiden gingen um das Gebäude herum in Richtung Rhein. Fast wie automatisch, ohne dass beide je diesen Weg gemeinsam gegangen waren.

„Du" – „Ich – beide versuchten gleichzeitig etwas zu sagen, lachten nervös und einigten sich darauf, dass Jenny beginnen sollte.

„Es tut mir leid, dass ich mich so lange nicht gemeldet habe. Ich war durcheinander. Der Kuss mit dir da im Schmetterlingsgarten war wunderschön, damit habe ich nicht gerechnet und..."

Er unterbrach sie: „Du musst mir nichts erklären, ist okay, ich wusste ja vorher, dass du einen Freund hast und…"

Nun unterbrach sie ihn: „Das will ich aber, also lass mich mal ausreden", sie lächelte, um zu verdeutlichen, dass sie es nicht böse meinte.

„Okay, dann mal los…" Mirko fühlte sich unwohl in seiner Haut. Er wusste, was jetzt käme. Dass sie einen Fehler gemacht hätte und die Beziehung nicht aufgeben würde und blablabla… dieses typische „Lass uns Freunde bleiben"-Gelaber.

„Jedenfalls hast du mir gesagt, dass wir erst einmal nur Freunde sein könnten und das fand ich total schön, damals nach dem Rockfest, weißt du noch?", Jenny hielt ihn am Ärmel fest und blieb stehen. Sie durchbohrte ihn mit ihrem Blick, als er sie ansah.

„Natürlich weiß ich das noch", sein Herz klopfte. Würde sie ihm jetzt eine Standpauke halten, dass er dieses Freunde Zeugs mit dem Kuss kaputt gemacht hatte?

Doch statt mit einem Vorwurf fortzufahren, trat Jenny einen Schritt auf ihn zu, stellte sich direkt vor ihn und blickte ihm weiterhin fest in die Augen.

„Männer und Frauen können nicht nur Freunde sein", mit diesem Satz konnte Mirko nichts anfangen und runzelte die Stirn.

„Was willst du mir damit sagen?", sein Ton war härter als beabsichtigt gewesen. War sie hier, um ihm das Herz endgültig zu brechen?

„Dass dein Kuss das Beste war, was mir je passiert ist und ich nicht nur *Freunde* mit dir bleiben will", ihre Augen funkelten erwartungsvoll, doch Mirko checkte es nicht.

„Was soll das heißen?", weniger hart, eher verwirrt klopfte sein Herz nun bis in seinen Hals hinein.

„Ich habe direkt am nächsten Tag mit Oli Schluss gemacht, weil ich es ihm gegenüber nicht fair fand und… auch nicht glücklich war mit ihm. Das hast du mir gezeigt. Du hast mich glücklich gemacht, vom ersten Moment an."

Jenny griff nach seinen Händen, zog sie aus den Hosentaschen und setzte einen Dackelblick auf.

„Warum zum Henker hast du dann zwei Wochen gebraucht, um mir das zu sagen?", nun funkelten auch seine Augen, er sog die Berührung ihrer Hände und ihren Blick in sich auf, wieder ein Moment, den man niemals vorbeigehen lassen möchte. Pures Glück durchströmte Mirko, als auch der Rest seines Gehirns verarbeitet hatte, dass Jenny ihm gerade ein Liebesgeständnis gemacht hatte.

„Weil ich nicht die Bitch sein wollte, die von einem zum anderen wechselt. Ich musste herausfinden, ob du es bist, den ich will, oder du einfach nur ein Zeichen warst, damit ich Oli verlasse, weißt du, was ich meine?" Für einen kurzen Augenblick herrschte Stille.

„Ich wollte nicht, dass du nur eine Schwärmerei bist und ich Oli nur wegen dir verlasse und dann merke, dass du nur Mittel zum Zweck bist, ich mir sicher sein konnte und dann habe ich jeden Tag gemerkt, wie sehr ich dich vermisse und..."

Mirko lächelte, er verstand und unterbrach ihren Redeschwall mit einem Kuss

Es war wieder so ein Moment...

this story is dedicated to Mirko D.

96

HERE'S MY *advice*

Yes, EAT THAT

NO, DO NOT TEXT THAT *boy* BACK

Coconut OIL. ♥

UNKNOWN

KAPITEL DREI

Wait for me

Ich blickte genervt auf die Zeitanzeige meines Handys. Der Tag war bis zu diesem Zeitpunkt so gut verlaufen. Kein Stau auf der Autobahn, am Schalter der Airline nur eine kurze Wartezeit und so wie es schien, wenige Mitflieger. Ich war schon oft geflogen, hatte aber im Hochsommer erwartet, dass am Flughafen mehr los wäre. Meine Tochter Shirin begleitete mich.

Nachdem wir durch die Flughafengänge eine Weile das richtige Gate gesucht und glücklicherweise gefunden hatten, lagen wir perfekt in der Zeit. Nicht aber der Flieger. Erst jetzt, kurz vorm Boarding, wurde mitgeteilt, dass die Maschine über eine Stunde Verspätung hätte. War jetzt nicht wirklich tragisch, da wir sowieso erst nachts ankommen würden. Diese Warterei am Flughafen allerdings zog sich immer wie Kaugummi.

„Typisch RyanAir", wetterte einer der Mitflieger. *RyanAir?* Ich blickte überrascht auf die Anzeige des Boardingbildschirms, dort stand immer noch AirCairo. *Was will der mit RyanAir?* Ich lasse mich durch so etwas rasend schnell verunsichern. Ich saß nämlich schon einmal am falschen Gate und wir wären fast in die Türkei statt nach Ägypten geflogen.

Ich blickte mich um, noch immer zählte ich höchstens fünfzig Mitflieger im Bereich vor dem Gate für den Flug nach Sharm el Sheikh. Shirin spielte neben mir an ihrem

Handy und chattete mit ihrem Freund. Hinter mir saß eine ältere Frau mit ihren zwei Töchtern und wechselten in ihrer Unterhaltung, die sehr laut war und jeder mithören konnte, ständig zwischen russisch und deutsch.

Gegenüber von mir saß eine arabische Familie, rücksichtslos auf den Behindertensitzen und das, obwohl noch genug andere Plätze frei waren. Die Familie bestand aus einem kleinen, etwa 5jährigen Jungen, der auf seinem IPad eine arabische Kindersendung ansah – laut. Er stopfte sich Gummibärchen in den Mund und verschluckte sich bei jedem zweiten, als würde er um Aufmerksamkeit seines Vaters buhlen. Diesen glatzköpfigen, ganz in grün gekleideten Mann schien das allerdings wenig zu jucken. Er hatte sowohl sein eigenes als auch das Handy seiner Frau in der Hand und schien irgendetwas zu vergleichen. Die Tochter, ganz rechts außen, etwa zwölf Jahre alt, kraulte der Mutter den Hinterkopf. Jetzt brachte der kleine Junge die leere Tüte Gummibärchen in den Müll, sehr löblich, und holte direkt eine neue aus seinem kleinen Turnbeutel mit Spiderman-Aufdruck.

Leute zu beobachten war im Grunde genommen Real-Life-TV, wer braucht dann schon nachgestellte Szenen in Serien wie *Gute-Zeiten-Schlechte-Zeiten* oder *Berlin-Tag-Und-Nacht.* Das hier war nicht gestellt, das war echt.

Überwiegend junge Leute schienen heute nach Sharm el Sheikh zu fliegen, und ein paar junge Paare mit kleinen Kindern und sogar Babys. Meinen Kindern hätte ich das nie angetan – den Flugstress und die Hitze dort. Ich bemerkte, dass es langsam unruhiger und lauter wurde. Es war mittlerweile eine Stunde nach dem geplanten Boarding vergangen, viertel nach acht. Die kleinen Kinder würden ab jetzt bestimmt immer quengeliger werden, da die gewohnte Bettgehzeit anbrach und ein aufregender Tag seinem Ende zuging.

Am Schlimmsten war für mich die Rücksichtslosigkeit, in der die Leute ihre oder die Handys ihrer Kinder auf *laut* gestellt ließen. Mittlerweile schallten die Stimmen von zwei

Filmen durch die Flughafenhalle, zusätzlich zu den russischen Frauen und dem arabischen Jungen, dessen Video immer noch auf dem IPad lief, das aber jetzt herrenlos am Sitz lag, während er mit einem Matchboxauto auf dem Boden vor mir hin- und herfuhr.

„Brumm...Brumm... Bruuummm... Rrrrrrrr....", ich hatte das Gefühl er machte das mit Absicht, um mich zu provozieren. Klar, ihm war hundslangweilig. Ich hatte ein bisschen Mitgefühl. Doch so sehr ich mich auch versuchte runterzuatmen, stieg mein Stresslevel auf TOTAL GENERVT und jeden Moment könnte ich ausrasten, wenn jetzt noch irgendeine klitzekleine Kleinigkeit an nervigem Krach dazu käme.

Planlos klickte ich auf meinem Handy durch Facebook, Instagram und WhatsApp. Bei diesem Gelaber und der Unruhe könnte ich kein Buch beginnen zu lesen, das wäre völlig sinnlos. Jetzt schauten auch noch Mutter und Vater aus Arabien Videos auf ihren Handys in Zimmerlautstärke. Arabische Zimmerlautstärke. Irgendwo pingte ständig ein Handy. *Aaaaaahhh...* Es schien immer schlimmer zu werden, oder ich wurde einfach nur immer genervter.

„Möchtest du auch ein Ballisto?", fragte ich Shirin, die schweigend ablehnte. Essen war immer hilfreich, wenn ich gestresst oder gelangweilt war. Das sah man mir auch an. Seit Monaten versuchte ich schon meine Figur in den Griff zu bekommen, aber ich war einfach nicht diszipliniert genug. Täglich nahm ich viel zu viele Kalorien zu mir. Jetzt wünschte ich mir eigentlich eher Alkohol.

Ein weiteres Kind bekam den *Ich-muss-ins-Bett*-Koller, lief wild hin und her und rief im 3-Sekundentakt: „Olaf, Olaf, Olaf", warf dabei ihre Buntstifte durch die Gegend und begann die Olaf-Schreierei von vorne.

20:22 Uhr... eigentlich würden wir jetzt losfliegen, dabei passiert hier grad gar nichts. Keine Flugbegleiter, die das Boarding vorbereiten. Nichts. Mein iPhone hat nur noch 44 %, das Akku-Pack würde exakt dreimal die Handys

100

laden. *Sollte reichen, der Flug dauerte ja auch nur fünf Stunden.*

Ich blickte erwartungsvoll aus der Fensterfront des Gates im Unterschoss, doch es näherte sich kein Bus, und auch kein Mitarbeiter irgendeiner Fluglinie war hier in der Nähe. Hatte man uns vielleicht vergessen? Ich dachte nach, ob AirCairo zu RyanAir gehörte und dieses Zu-spät-los-fliegen wirklich typisch für RyanAir war. Ich konnte mir die Frage aber nicht beantworten und meinem Verstand war es nicht wichtig genug, es zu googeln. Ich war einfach nur genervt, jede Sekunde – *Ticktack* – ein Stück mehr.

Eine russische Frau betrat die Halle, zumindest sah sie russisch aus. Ihre kleine blonde, etwa sieben Jahre alte Tochter war sehr hübsch. Man konnte allerdings nicht genau sagen, ob es nicht doch eher die Enkelin war. Die russische Frau hatte eine dicke schwarze *Rosine* an der Oberlippe. Rosine nannte es Shirin damals, als sie klein war. Ich hatte so etwas am Bauch - jetzt nicht mehr – ich hab mir die *Rosinen* entfernen lassen. Dank einer guten Hautärztin sogar fast ohne Narben. Wohin die Gedanken zwischendurch so abschweifen ist schon spannend. *Warum lässt die ihre Hexenrosine nicht weg machen?*

Plötzlich sprangen alle Passagiere auf, als wären sie von der Tarantel gestochen und vor mir und Shirin baute sich direkt eine kleine Schlange auf.

„Mom, ich glaub´ wir sollten uns auch anstellen, bevor die Schlange noch länger wird", mahnte Shirin.

Ein Mann rief seiner Frau zu: „Es geht loooos, komm jetzt, mach hinne", während sie von der Toilette zurück hechtete.

Auch wenn ich es als sinnlos empfinde, sich anzustellen, da die Plätze im Flugzeug ja vorgegeben waren, folgte ich meiner Tochter. Sitzen würden wir im Flugzeug noch lange genug. Wir standen etwa an fünfzehnter Stelle, wie die Sardinen aneinander gereiht, vor dem Gate und warteten darauf, dass es losging. Die Mitarbeiterinnen von

101

AirCairo saßen jedoch weiterhin untätig hinter ihrem Pult und starrten auf einen Bildschirm. Ich fragte mich, warum hier irgendjemand drauf gekommen war, dass es losgehen würde. Da hatte sich doch einer einen Scherz erlaubt. Das ist fast wie, wenn einer „Pandemie" ruft und alle kaufen Klopapier.

Die Menschenmenge, die zwar aufgestanden war, aber bisher noch nicht in der Schlange stand, setzte sich wieder. Shirin und ich, und einige andere Unentschiedene, die sich nicht entscheiden konnten, was jetzt richtig oder falsch, gut oder schlecht war, blieben stehen.

Etwa eine Stunde lang überlegten wir ständig, ob wir uns wieder hinsetzen sollten, aber immer dann, wenn wir das fast schon beschlossen hatten, klingelte das Servicetelefon der AirCairo-Chicksen. Die hätten uns wenigstens mal irgendwie beachten oder trösten können. Doch für die waren wir einfach Luft. Jedes Mal, wenn eine der Mitarbeiterinnen das Telefon abnahm und telefonierte, blickten wir wie gebannt auf ihre Mimik. War die eher negativ, wussten wir schon: das sah nicht gut aus, wir würden weiter warten müssen. Dann – nach der besagten weiteren Stunde, die wir im Steh-Stau verbracht hatten – ging es doch endlich los. Wir durften in die Sardinenbüchse namens Bus steigen, der uns zum Flugzeug brachte. Eigentlich hätten wir eine La-Ola-Welle starten müssen, aber irgendwie war keiner um mich herum in Spaß-Stimmung.

Ich war mir nicht sicher, was uns erwarten würde. Ich hatte von AirCairo nicht unbedingt positive Bewertungen gelesen, aber es waren einige dabei, die behaupteten, dass sie die schlechten Bewertungen gar nicht nachvollziehen konnten. So ist das nun leider mit Meinungen – sie sind immer subjektiv.

Also blieb es spannend, doch ich wurde angenehm überrascht. Die Crew empfing uns an Board sehr freundlich und gut gelaunt – ganz im Gegensatz zu den Boardingfratzen.

„Wir müssen hinten einsteigen, Shirin, Sitzreihe 25 ist weit hinten", hatte ich Flugprofi mitgeteilt und meine Tochter zum hinteren Einstieg gezogen. Ich hatte eben voll die Ahnung... dachte ich. Warum auch immer begannen die Sitzreihen allerdings mit der Nummer 20, und das ganz vorne. Das durfte nicht wahr sein. Jetzt waren wir genau die Passagiere, über die sich die anderen aufregen, weil wir uns von ganz hinten nach ganz vorne durchquetschen mussten.

„Super Mom, wie peinlich", beschwerte sich Shirin. Ich war froh, als wir endlich auf unsere Plätze fielen.

Da wir früh genug am CheckIn gestanden waren, hatten wir uns einen Fensterplatz gesichert, an dem saß nun Shirin, ich in der Mitte. Irgendwie hoffte ich, dass der Sitz links neben mir frei bleiben würde. Immerhin war in der Abflughalle ja nicht so viel los gewesen. Kaum hatte ich den Gedanken zu Ende gefasst, schwand meine Hoffnung, als sich ein Mann mit einem ausgewaschenen Hawaiihemd auf eben jenen Sitz plumpsen ließ.

„Hallo", sagte er freundlich.

„Hallo", antwortete ich ebenfalls freundlich. Man sollte sich ja gut stellen mit seinem Nachbarn, immerhin würde man über vier Stunden eine Sitzlehne teilen. Mit einem Menschen, den man nicht leiden konnte, war das ein ewiger Kampf – oder man gab nach und überließ dem anderen den Sieg und verzichtete auf gemütliches einseitiges Armaufstützen. Mit diesem Mann hier könnte ich die Armlehne sicherlich brüderlich teilen.

Auf einem Flug nach Fuerteventura hatte ich mal neben einem Pärchen gesessen, ich am Fenster, die Frau in der Mitte. Die hatte nicht nur die Armlehne als ihr alleiniges Eigentum betrachtet, sondern mir auch sonst sehr auf der Pelle gehangen. Ich habe dann etwas sehr Gemeines getan - mir ein Bier gekauft und vor mich hin gerülpst. Das war die einzige Möglichkeit, in fünf Stunden etwas Freiraum zu bekommen. Sie übergab mir nämlich die

Armlehne komplett und ich hörte auf, Biergestank in ihre Richtung auszuatmen.

„Wie Scheisse ist das denn", keifte urplötzlich eine faltige Frau mit blonder Billig-Dauerwelle, während sie sich über den Mann neben mir beugte. Sie hatte sich wohl gerade von hinten nach vorne zu unserer Sitzreihe durchgekämpft. *Wer steigt denn auch hinten ein, um nach vorne zu kommen...*

Ihr Erscheinungsbild glich dem einer komödiantischen Putzfrau aus dem Ruhrpott. *Renate, was kosten die Kondome?* Ich schnallte schnell, dass sie wohl die Frau des Hawaiihemden-Mannes sein musste. Sie blickte mich an mit einem Gemisch aus „*Scheisse, sieht die gut aus*" und „*Ich kratz dir die Augen aus, wenn du meinen Mann anfasst*".

Ich lächelte überlegen aber freundlich. Ihr Kopf lief puterrot an, während sie ihren begonnen Satz weiterspann: „Wie kann das sein, dass die uns alle drei in verschiedene Sitzreihen setzen, die zudem auch noch so weit auseinander sind?" Ihre spitze Stimme schrillte in meinen Ohren. Ich hatte das Gefühl, sie gab ihrem Gatten die Schuld und ich war mir sicher, dass der Mann über die Tatsache wahrscheinlich froh war, wenn er mal vier Stunden von seiner Gemahlin getrennt wäre.

Und dazu noch neben einer hübschen und intelligenten Frau sitzen darf, fügte ich im Geiste an und grinste. Manche Menschen, wie diese anscheinend herrische Frau, hatten es nicht anders verdient. Gott straft nicht mit der Hand.

„Wir waren viel zu spät am Flughafen", kackte sie ihn noch weiter an.

„Wir waren zwei Stunden vorher da, konnte ich doch nicht wissen, dass die anderen Leute schon seit vier Stunden da waren und die das *Tscheckln* schon drei Stunden vorher aufmachten", verteidigte sich der Hawaiimann genervt.

104

„Mutti, lass uns wieder nach hinten gehen, die Leute drücken schon von vorne", bettelte der hinter der Mutter wartende, etwa zwanzigjährige Sohnemann, dem die ganze Situation sichtlich peinlich war. Schnaubend trollte die Frau sich wieder nach hinten durch den Gang.

„Hätte ich vier Stunden vorher dahin fahren wollen, hätte sie auch gemeckert, der kann ich eh nix Recht machen."

Ich kicherte und lächelte ihn aufmunternd an. Der Mann wirkte wie ein sympathischer Trottel. Das meine ich durchaus nicht abfällig, aber realistisch. So eine Marke *Dauer-Camper in Wanne-Eickel*, oder so.

Die Sitzreihen erschienen mir viel enger als in den Maschinen, mit denen ich bisher geflogen war. Es gab in den Sitztaschen auch keine Bestellkarten, die man sonst im Flugzeug fand. Ich ahnte, dass es vielleicht nichts zu essen oder trinken geben würde. Zwar hatten Shirin und ich uns reichlich Knabberzeugs und Schokolade eingepackt, aber eben nur eine kleine, teure Flasche Wasser aus dem Automaten nach der Sicherheitskontrolle, weil ich dachte, es gibt im Flugzeug wie gewohnt etwas zu kaufen. In der trockenen Luft des Fluges stundenlang nichts zu trinken zu haben, war ziemlich ätzend. Ja, ich war genervt.

Also versuchten Shirin und ich direkt zu schlafen, nachdem die Maschine gestartet war. Das gelang mir nicht wirklich. In der Mitte zu sitzen, ist zum Kotzen. Immer wenn ich kurz die Augen öffnete, quatschte mich der Mann von der Seite an. Das war bestimmt total nett gemeint und er war vielleicht froh, sich mal ohne Gekeife seiner Ehefurie unterhalten zu können, aber eigentlich wollte ich nur meine Ruhe, mochte ihn aber auch nicht vor den Kopf stoßen.

Nach etwa zwei Stunden roch es plötzlich nach Essen. *ESSEN!?* Shirin und ich waren rapp zapp hellwach. Wie die Geier. Die Stewards – mehrere Männer und eine Frau – begannen blaue große Tupperboxen zu verteilen.

105

Hätte man Essen vorbestellen müssen? Oder war das nur für Kinder? Hatte ich irgendwas verpasst oder verpennt?

Bei Sun Express hatten wir vor einigen Jahren nur noch eine kleine Minidosis von etwa 100 ml Wasser zum Trinken erhalten und eine Tüte trockenes Salzgebäck. Klasse. Da ist man schon dehydriert in der Luft, löscht den Durst mit 100 ml und saugt das direkt wieder mit dem salzigen Zeug auf. Das grenzt an vorsätzlicher Körperverletzung.

Bei meinem ersten Flug 2009 mit Air Berlin gab es noch große Überraschungspacks für die Kids, Getränke for free für alle und ein großes, leckeres Sandwich. Gut, vielleicht sind die deswegen jetzt pleite. Wer weiß.

Aber nichts davon – auch Shirin und ich bekamen eine blaue Box, nach dem wir die Frage „Chicken or Beef?" beantwortet hatten.

In der Überraschungsbox befand sich ein heißes Mitternachtsmahl mit Chicken, Nudeln und Bohnen, außerdem Besteck, Salz, Pfeffer, Zucker und ein Zahnstocher, eine Serviette und ein feuchtes Reinigungstuch. Zudem wurde man von einer total putzigen Portion Salat mit Olive überrascht und einem dazugehörigen, extra eingepackten Päckchen Dressing. In einer weiteren kleinen Box befand sich ein Stück saftiger Kokossandkuchen, dann noch ein Brötchen, ein Stück Butter und ein Stück Käse. In die Plastiktasse, die sich auch noch darin befand, konnte man Tee oder Kaffee haben – zudem gab es noch Cola-Fanta-Sprite oder Säfte zur Auswahl. Ich war echt begeistert, wie ein kleines Kind zu Weihnachten. Scheiß auf Strandfigur, es war eh zu spät jetzt damit anzufangen. Wegen des Plastikmülls hatte ich allerdings direkt wieder ein schlechtes Gewissen und fand das Paket nur noch halb so toll.

Als sich die Tussi vor mir im Sitz Tomatensaft bestellte, es keinen gab und sie sich tierisch lautstark darüber

106

aufregte, schämte ich mich fremd. Sie reiste allein, manchmal weiß man warum!

Durch unseren verspäteten Abflug landeten wir statt um 1:30 Uhr erst um 3:00 Uhr. Immerhin hatte der Pilot versucht was er konnte, um die zwei Stunden wieder aufzuholen. Shirin und ich waren fast die ersten an der Zollkontrolle, doch irgendwie schienen sie in Zeitlupe zu kontrollieren – erst nach einer weiteren halben Stunde waren wir durch und holten unsere Koffer. In dem ganzen Gewühl hörte man nicht nur die Haiwaiihemden-Ehefrau-Hyäne keifen, sondern auch die Tomatensaftbraut beschwerte sich am laufenden Band über die Zustände.

Manche Leute vergessen einfach, dass sie in Ägypten gelandet sind und nicht in Deutschland. Man muss sich einfach dran gewöhnen, dass man nach der Landung wie eine Kuh-Herde durch ein paar Stallboxen getrieben wird. Das ist eher wie das Ankommen in Guantanamo statt am Urlaubsort mit vier oder fünf Sterne-Hotel. Man fühlt sich behandelt wie ein Verbrecher und hofft, dass man wegen guter Führung (Lächeln und Freundlich sein) auch unbeschadet durch die Zollkontrolle kommt.

Ich weiß auch nicht, was die Zollbeamten an diesem Morgen geritten hatte, denn wir mussten draußen in unserem Reisebus eine weitere Stunde auf die anderen warten.

„Mom, ich hoffe die nervigen Leute steigen nicht in unserem Hotel aus", Shirin war übermüdet und beobachtete die typisch deutschen lautstarken Leute, die schlichtweg durch ihre Art negativ auffielen. Natürlich auch Hawaiitoast und Tomatendose.

„Bei unserem Glück und dem Humor des Universums könnte ich wetten, dass wir genau das erwarten dürfen..."

Doch das Universum war uns gnädig – niemand der anderen Urlauber stieg in unserem Fünf-Sterne-Hotel ab. Was ein Glück. Allerdings waren wir die letzten und fuhren noch eine Stunde durch die Gegend, bis alle ausgeliefert waren. Wir waren genervt und müde.

Doch egal – Sommer, Sonne, Meer – es wurde schon hell. Shirin und ich bezogen im Schnellgang unser Hotelzimmer, was dieses Mal wieder wunderschön war und uns mit Meerblick begrüßte. Man hatte uns mit einer Menge Essen - Süßigkeiten, Brötchen, Wurst, Käse und einer Schokoladenkunst als Willkommensgruß überrascht. Wir waren zum dritten Mal in diesem Hotel, wir fühlten uns wie Prinzessinnen im Paradies.

Trotz der Müdigkeit waren wir viel zu aufgedreht, um zu schlafen, deshalb hatten wir in Sekundenschnelle unsere Bikinis angezogen, die Strandsachen geschnappt und uns in den Pool in der Nähe des Zimmers gestürzt. Schlafen könnten wir später noch, das läuft ja nicht weg.

Shirin wurde gegen neun Uhr dann aber doch müde und so verkroch sie sich ins Zimmer. Also suchte ich mir einen Platz unten am Strand, den man nach ein paar Gehminuten in der Anlage erreichte, und döste nach wenigen Minuten ebenfalls weg. Irgendwann kann man so aufgedreht sein wie man will, der Körper holt sich seinen Schlaf.

Die Wellen schlugen unsanft gegen die Felsen und ergaben dabei dennoch ein angenehmes Gefühl, das entspannend wirkte. Während ich langsam wach wurde, hörte ich wie durch einen Filter die Motoren von weit entfernt vorbei fahrenden Yachten, die die Urlauber zum Schnorcheln zu den in der Nähe gelegenen Tiran-Inseln brachten. Als ich meine Augen geöffnet hatte, beobachtete ich das Geschehen um mich herum. Ein typisch deutscher Urlauber lief soeben an mir vorbei. Zum Strohhut für fünf Euro, trug er ein T-Shirt Marke Massenware von Ce&Ah, eine blaubuntgemusterte, etwa knielange Badeshorts, ebenfalls von Ce&Ah, nur einen Ständer weiter, und last but not least – Gummi-Clogs in kritzegrün.

Ich hatte mich schon gewundert, wem das seit Stunden typischerweise ungenutzte, nur mit hoteleigenen

Handtüchern reservierte Liegenpaar hier direkt in vorderster Front stehend gehörte. Heiß begehrter Platz in erster Reihe natürlich. Typisch deutsche Frechheit. Genau so sah der Typ auch aus.

Der Ce&Ah-Mann schlich allerdings eher schlecht gelaunt um die zwei reservierten Liegen. Ich verstand. Er dachte dasselbe wie ich – ich entschuldigte mich gedanklich, dass ich ihn zu früh verurteilt hatte. Er traute sich nicht, die Handtücher runterzuwerfen. Er ging kopfschüttelnd wieder.

Die Animateure begannen mit lauter Musik ihr Begrüßungsprogramm.

„Sabah alkhyr, Beauty. I am Magdi", begrüßte mich der große breitschultriger Strandboy, der Ähnlichkeit mit dem Schauspieler *The Rock* hatte und in seiner Stranduniform irgendwie fehl am Platz wirkte. Und er sah verdammt gut aus.

„What do you like to drink?"

„Sabah alkhyr, Magdi. Two Radler please."

„Oh, one for your husband, ha? Wo er ist?"

„Nee, alles für mich", kicherte ich. Es war zwar noch keine 11 Uhr, aber das war mir egal – ich hatte Urlaub, das zählte. Magdi fragte mich, ob ich allein gereist sei.

„No, mit meiner Tochter. She loves the pool, I love the beach", erklärte ich ihm in einem Gemisch aus Englisch und Deutsch. Außerdem hatte Shirin Stress mit ihrem Freund und, wenn sie wieder unter den Lebenden war, wollte sie sicherlich in der Nähe des Internets sein, um mit ihm chatten zu können. Aber das band ich dem Araber nun nicht auf die Nase.

Ein deutsches Ehepaar kam angewackelt und bezog die zwei reservierten Liegen. *Aha, war ja klar.*

Gott straft nicht mit der Hand – ich spürte, wie mein Hintern brutzelte, den ich den ganzen Morgen schon in die pralle Sonne gestreckt hatte. Mutig (oder eher dämlich) wie ich war, hatte ich Shirin das ganze Sonnenschutzzeug überlassen und mir selbst nur das Öl ohne

109

Sonnenschutzfaktor mitgenommen. Sonnenbrand am Hintern wäre übel, ich drehte mich rum.

Von der Beachbar hinter mir schallte mexikanische Gitarrenmusik herüber, während von den Animateuren links amerikanischer Frank-Sinatra-Blues trällerte. Jetzt wusste ich wieder, warum ich mich beim letzten Mal, als ich meinen Urlaub hier verbracht habe, an den äußersten Rand des Strandes gelegt hatte – fernab des ganzen Trubels.

Das Meeresufer füllte sich. Ich sah Paare, Paare und nochmals Paare. Und zwei Typen zwischen 25 und 35 mit ihrer Mama. Oder war es die so viel ältere Freundin? Komisches Bild. Das waren sehr gutaussehende Typen und ich würde weiter beobachten, ob einer zu der beigefügten Frau *Mama* sagte oder *Schatz*. Ich hatte zwar gerade keinen Bedarf an einem Freund und war gerne Single, aber zu einem kleinen Urlaubsflirt würde ich jetzt auch nicht nein sagen.

Als ich die Armee der Massage-Verkäufer auf die Bildfläche kommen sah, wusste ich – ich muss weg. Ich schnappte mir meinen Schnorchel und die Flossen und ging mit schnellem Schritt zum Steg, um mich aus dem Staub zu machen.

Mit zwei Radlern intus war das jetzt nicht sonderlich intelligent, aber ich hatte die Wahl zwischen *leicht betrunken schnorcheln* oder *in der Hitze mit hitzigen Verkäufern diskutieren*. Ich suche lieber Nemo.

„Hey Beauty, you change your colour every day – yesterday white, today red...", einer von zwei Lifeguards lachte mich an oder eher aus. Ich sah die beiden nicht richtig, da mich die Sonne blendete und sie genau davor standen.

„Haha, jaja, total funny", dabei hatte ich mich extra im Solarium vorgebräunt. Ich war frustriert. „Gestern weiß, heute rot... haha wie lustig", äffte ich ihn leise nach, während ich meine FlipFlops an den Rand stellte und meine Sonnenbrille darauf legte. *Gestern war ich doch*

110

noch gar nicht da, du Blödi. Ich zog mir meine Taucherbrille mit dem Schnorchel auf den Kopf und hatte in jeder Hand eine Schwimmflosse.

„Vorsicht, ist sehr rutschig", war sein nächster Kommentar. Ich war überrascht, dass er deutsch sprach. Er meinte damit die Treppe, die vom Steg nach unten ins Meer führte.

„Ja dankeeeeeeeeeeeeeee", rief ich ihm zu, doch es wurde eher zum Schrei, da ich Esel natürlich abrutschte und mich bereits der Schmerz der ersten Stufe durchzog, deren abgenutztes Holz mir eine Schramme an der Wade verpasste. Eine starke Hand umfasste in diesem Moment mit festem Griff meinen rechten Oberarm, gerade bevor ich wahrscheinlich die gesamte Treppe äußerst unschön hinuntergeknallt wäre. Stufe für Stufe. Und dabei schließlich auch noch meinen Bikini auf halber Strecke an irgend 'nem Pfosten verloren hätte.

„Hab dich", wieder hörte ich den Lifeguard, dieses Mal blickte ich in wunderschöne braune Augen in einem grinsenden eher europäischen, nicht arabischen Gesicht. Ich blieb einfach an seiner Hand hängen, weil ich so baff war, was mich da gerade aufgefangen hatte.

Der Typ war keiner von der Baywatch, er hatte keine rote Hose an, er war ein Urlauber so wie ich. Er zog mich zurück auf die oberste Stufe. „Oder wolltest du einen coolen Stunt hinlegen, den ich versaut habe?", fragte er mich wieder lachend.

„Ja, haha, genau ein Stunt", lachte ich nervös. „Danke, ich hätte mir wahrscheinlich mein Genick gebrochen!"

„Das wäre sehr schade gewesen", ich halte nichts von Typen, die so flirtend nach vorne preschen, also wandte ich mich ab und startete den nächsten Versuch, die Treppe nach unten zu kommen. Meine Schwimmflossen schwammen bereits unten im Meer. Ich hatte sie beim *Stunt* in zwei Richtungen geschmissen, doch ein Kind war gerade dabei sie für mich einzusammeln.

111

„Danke, sehr cool", ich nahm sie kurz darauf am unteren Ende der Treppe entgegen und zog sie mir über die Füße. Ich hoffte, niemand merkte mir mein Adrenalin an, welches immer noch vom Schreck des Fast-Sturzes durch meine Adern schoss. Mein Herz klopfte so laut, dass ich das Blut rauschen hören konnte. Sicherlich taten die zwei Radler, die ich Depp getrunken hatte, ihr Übriges dazu. Der Europäer war mir gefolgt und stand am unteren Ende neben mir.

„Du bist wackelig auf den Beinen, zu viel Sonne abgekriegt?" Ein Klugscheisser war er auch noch.

„Nein, ich hätte vielleicht die sieben Radler eben nicht weg exen sollen", ich übertrieb ein bisschen. Somit hatte ich nicht wirklich zugegeben, bereits Alkohol getrunken zu haben, es aber auch nicht verschwiegen. Ich fand dieses Spiel gerade sehr witzig. Im Männer-auf-Distanz-halten war ich richtig gut geworden, stellte ich fest. Ich grinste ihn an und sprang ins Wasser. Als ich wieder auftauchte, stand er immer noch auf der Treppe und beobachtete mich. Ich ignorierte ihn. Naja, ich tat so. In Wirklichkeit nutzte ich jeden Moment, um ihn ebenfalls zu beobachten.

Als ich untertauchte, nach Nemo suchte und zwischendurch wieder zum Luftholen nach oben kam, war er weg. *Oh schade. Ach, der ist eh bestimmt mit seiner Freundin im Urlaub.*

Shirin und ich trafen uns später, um uns fürs Abendessen zu stylen. Sie hatte Freunde in ihrem Alter gefunden und so *musste* sie nicht den ganzen Tag mit ihrer Mutter rumhängen – wie sie es ausdrückte. Ich fand das sehr gut, ich war gerne alleine und so hatte auch ich etwas Ruhe.

Es war der erste Urlaub nach meiner letzten Beziehung. Die war nun über ein Jahr her und ich war froh, dass ich es endlich bearbeitet und hinter mir gelassen hatte.

Shirin und ich machten uns schick. Das war abends irgendwie immer das Highlight im Urlaub – schicke Kleider und hohe Schuhe tragen. Zuhause gab es dazu meistens

112

keinen Anlass und zudem auch nicht das Wetter für die leichte Art der Bekleidung.

„Mom, holen wir uns nachher noch Nachtisch?", fragte mich Shirin, als wir gerade durchs Buffet liefen.

„Nein, ich esse abends keine Katholenhydrate!", schimpfte ich lachend.

„Katholenhydrate?", hinter mir war der Europäer aufgetaucht. „Doch zu viel Sonne?"

„Nein, ich mag einfach gerne neue Wortkreationen", ich grinste ihn an und lief einfach weiter, hinter Shirin her. Sie blickte mich mit hochgezogenen Augenbrauen fragend an. „Mom, wer ist das?"

„Keine Ahnung. Hat mich heute Nachmittag vor einem Sturz in die Tiefe gerettet." Shirin riss kurz die Augen auf. „Ach, daher hast du den Kratzer an der Wade. War mir klar, dass man dich nicht alleine lassen kann." Meine Kleene wurde auch noch frech, aber sie kannte ihre tollpatschige Mutter eben zu gut.

„Der sieht cool aus, wie heißt er? Ist er Single?"

„Keine Ahnung wie der heißt, hab ihn nicht gefragt und ob er Single ist? Glaub ich nicht, so wie der aussieht?", ich sagte das alles so desinteressiert wie möglich. Klar fand ich ihn anziehend, aber ich wollte mich ihm auch nicht direkt an den Hals werfen.

„Vielleicht ist er ja sogar auf Hochzeitsreise", fügte ich mehr zu mir selbst an, während ich mir an der Salatbar Oliven auf den Teller lud, und Shirin sich bei den Nudeln angestellt hatte.

„Nein, bin ich nicht, bin mit zwei Freunden hier", der Europäer klaute mir mit dem Finger eine Olive vom Teller. Er hatte mich gehört. Wie peinlich, ich konnte wahrscheinlich froh sein, dass ich rot genug von der Sonne war und man meine Schamesröte gar nicht sehen konnte.

„Hey, das ist Stiebdahl", lachte ich. Ich mochte seine freche, direkte Art.

„Kannst sie dir ja wiederholen", murmelte er mit der Olive zwischen seinen Vorderzähnen. Ich nahm meine Gabel und tat so, als wenn ich ihm damit in den Mund stechen würde. Er war schneller und griff meine Hand kurz vor seinem Mund. Seine Reaktionsfähigkeit war echt krass. „Was bist du, ein Agent? Kenne niemanden mit so einer Schnelligkeit."

„Wenn ich dir das sage, muss ich dich leider töten, aber ich hab dich ja grad erst gerettet, dann hätte ich mir das sparen können." Ich mochte auch seine witzige Art, mit mir zu pokern. Ich grinste ihn einfach nur an und klaute ihm eine Tomate vom Teller.

„Eins-Eins", und stopfte sie mir in den Mund.

„Mom, bist du böse, wenn ich mich zu meinen neuen Freunden setze, die sind alle dahinten." Shirin stand plötzlich vor mir mit ihrer großen Portion Nudeln. Einen kurzen Moment dachte ich darüber nach, ihr den zu klauen und ihr stattdessen den Salat zu geben.

„Wow, so viele Katholenhydrate", lachte der Europäer, dessen Namen ich immer noch nicht kannte.

Shirin blickte ihn argwöhnisch von oben bis unten an: „Du redest wie meine Mutter, das ist gruselig." Dann drehte sie sich weg, um zu ihren Freunden zu gehen und fügte noch an: „Ihr könnt euch ja noch ein paar Essensreste gegenseitig vom Teller klauen." Shirin hatte uns beobachtet.

„Ah… deine Tochter?", fragte Mister Olive.

„Wenn sie mich Mutter nennt, wird sie wohl nicht meine Schwester sein", lachte ich.

„Dann ist der dazugehörige Vater wohl auch nicht weit?", ich konnte seine Mimik nicht deuten. Ich glaube er kannte die Antwort bereits, aber wollte auf Nummer sicher gehen.

„Oh, ich kann ja mal in der Männermenge hier vor Ort suchen gehen, vielleicht finde ich einen neuen Dad für sie", zwinkerte ich und lief zu meinem Tisch, ohne mich noch einmal nach ihm umzudrehen. Ein bisschen Desinteresse zu zeigen, hielt einen Mann bei Laune.

Als ich mich hinsetzte und in meinem Umfeld nach ihm suchte, fand ich ihn nicht mehr. *Toll, ich dachte, er läuft mir hinterher.* Etwas ärgerte ich mich über mich selbst. Jetzt saß ich hier alleine, wie eine einsame Jungfer und hätte vielleicht einfach mal ein bisschen netter zu ihm sein können, dann hätte er sich vielleicht dazu gesetzt oder mich mit zu seinen Freunden eingeladen. Aber was soll´s, ich hatte ja auch gar nicht mit einem Mann gerechnet.

„Oh Mom, jetzt sitzt du da ganz alleine, ist der Kerl denn nicht mitgekommen oder isser gar kein Single?", Shirin setzte sich etwa eine Stunde später zu mir und hatte ein schlechtes Gewissen.

„Hey, alles cool Maus, ich bin nicht einsam. Ich bin im Urlaub um mich zu erholen und nicht, um mir einen Typen zu angeln."

„Ja, aber ich hätte dich ja sonst nicht alleine gelassen. Menno, was ein Blödmann. Meine Freunde wollen nach Na'ama Bay, kommst du mit?"

„Ja klar, ich lass dich doch hier in Ägypten nicht alleine in die Außenwelt fahren", schimpfte ich leise.

„Mom, ich bin kein kleines Kind mehr, ich bin achtzehn! Und wir sind vier Jungs und zwei Mädels, die sind alle schon über zwanzig", verteidigte sich Shirin.

„Jaja, schon gut, ich komm trotzdem mit." Immerhin hatte sie mich ja sogar gefragt.

In der Hitze der Nacht, in Ägypten kühlt es im Sommer auch nachts nicht ab, besorgten wir uns ein Großraumtaxi und fuhren nach Na'ama Bay. *Klein Las Vegas,* wie ich es nannte. Ein feuriger Stadtteil mit Läden, Bars, lauter Musik, einem Hardrock Café, Buddha Lounge und anderen Sehenswürdigkeiten. Ich schlenderte gemütlich hinter den jungen Leuten her. Meine Tochter und ich hatten eine Uhrzeit ausgemacht, wann wir uns wieder am

Taxistand treffen würden. Denn ich wollte bummeln, die Clique wollte in eine Shisha Bar. Und ehe ich mich versah, war ich alleine.

Wenn man sich ein bisschen auskennt in Ägypten, einige Verhaltensregeln einhält, dazu ein paar Fetzen Arabisch kann und die Maschen der Verkäufer kennt, kann man sich in den Urlaubsgebieten auch als Frau gut alleine durchschlagen. *Betrete nur nie einen Laden, sondern bleib draußen.*

Ein Ständer mit bunten weiten Hosen fing meine Aufmerksamkeit und ich sah mir die Stoffe von Nahem an.

„Meinst du, so eine würde mir auch stehen?", eine mir langsam bekannte Stimme tauchte hinter mir auf. Der Europäer stand dicht hinter mir, um mich zu erschrecken, ich konnte seinen Atem an meinem Hals spüren. Was aber nicht unangenehm war, mir lief es heißkalt den Rücken herunter, wie ein Energieschwall. Ich lächelte und drehte mich nicht herum, sondern ließ uns beide so stehen, wie wir waren. Sein Oberkörper nur wenige Millimeter von meinem Rücken entfernt. Ich hatte das Gefühl er wollte testen, wie ich mich verhalte und hatte erwartet, dass ich mich erschrecke und zu ihm rumdrehe. Ich reagiere aber nicht gerne so, wie man das erwartet.

„Hm, warte ich suche dir eine raus und du probierst sie einfach an", ich griff mir eine der Hosen in Pink mit Kamelen drauf und hielt sie hoch.

„Nicht dein Ernst", lachte er und stand nun neben mir.

„Och, aber ich finde die würde dir besonders gut stehen", meine Augen suchten seine und er blickte mir tief und provozierend in die meinen.

„Warum bist du vorhin beim Buffet so plötzlich verschwunden gewesen?", fragte er.

„Was? Ich verschwunden? Na sowas...", ich hängte die Hose wieder weg und schlenderte weiter, ich war gespannt, ob er mir folgen würde.

„Jetzt läuft sie schon wieder weg", der Europäer warf die Hände in die Luft, lachte wie verzweifelt und kam hinter

116

mir her. „Warum läufst du immer wieder weg? Hast du Angst?" Er hielt kurz an einem Süßigkeitenstand und kaufte ein paar bunte, dicke Zuckerschnüre. „Mist, ich bin süchtig nach diesen Dingern."

„Ja, Shirin liebt die auch."

„Du nicht?"

„Nur manchmal."

„Shirin, toller Name. Wie heißt du eigentlich?"

„Olivia", lachte ich. Er verstand meinen Scherz, der sich auf die geklaute Olive bezog. Viele Menschen können meinen Späßen und Gedankensprüngen nicht folgen, ich war gespannt.

„Cool, ich bin Popeye", ich mochte es, dass er meine Späße konterte und so schlagfertige Einfälle hatte. Von Olivia auf Popeye zu kommen wäre selbst mir nicht eingefallen. Wer erinnert sich denn auch in der heutigen Zeit, wer Popeye war und, dass seine Angebetete Olivia hieß. Die Zeichentrickserie aus den 70ern kennen viele nicht mehr. Er und ich schon.

„Wo sind eigentlich deine Kumpels?"

„Na, da hinten in der Shisha Bar. Ich hab dich vorbei laufen sehen, so ganz alleine und dachte, du könntest einen Bodyguard gebrauchen", er hielt mir seinen Arm hin, um mich einzuhaken. Das fühlte sich gut an, deshalb nahm ich ihn dankend an und schob meinen Arm hindurch.

„Fühlt sich gut an", sagte er.

„Dasselbe hab´ ich auch grad gedacht", er blieb stehen und blickte mir in die Augen. Ich konnte das Knistern so deutlich spüren, dass mir ganz anders wurde.

„Hey, du machst mich nervös", lachte ich und schubste ihn Spaßes halber weg und lief weiter.

„Dass die immer weglaufen muss, bin ich so furchtbar ekelerregend?", er war hinter mir her gekommen und zog mich am Arm, damit ich anhalte.

„Nein, ganz im Gegenteil", es knisterte gewaltig. *Oh bitte, küss mich.*

117

„Oh wow, was ist das für 'ne coole Bar?", Mister Popeye blickte an der großen, durch viele Fackeln beleuchteten Felsenbar hinauf. Dort war ich in einem anderen Urlaub mit einer Freundin gewesen und erzählte ihm davon.

„Ja, die ist so gebaut, als wäre sie in Felsen gehauen. Die geht mehrere Ebenen nach oben und von ganz oben kann man über ganz Na'ama Bay drüber blicken. Da gibt es Feuerschlucker, Bauchtänzerinnen…", ich konnte gar nicht weiter erzählen, da hatte er meine Hand geschnappt und lief in Richtung Eingang.

„Oh cool, das will ich mir ankucken", er zog mich einfach mit sich und das gefiel mir sehr gut.

Als wir ganz oben angekommen waren, der Blick war atemberaubend, standen wir nebeneinander und blickten begeistert über den belebten Stadtteil.

„Wow", seine Augen funkelten, ich schaute ihn mir das erste Mal genauer an. Er hatte eher einen amerikanischen als europäischen Touch. Sein markantes, männliches Gesicht, sein verschmitzter Haarschnitt, sein muskulöser Oberkörper… unsere Arme berührten sich, meine kleinen Härchen stellten sich auf. Wieder dieser heißkalte Schauer. *Ob er mich gleich...*

„Hey, hier bist du, wir haben dich überall gesucht", rief einer von zwei Männern, die auf uns zugelaufen kamen.

„Gottseidank haben wir hier hoch gekuckt, du Riese bist ja kaum zu übersehen", gluckste der Zweite, der durch die Treppen nach oben etwas außer Puste war.

„Jungs, ich bin doch kein Baby mehr, außerdem musste ich der jungen Lady hier den Bodyguard spielen. Sie läuft immer weg und ich muss sie ständig wieder einfangen und auf sie aufpassen", feixte er und ich stupste ihm mit dem Finger in die Seite, er sprang übertrieben verletzt zurück und lachte.

„Na, auf die Braut würde ich auch aufpassen", feixte der größere der zwei Kumpels. Ein dunkelhaariger, ebenfalls gutaussehender Typ. Der andere war kleiner, nicht viel größer als ich, dunkelhaarig und etwas moppelig.

118

„Robert", der größere reichte mir die Hand.

„Sie heißt Olivia", beantwortete der amerikanische Europäer, dessen Namen ich immer noch nicht kannte, die ungestellte Frage. Ich beließ es dabei und grinste, während ich die Hand von Robert schüttelte.

„Jonus", der moppelige Typ nickte mir einfach nur zu. Er schien schüchtern zu sein. Ich nickte zurück. Dann fügte er mit vorgehaltener Hand, als würde er flüstern, was er aber nicht tat, an: „Bei dem Kerl würde ich auch weglaufen", und kicherte. Ich zwinkerte ihm zu.

„Jungs, ich wollte mit der Lady hier etwas alleine sein und ihr habt grad die Stimmung getötet."

„Eric, wir haben gesagt: keine Frauen im Urlaub!", sagte Robert streng, aber nicht ganz so ernst.

„Ey, Rob, lass ihn, ich wusste nicht, dass wir im Urlaub uns an Gesetze halten müssen", Jonus zog ihn am Shirt. „Komm, wir gehen wieder, ich hab zwei Stockwerke tiefer Bauchtänzerinnen gesehen."

Robert murrte etwas vor sich hin, was aber ebenfalls eher wie ein Spaß klang und die beiden Freunde gingen wieder.

„So, Eric heißt es", ich grinste.

„Scheiss Verräter, wer solche Freunde hat, braucht keine Feinde mehr", lachte er. „Verrätst du mir jetzt auch deinen richtigen Namen?"

„Klar, ich heiße Arielle!", ich konnte mir einfach nicht verkneifen, das erste zu erwähnen, an was ich gedacht hatte, als ich seinen Namen hörte - Eric und Arielle, die Meerjungfrau. Ich rannte wieder weg. Das Spiel gefiel mir einfach zu gut. Eric rannte mir lachend und schimpfend hinterher, während ich die Treppe hinunterhüpfte. Was ein Spaß.

Vor dem Eingang fing er mich und wir lachten, völlig außer Atem. Es waren locker noch 35 Grad und das um Mitternacht. Da war rennen nicht gerade gesund. Er hielt mich fest, von hinten umklammerte er meinen Oberkörper inklusive Arme, ich wehrte mich - alles im Scherzmodus, aber es fühlte sich so verdammt gut an. Wir lachten, wir keuchten etwas wegen der Anstrengung, dann musste ich husten. Zu viel trockene Hitze. Er ließ mich los und holte etwas zu trinken.

„Jackie Cola?", er streckte mir ein Glas entgegen.

„Die Frau erstickt fast und du kommst mit Whiskey?", ich blickte ihn vorwurfsvoll an.

„Jackie Cola?", wiederholte er grinsend sein Angebot und ignorierte meinen nicht ganz ernst gemeinten Protest. Ich lachte. „Woher weißt du, was mich wieder gesund macht?"

„Du hast kein Jim Beam-Gesicht, das muss Jackie sein."

„Oh, wie nett - ich hab ein Alki-Gesicht."

„Hattest du heute Morgen echt sieben Radler getrunken?", fragte er plötzlich.

„Was? Spinnst du? Ich trink doch morgens keinen Alkohol!", reagierte ich empört.

„Ich dachte schon…"

„Es waren nur zwei", lachte ich. Ich wäre gerne erneut weggelaufen, aber dann hätten die Araber mich wegen Diebstahl des Glases wahrscheinlich auch verfolgt. Eric schüttelte lachend den Kopf.

„Wir sind morgen den ganzen Tag auf dem Meer."

Es war, als wenn Eric mir mitteilen wollte, dass wir uns morgen den ganzen Tag nicht sehen würden. Das war die blödeste Nachricht, die er mir hätte mitteilen können in dem jetzigen Moment. Aber besser so, als wenn ich ihn am nächsten Tag überall verzweifelt gesucht hätte - das hätte mir den ganzen Tag versaut. Auch wenn ich es nicht zugegeben hätte, auch wenn ich es total unauffällig als „Ich schau mir die Anlage mal genauer an" tarnen würde, ich hätte ihn *ganz sicher* überall gesucht.

„Ah, ihr macht eine Bootstour?! Ja, wollte ich die Tage auch noch buchen…"

Mein Handy klingelte und schlagartig wurde mir bewusst, dass ich die Zeit vergessen hatte.

„Mom? Wo bleibst du?"

„Oh shit! Sorry, ich komme!"

120

Ich leerte mein Glas und gab es Eric. „Es tut mir leid, aber meine Tochter wartet vorne am Taxistand auf mich, ich muss mich beeilen." Ich küsste ihn zum Abschied auf die Wange, dafür musste ich mich auf Zehenspitzen stellen, weil er so groß war.

„Jetzt rennt die wieder weg. Daran müssen wir arbeiten, Arielle. Aber du bist im falschen Märchen, Arielle ist geschwommen, nicht gelaufen - verlierst du jetzt auch ´nen gläsernen Schuh?", ich hörte ihn das noch hinter mir herrufen.

„Wieder falsches Märchen, das macht nur Aschenputtel, ich bin die Schöne und du das Biest", rief ich zurück, während ich eine kurze Drehung machte. Er war so witzig, das gefiel mir so gut. Ich winkte und lief weiter. So schwer es mir auch fiel jetzt zu gehen, aber das *auf Distanz halten* war immer noch besser, als sich in einen blöden Urlaubsflirt zu werfen, bei dem ich am Ende noch traurig heimfliegen würde.

„Mom, du hättest doch was sagen können, dann wäre ich mit meinen Freunden ins Hotel gefahren und du hättest noch bei deinem neuen *Schwarm* bleiben können", schimpfte Shirin.

„Ach, lass mal. Es ist besser die Kerle schmoren zu lassen, mein Kind."

„Ich weiß, das hab ich von dir schon gelernt. Mein Freund hat nicht aufgehört mir ´ne Szene zu machen, jetzt hab ich mit der Clique lauter witzige Urlaubsfotos auf Insta gepostet. Soll er mal ´ne Runde richtig ´nen Grund haben, eifersüchtig zu sein."

„Warum ist der denn eifersüchtig? Weil du mit mir im Urlaub bist?"

„Ja, er ist angepisst, seit wir abgeflogen sind. Es gibt überhaupt keinen Grund, er will mir einfach meinen Urlaub vermiesen. Aber der kann mich mal. Wenn ich eins von meiner Mom gelernt habe ist es, dass man sich niemals *niemals* den Urlaub vermiesen lässt."

„Gutes Kind!", ich tätschelte ihren Kopf, woraufhin ich einen Schlag auf den Oberschenkel bekam.

„Ey! Blamier mich nicht", lachte Shirin.

„Zu spät", erwiderte ein Junge ihrer Clique und auch er bekam von Shirin einen Schlag auf den Oberschenkel zum Spaß.

Während die jungen Leute sich gegenseitig ihre Follower auf Instagram zeigten, blickte ich in die Nacht und dachte an Eric. *Scheisse. Morgen den ganzen Tag ohne ihn.* Die Boote fuhren immer schon um 7 Uhr los, die Busse dorthin meist schon viel früher. In Sharm war der Hafen weit weg von unserem Hotel. Und dann würde er erst gegen Abend wieder zurück sein. Mir wurde das Herz ganz schwer. *Deshalb hasse ich Urlaubsflirts.*

Als am Morgen das Telefon klingelte, konnte ich kaum aus den Augen kucken. Es musste doch noch total früh sein, denn mein Wecker sollte eigentlich erst um 7:30 Uhr klingeln. Wer rief denn überhaupt jetzt mitten in der Nacht an und warum? Shirin stöhnte und legte ihren Kopf unter das Kissen, welches sie sich auf die Ohren drückte. Ich räusperte mich und versuchte die Augen aufzukriegen, griff nach dem Telefon und krächzte in den Hörer. „Ja?"

„Guten Morgen, Prinzessin auf der Erbse, es tut mir leid, dass ich dich mitten in der Nacht wecke, aber Jonus ist ausgefallen, der hat die Scheisserei... ähm sorry, der hat Magen-Darm und kann nicht mit auf die Bootstour, willst du mit?"

In Nullkommanix war ich hellwach und ohne zu überlegen entschied ich: „Ja klar!"

„Okay, wir warten schon in der Lobby. Du hast zehn Minuten."

„Fuck!", rief ich lautstark aus. „Sorry für die Fäkalsprache", lachte ich.

„In Anbetracht der Umstände, lass ich das durchgehen. Los, hopp, ich freu mich auf dich!", er legte auf.

122

„Fuck!", wiederholte ich den Schrei, während ich ins Bad jumpte und von einem explodierten Wischmob auf meinem Kopf völlig schockiert wurde. Die Hitze, die trockene Luft, das Schwitzen im Schlaf (weil wir die Klimaanlage aufgrund des Schepperns ausgemacht hatten), hatten meine Haare völlig demoliert. Es war sinnlos. In 10 Minuten gut auszusehen, geht gar nicht. Zöpfe - die Rettung waren immer Zöpfe. Also fuddelte ich zwei Haargummis aus meiner Kosmetiktasche und flocht mir zwei Haarstränge, wie Pipi Langstrumpf nur nicht so hoch.

„Mom, ist was passiert?" Mist - Shirin, ich hatte sie nicht einmal gefragt, ob das für sie okay war.

„Oh Schatz, Eric, also der Kerl von gestern, hat angerufen, ob ich mit aufs Boot komme... ist das okay für dich den ganzen Tag..."

„Klar, Mom, sei einfach wieder leise, ich will schlafen. Bis heute Abend. Tschüss, ich komm klar, viel Spaß und so." Sie winkte mich weg und legte sich wieder unters Kopfkissen.

Zöpfe fertig, Zähneputzen, Makeup ins Gesicht klatschen... Augen schminken vor dem Schnorcheln war keine gute Idee, aber ich sah aus wie ein zu gequollenes Mondkalb, also entschied ich mich wenigstens für etwas Kajal, damit ich nicht ganz so kleine Schweinchenaugen hatte. Und die Sonnenbrille verdeckte den Rest.

Rucksack packen, Bikini... *oh Gott, in welchem sehe ich am besten aus? Ne, den verliere ich beim Tauchen... egal...*

In zehn Minuten war ich zwar fertig, aber auch erst beim Zuschmeißen der Hotelzimmertür. Bis in die Lobby waren es noch etwa drei Minuten. *Oh mann, was ein Stress um 6:30 Uhr am Morgen.*

„Zöpfe, wie süß", begrüßte mich Eric und küsste mich freundschaftlich auf die Wange. Robert nickte und grinste.

„Ich bin ja überzeugt, dass Eric dem Jonus absichtlich was ins Essen gemischt hat, damit er heute die

123

Scheisserei hat", Robert lachte laut und schlug seinem Freund freundschaftlich, aber deutlich auf den Rücken.

„Nein, aber ich habe ihm jetzt auch nichts gegeben, um gesund zu werden", lachte Eric und schlug zurück. Die beiden kabbelten sich wie kleine Brüder. Und Robert landete im Schwitzkasten von Eric.

„Ich lass dich heute nur cool aussehen, damit du vor deiner neuen Perle glänzen kannst", krächzte Robert und drehte dann seinen Kopf gequält zu mir. „Sonst gewinne ich immer, aber heute bringe ich Opfer."

Die beiden waren zum Schießen komisch. Eric zwinkerte mir zu. Ich hätte erwartet, dass er protestiert, aber er stand wohl dazu, dass ich seine *neue Perle* war. Und es gefiel mir. Konnte es nicht im wirklichen Leben auch so easy sein mit einem Kerl? Das hier war das Urlaubsfeeling, das war nicht real und ich würde aus dieser Seifenblase herausplatzen, sobald der Urlaub rum war. Ich versuchte, die negativen Gedanken wegzudrängen und einfach die Zeit maximal zu genießen.

„Woher hattest du eigentlich meine Zimmernummer, um mich anzurufen, du Stalker?", fragte ich, weil mir der Gedanke gerade Fragen aufwarf.

„Die lassen sich hier mit ein paar Dollar bestechen", zwinkerte Eric.

„Aber du wusstest doch gar nicht wie ich heiße?", ich runzelte die Stirn.

„Der Name deiner Tochter hat gereicht. Gottseidank hat sie keinen Allerweltsnamen, *Shirin* gibt's im Hotel keine andere, hat der an der Rezeption erzählt."

„Datenschutz gibt's in Ägypten auch nicht", lachte Robert.

„Aber echt", schimpfte ich lachend.

„Hey, beschwer dich nicht, Olive, sonst wärst du hier jetzt nicht bei mir", raunte mir Eric zu.

„Stimmt auch wieder", ich zuckte mit den Schultern, „Ich hab´ ja auch kein Problem damit, es hatte mich nur gewundert. Ich wüsste gar nicht, wie ich an eine Zimmernummer käme, wenn ich sie bräuchte."

„Ich geb´ sie dir auch kostenlos, brauchst nur fragen", lachte Robert.

Der Tag startete bahnbrechend. Die Hinfahrt im stickigen Bus war superlustig. Eric und Robert lieferten sich einen Schlagabtausch der Späße, ich hatte Bauchweh vor Lachen und mein Gesicht spannte vom Grinsen. Ich fühlte mich wie Anfang zwanzig auf Klassenfahrt. Es war so cool.

Auf dem Schiff schäkerte Robert mit zwei russischen Mädels und ließ Eric und mir Zeit zu zweit. Ich hätte nicht sagen können, ob Robert das mit den Frauen nur machte, um uns alleine zu lassen oder ob er sowieso so ein Aufschneider war, der nichts anbrennen ließ.

Eric und ich erzählten uns nichts von unseren Leben und fragten uns auch nicht aus. Wir sprachen über das, was wir sahen, über das Meer, die Delphine, auf die wir gerne treffen würden, über unsere Erfahrungen beim Schnorcheln und wo wir schon überall Urlaub gemacht hatten. Wir vermieden zu viel über unser Privatleben auszutauschen. Warum auch immer, es schien wie ein unausgesprochenes Gesetz. Wir wollten einfach nur im Hier und Jetzt sein, nicht zuhause und nicht in der Vergangenheit. Das war wundervoll befreiend, wenngleich ich mich fragte, warum das so war.

Wir schnorchelten an jedem Stop zusammen, Eric zog mich an einer Hand mit hinunter - er schnorchelte weitaus besser als ich und manchmal hatte ich Probleme mitzukommen. Doch eigentlich hätte ich mich von ihm einfach nur ziehen lassen müssen. Ich hatte das Gefühl, er besäße Superkräfte und konnte ewig lange die Luft anhalten.

Robert war umringt von seinen zwei russischen Verehrerinnen. Eric und ich machten beim dritten Schnorchel-Stop dem Tauchguide klar, dass wir alleine zurechtkämen und er erlaubte uns, uns von der Gruppe zu

125

trennen. So schwammen Eric und ich auf unsere eigene Tour in den Korallenriffen und es war magisch.

„Oha, wir haben uns ganzschön weit vom Schiff entfernt, hab ich gar nicht mitgekriegt", entschuldigend blickte Eric zurück zum Schiff. Ich folgte seinem Blick und tatsächlich - wir waren ziemlich weit gekommen. Ich hatte eine miserable Kondition, wollte aber nicht zugeben, dass ich bereits jetzt schon Müdigkeitserscheinungen hatte.

„Langsam wieder zurück?", fragte ich.

„Ja, können wir." Eric machte einen Turn und tauchte unter mir durch. Er kam direkt vor mir wieder hoch, es waren Sekunden des Knisterns, ein Blick von Taucherbrille zu Taucherbrille. Er hatte keinen Schnorchel im Mund, das Knistern wurde stärker.

Und plötzlich hatte ich einen Schwall Wasser im Gesicht. Eric hatte den Moment mit einem Spaß zerstört und mit dem Wasser gespritzt. Wir endeten in einer schreienden Wasserschlacht. Irgendwann hielt er meine Hände fest und fast dachte ich, er küsst mich jetzt. Doch er lachte nur verschmitzt.

Wir hörten ein Pfeifen und die Crew winkte uns vom Boot aus, zurück zu kommen. Das war unser Kommando, schneller zu schwimmen und zu tauchen.

Die Strampelei mit den Flossen war ermüdend. Ich konnte kaum noch hinter Eric her kommen. Ich wurde immer langsamer. Und dann verschluckte ich mich, weil ich Luft geholt hatte. Unter Wasser mit dem Schnorchel. Wie ein Anfänger. Eric war in Sekunden da und hielt mich fest. Ich hustete und hustete, zog mir meine Maske vom Kopf und hatte kurzzeitig Koordinationsprobleme.

„Dass ich diese Frau immer wieder retten muss. Wie konntest du überhaupt alleine überleben bis heute?"

Ich lachte, während ich mich an seinen starken Schultern festhielt. Meine Beine waren so schwach, ich konnte wirklich kaum noch richtig strampeln. Das Wasser war stärker als ich. Ich versuchte meine Maske wieder aufzuziehen, doch irgendwie kriegte ich das nicht hin. Als

126

hätte Eric zwei Arme mehr, schaffte er auch das - er hielt mich über Wasser, er zog mir die Maske über den Kopf und war dabei so unverschämt perfekt. *Was war dieser Kerl? Bodyguard? Superheld?*

Da hing ich in seinen Armen und wir blickten uns an, Taucherbrille an Taucherbrille, es knisterte, und wir prusteten los. Warum auch immer, mussten wir schallend lachen. Wieder ein Pfiff, die Crew rief und winkte.

„Wir müssen zurück, kannst du noch?", fragte mein Retter.

„Ich muss zugeben, meine Beine gehorchen mir nicht mehr richtig... Aber ich schaff das schon", mutige Arielle wollte stark sein.

Doch Eric fragte gar nicht groß, er steckte mir meinen Schnorchel in meinen Mund und packte mich sozusagen auf seinen Rücken.

„Schling deine Arme um mich", befahl er mir, ich war völlig überrumpelt, aber folgte ihm. Dann hing ich an ihm - umarmte seinen großartigen, wundervollen, perfekten Oberkörper mit meinem weiblichen, nicht ganz so perfekten Körper und wurde von ihm mitgezogen. Wie ein Delphin schwamm er unter mir und ich wurde einfach getragen. Ich schluckte Tonnen an Wasser, aber ich vermied es noch einmal zu husten, ich wollte nicht ständig das zu rettende Etwas sein, das total auf seine Hilfe angewiesen war. Obwohl mir ja gerade meine Dusseligkeit große Nähe zu ihm eingebrockt hatte und ich könnte nicht sagen, dass mir das nicht gefiel.

Den Rest des Tages verbrachten wir mit Robert und den zwei russischen Frauen auf dem Sonnendeck des Schiffes. Die Konversation war ein lustiges Gemisch aus Englisch, Russisch und Deutsch. Ich war begeistert, wie gut Eric und Robert englisch sprachen, bis ich erfuhr, dass nicht Deutschland, sondern Amerika ihre Heimat war. Mehr verrieten sie mir nicht und auch das erfuhr ich nur durch Zufall. Eric schien ein Geheimnis zu haben, das machte mir etwas Bauchweh.

Aber ich ließ das nicht zu nah an mich ran. Zu schön war dieser wundervolle Nachmittag, Eric suchte genauso meine Nähe wie ich die seine. Wir setzten uns bei der Rückfahrt nur zu zweit ganz unten, auf die Rückseite des Bootes und blickten dem sprießenden Wasser nach, beobachteten, wie das Schlauchboot, welches am Schiff hing, durch den Wellengang hin- und hersprang und schäkerten und flirteten, was das Zeug hielt. Ich schätzte es sehr, dass Eric zwar immer wieder Körperkontakt zu mir suchte, aber niemals zu aufdringlich wurde, immer einen respektvollen Abstand hielt und das imponierte mir nicht nur, es gab mir das erste Mal das Gefühl, dass ein Mann auch Grenzen auf empathische Weise einhalten kann. Den Moment unserer Zweisamkeit nutzte ich aus, um ihm ein paar nähere Fragen zu stellen.

„Aber du bist Single, oder?"

„Ja sicher, sonst würde ich nicht so mit dir flirten, oder denkst du, ich bin so einer?"

„Nein, aber du bist... zu schön um wahr zu sein", es war mir zwar etwas peinlich, das zu sagen, aber ich bin ein Mensch, der gerne die Wahrheit sagt und trage mein Herz nun mal auf der Zunge.

„Das kann ich nur zurückgeben. Alles mit dir fühlt sich sehr nice an und ich hoffe, das ist nur der Anfang", Eric nahm vorsichtig meine Hand und blickte auf den Horizont, der vor uns lag. Auch das war ein Stück Respekt, er hatte vorsichtig meine Hand genommen, aber er hatte nicht versucht, mich direkt zu küssen. Allerdings hätte ich auch nichts dagegen gehabt. Mein Gott, wollte ich diesen Kerl unbedingt küssen. Aber ich mochte seine Art, die Dinge langsam angehen zu lassen und ich spürte seine Ehrlichkeit. Irgendetwas schien er zu verbergen. Ich konnte nicht sagen was; ich fühlte nur, dass es etwas gab, was er verschwieg. Ich wollte diese wundervolle Stimmung auch nicht mit ernsten Themen versauen, es war mir egal, was er zu verbergen hatte - es war keine andere Frau, dessen war ich mir sicher, also was soll´s.

Ich sprang auf und griff mir die Wasserdusche, mit der wir uns nach dem Schnorcheln immer das Meerwasser abduschten und spritzte ihn nass.

Wir kämpften dann um die Dusche und in wenigen Sekunden glänzten wir beide klatschnass und Eric kam mir ganz nah. Sein Arm umfasste meine Taille, er zog mich zu sich ran, er hatte den Duschschlauch ergattert und wieder in die Halterung zurück gesteckt. Da standen wir nun. Tropfende Nase ganz dicht vor tropfender Nase, die Haare hingen uns ins Gesicht, mein Oberkörper berührte seinen Oberkörper. Wir lachten leise und waren etwas außer Atem. Er strich mir eine Haarsträhne aus dem Gesicht und lächelte. Seine Augen funkelten. *Jetzt... küss mich doch endlich...*

„Wir legen gleich an, Sachen packen", rief ein Crewmitglied und als wären alle sofort von oben nach unten gesprungen, war urplötzlich um uns herum heller Aufruhr. Eric lachte. Ich schüttelte lachend mit dem Kopf.

„Unfassbar!"

„Warum wird uns auch jeder einzelne knisternde Moment von anderen zunichte gemacht, wenn ich dich küssen will?", lachte Eric. Ich liebte seine Ehrlichkeit. Das machte uns zu Verbündeten.

Ich blickte ihm lachend tief in die Augen, während er mich immer noch fest hielt.

„Ach, ich mag diese knisternden Momente und wer hat schon so viele davon, wie wir? Wäre es beim ersten Mal nicht zerstört worden, hätten wir ihn schon hinter uns und hätten nicht einige weitere Male gehabt."

„Stimmt auch wieder. Aber nicht, dass du das jetzt absichtlich in die Länge ziehst", Eric stupste mit dem Finger auf meine Nase, drehte sich von mir weg, aber nahm meine Hand und wir gingen nach oben, um uns zu trocknen und unsere Sachen zu holen.

Unser Abschied war nur kurz und knapp, als wir in der Lobby angekommen waren. Es fühlte sich komisch an. Ich wusste nicht, wie es jetzt weiter gehen würde, irgendwie spürte ich, als wäre etwas zwischen uns.

Nach dem Ausgang zur Hotelanlage, musste ich nach rechts, die beiden Jungs nach links, um in unsere bungalowartigen Hotelzimmer zu gelangen. Der Abschied war lustig, locker und freundlich, aber ich fühlte mich wie bestellt und nicht abgeholt. Oder eher wie nicht bestellt und auch nicht abgeholt.

„Du hättest ihn aber doch auch fragen können, oder? Warum hast du nichts gesagt?", Shirin war schon auf dem Zimmer und machte sich fertig für das Abendessen. Ich hatte ihr von dem tollen Tag und dem komischen Ausklang erzählt.

Das Telefon klingelte, Shirin nahm ab.

„Mom, dein Verehrer", sagte sie absichtlich laut. Ich blickte sie vorwurfsvoll an. Sie lachte.

„Hey Dornröschen, ich Idiot bin fest davon ausgegangen, dass wir uns nach dem Duschen wiedersehen und zusammen Abend essen. Robert hat mich eben drauf angesprochen, dass das ein komischer Abschied gewesen sei und ob wir denn nix ausgemacht hätten. Wir gehen doch zusammen zum Abendessen, oder? Ich hab mir darüber keine Gedanken gemacht, weil ich fest davon ausgegangen war... ich red´ mich grad um Kopf und Kragen, oder?" - ich hätte ihn dafür knutschen können. Ein riesiger Stein fiel mir vom Herzen.

„Ich hätte doch genauso gut was sagen können", lachte ich erleichtert. Shirin blickte mich an mit einer Gestik die mir zeigte: *„Siehste, hab ich dir doch auch direkt gesagt!"*
Ich war so glücklich und erleichtert, dass ich nicht in ein depressives Loch fallen musste. Eric, seine Kumpels und ich verabredeten uns für eine Stunde später - bis dahin müssten wir alle fertig sein. Jonus ging es auch schon besser, er würde ebenfalls mitkommen. Shirin und ihre Clique wollten in die Disko und sie war froh, dass ich nicht wieder alleine essen würde.

130

Bei dem, was Jonus so in sich hineinstopfte fragte ich mich, ob er wirklich Magen-Darm gehabt hatte, oder ob er für mich - auf Drängen von Eric - auf den Bootstrip verzichtet hatte. Aber vielleicht war er einfach schnell wieder gesundet.

Jonus und Robert verabschiedeten sich eine Stunde später, sie wollten die Bauchtanzshow der Animation sehen - und uns wahrscheinlich auch Zweisamkeit gönnen. Da die meisten Gäste nun gegangen waren, war es fast schon romantisch im sonst so vollen Restaurant. Wir saßen bei Kerzenschein, unterm Sternenhimmel, blickten über die Anlage und das Meer - der Mond spiegelte sich im Wasser und es lief romantische Musik.

„Wie in einem Kitschfilm, oder?", fragte Eric.

„Jetzt mach die Stimmung nicht kaputt, mann", ich blickte ihn vorwurfsvoll lachend an.

„Oh nein, ich mach nix kaputt. Ich find's sooo schööön romantisch", Eric hatte meine Hände gegriffen und blickte mir gespielt übertrieben tief in die Augen.

„Hör auf, sonst machst du mir Angst", ich zog meine Hände weg und er machte einen Schmollmund.

„Gehen wir spazieren?" Ich stimmte zu und wir gingen in Richtung Meer hinunter. Hand in Hand, schweigend, jeden einzelnen Moment genießen.

Wir setzten uns nebeneinander auf die Felsen ganz am Ende des Strandes, der zum Hotel gehörte. So weit weg von allem Trubel wie möglich und lauschten dem Wellengang, der an die Felsen schlug. Ich sog seine Nähe in mich auf, es war so unglaublich voller Ruhe. Nicht diese Aufregung, wie ich sie sonst bei einem Mann gehabt hatte, diese Unsicherheit und das Verstellen, weil man dem anderen gefallen wollte. Das hier war etwas völlig anderes, neues. Wir verstanden uns wortlos, wir kommunizierten schweigend. Wir tauschten Informationen in Form von Energie aus, als wäre es nicht von dieser Welt.

„Ich möchte jede Minute mit dir verbringen in den nächsten drei Tagen, ist dir das zu viel? Oder ist das blöd wegen deiner Tochter?" Mein Herz hüpfte, als er das sagte.

„Nein, das ist mir nicht zu viel und das geht auch okay mit meiner Tochter. Sie hat Freunde hier gefunden und ist froh, dass sie die Zeit nicht mit ihrer Mom verbringen muss. Sie ist achtzehn, das ist völlig okay und…", ich merkte, wie ich vor Nervosität und Aufregung anfing zu plappern. Eric beobachtete mich amüsiert und nahm meine Hand. Nur einen kurzen Augenblick durchzog mich ein Stechen, denn diese drei Tage… waren die Tage bis zu unserer Abreise. Das wurde mir so schlagartig bewusst, doch ich schob diese Tatsache einfach weg aus meinem Bewusstsein. Ich konnte noch Trübsal blasen, wenn es so weit war. Aber nicht in diesen drei Tagen, nicht eine Minute wollte ich an Abschied denken. Es zählte nur das Hier und Jetzt und das war perfekt.

Wir sprangen plötzlich beide auf und jagten uns über den mondbeleuchteten, dunklen Strand. Es war menschenleer, kein Angestellter, kein anderer Urlauber war hier mit uns. Wir alberten herum, bis ich mich irgendwann außer Atem in den Sand fallen ließ und Eric mir gleich tat. Wir lagen nebeneinander auf dem Rücken und blickten in den Sternenhimmel.

„Ich bin so fertig von dem Schnorcheln heute", flüsterte ich und lachte.

„Ich bin so froh, dass ich dich ständig retten darf", flüsterte Eric.

„Ich bin so froh, dass mir das Universum diesen Retter geschickt hat", flüsterte ich.

„Und ich bin froh, dass du die Treppe fast runtergesegelt bist, sonst hätten wir uns nie so kennen gelernt….", Eric rollte sich auf die Seite, stützte seinen Kopf auf die Hand und beobachtete mich. Es war so ein Moment, bei dem ich wusste, dass er mich vielleicht gleich küssen würde. Doch

132

ich genoss dieses Knistern. Noch nie hatte ich mir bei einem Mann die Zeit genommen, diesen Moment hinaus zu zögern, ich war immer viel zu schnell eine Beziehung eingegangen. So sehr ich auch diesen Augenblick genoss und es war unglaublich romantisch und magisch, doch ich rollte mich auf die Seite und sprang auf.

„Cocktail-Bar?", ich stellte mich hin, als würde ich gleich für einen Sprint starten. Bereit loszudüsen.

Eric stöhnte lachend. „Dieses Mal hat es kein anderer kaputt gemacht, dieses Mal hat sie es mit Absicht getan. Ich wusste, dass du das tun würdest. Ich hab´s schon am Boot geahnt", Eric war schneller aufgesprungen, als ich kucken konnte und rannte los, an mir vorbei.

„Ey, das is unfair, Fehlstart", rief ich hinterher und folgte ihm. Bis ich merkte, dass meine Beine, nach der ganzen anstrengenden Schwimmflossenbeinarbeit an diesem Tag, mich nicht schnell genug tragen würden.

„Waaarte, ich bin ein Krüppelkind!"

Eric lachte und wartete am Treppenaufgang auf mich.

„Soll ich dich Huckepack nehmen?"

„Du machst mir Angst. Wo nimmst du die ganze Power her, PowerRanger?!" Erics Augen funkelten.

Wir betranken uns maßlos. Eric und ich testeten die Cocktailbar wie zwei Saufkumpels von oben nach unten und wieder zurück. Irgendwann gesellten sich auch Jonus und Robert dazu. Ich bekam am Rande mit, dass Shirin vorbei kam, gute Nacht sagte und sich Sorgen machte, ob ich das am nächsten Tag nicht bereuen würde. Solche Gedanken machte ich mir gar nicht.

♥

„Here not sleep allowed", hörte ich eine männliche Stimme, die uns leise weckte. Ich lag auf Erics nacktem Oberkörper in seinem Arm, aber unser restlicher Körper war angezogen. Ich wischte mir den Mund trocken und auch meinen Sabberfleck auf Erics Brustkorb. *Wie peinlich.* Ich fühlte mich wie vom Bus überfahren, ich hörte ein Stöhnen hinter mir. Als ich mich rumdrehte, mir wurde schwindelig, sah ich auf der einen Liege Jonus schnarchen, auf dem Sand davor lag Robert und streckte alle Viere von sich. Nun regte sich auch Eric.

„Here not sleep allowed, you have to go now", der arabische Strandwächter klopfte mit einem Holzstück gegen das Holz unserer Liege und schüttelte mit dem Kopf. Es war schon am Dämmern. Wir hatten uns völlig betrunken an den Strand zum Schlafen gelegt. Ich kicherte, bis mir einfiel, dass ich sicherlich nicht zum Anbeißen aussah. *Hatten Eric und ich uns geküsst? Oh nein, da warten wir die ganze Zeit und küssen uns dann im Suff, ohne uns erinnern zu können? Bitte nicht!* Ich versuchte mich zu erinnern, aber ich war fest überzeugt, dass ich mich an einen Kuss bestimmt erinnern könnte.

Wir erhoben uns alle mehr oder weniger schnell. Wir sahen aus wie eine Horde Zombies und wackelten schweigend in Richtung Treppen, Eric nahm wie selbstverständlich meine Hand. Ich glaube, er war noch im Halbschlaf. Gottseidank, ich wollte nicht, dass er mich so sah - ich konnte nur erahnen, wie sehr meine Haare zerzaust waren und mein Gesicht verschmiert.

„Du siehst gut aus, Aschenputtel", lachte Eric leise, als hätte er meine Gedanken gelesen.

„Ist das jetzt sarkastisch oder ernst gemeint?" Er lachte noch einmal, aber antwortete nicht.

Als unsere Wege sich trennten, winkte mir Eric nur noch zu, als wäre er zu mehr nicht mehr fähig, schickte aber noch ein „Frühstück um neun?" hinterher. Er war einfach zum Schießen perfekt. Mein Kopf dröhnte. *Ohje, Shirin hatte es gewusst - ich würde es später bestimmt bereuen.*

Am Frühstückstisch saßen später eine sehr amüsierte Shirin und vier Saufnasen mit Sonnenbrillen und Katerfrühstück.

„Einer von den Cocktails war schlecht", stöhnte Jonus.

„Falsch, einer war nur zu viel", konterte Robert.

„Billigfusel", murmelte Eric.

„Wisst ihr eigentlich, was passiert, wenn man von sich selbst eine Voodoo-Puppe bastelt und sich drauf setzt?", fragte Shirin todernst. Wir blickten sie alle total verständnislos an. Sie hatte immer irgendwelche makabren Scherze im Gepäck, den hatte sie wohl neu.

„Nein, was?", fragte Jonus.

„Man kann nie mehr aufstehen", während meine Tochter lachte, erntete sie nur verständnislose Blicke.

„Boah, ihr seid einfach zu alt für coole Witze!", schimpfte sie und verließ die Gruppe der Alten, um zu ihren jungen Freunden zu gehen.

Eine Stunde später, gestärkt durch ein gutes Frühstück und starken Kaffee, waren wir schon wieder munterer. Der Tag war eine einzige Poolparty, nur ohne Alkohol. Wir paddelten auf unseren Luftmatratzen im Kreis um die Wette, bis wir alle gegen Nachmittag noch etwas Schlaf nachholten und uns in den Schatten legten. Alle vier, außer Shirin, die war noch immer mit ihrer Clique unterwegs.

Auch der Abend und der nächste Tag waren gefüllt mit einer Menge Spaß und Spielen. Wir verbrachten die meiste Zeit zu viert, manchmal gesellte sich auch Shirin dazu. Wie eine Clique von Freunden, nur das Knistern zwischen Eric und mir war besonders - unaufhörlich hielten wir es aufrecht.

„Sag mal, habt ihr euch beide schon geküsst? Das ist ja kaum auszuhalten.", sagte Jonus am späten Nachmittag des Vorletzten Tages.

135

„Ich finde, man könnte meinen, ihr kennt euch schon seit Jahren", fügte Robert an.

Ich wurde rot, Eric grinste. Wir sagten nichts. Wir hatten uns tatsächlich noch nicht geküsst, es war mittlerweile wie eine absichtlich in die Länge gezogene Spannung. Wir sprachen nicht darüber, aber wir kamen uns immer nur so nahe, bis es fast passierte - ob beim Rumalbern im Pool oder beim Sonnen auf der Liege. Wir waren uns immer wieder so nah, nur Millimeter entfernt und doch - überschritten wir diese Grenze einfach nicht. Ich glaube, wir hatten Angst, etwas kaputt zu machen. Dabei konnten wir beide diese Spannung kaum noch aushalten. Es hatte sich verselbständigt. Aber es jetzt auf Kommando zu tun, wäre das Schlechteste. Also ignorierten wir die beiden einfach.

„Ich hole dich um 19 Uhr ab", sagte Eric ungewohnter Weise an diesem späten Nachmittag zu mir, bevor wir uns trennten, um duschen zu gehen und uns für den Abend fertig zu machen. So wie jeden Abend. Ich war verwirrt.

„Ist mit mir abgesprochen, wir sehen uns dann morgen Mittag", sagte Shirin und ich war noch verwirrter. Jetzt hatte ich Schmetterlinge im Bauch. Ich ahnte, es war der vorletzte Abend, Eric wollte einen Gang hochschalten und ich war derselben Meinung. Wir würden wohl alleine zu Abend essen, ohne die anderen. Allerdings war es mir peinlich, dass meine Tochter wusste, dass ich die Nacht mit einem fremden Mann verbringen würde. Sie machte mir jedoch klar, dass das völlig okay wäre und sie darüber nicht reden wolle, sonst hätte sie Bilder im Kopf und das wollte sie tunlichst vermeiden.

„Ich will einfach nur, dass du glücklich bist, Mom. Dieser Eric macht dich glücklich. So habe ich dich schon lange nicht mehr gesehen!" Ich drückte und küsste meine Maus.

Ich zog mein schickstes Kleid an und versuchte, meine Haare endlich einmal glatt zu glätten, doch die Hitze

136

machte immer wieder Wallerwellen draus. Es war zum Verzweifeln, ich musste mich damit abfinden. Um 19 Uhr klopfte Eric, pünktlich auf die Minute. Er küsste mich auf die Wange, nachdem er mir ein Kompliment gemacht hatte und nahm mich an die Hand.

„Ach, gehen wir nicht ins obere Restaurant?", ich war verwundert, weil Eric den Weg zum Strand einschlug.
„Lass dich überraschen, es wird kitschig", lachte er und mein Herz klopfte schneller. Ich konnte ahnen, wo wir hingingen. Mir war klar, dass ihn das Überwindung gekostet haben musste. Am Strand gab es Candle-Light-Dinner zum Extra-buchen. Eric bereitete mir zwar manchmal knisternde Momente, aber er war im Grunde genommen nicht sonderlich romantisch. Bereits am ersten Tag unseres Kennenlernens hatte er mir erzählt, wie lächerlich er das fand, wenn sich ein Paar im Kerzenschein mitten auf den Strand setzte und sich bedienen ließ. Wie auf einem Präsentierteller. Doch ich hatte ihm erklärt, dass es für eine Frau etwas Besonderes wäre und ich so etwas schön fände. Zwar hatte ich das noch nie selbst erlebt, aber schon ein paar Paare gesehen, und es hatte etwas Magisches.
Da war nun wohl jemand über seinen Schatten gesprungen, Eric hatte uns ein Candle-Light-Dinner gebucht.
„Aber, ich hab´ nen Deal gemacht. Da ich es, wie du weißt, albern finde, dass der Kellner da dann rumsteht, haben die uns alles hingestellt und wir sind alleine für zwei Stunden - wenn es für dich okay ist."
Ich lachte. „Mit dir ist alles okay für mich", ich hielt ihn kurz zurück und küsste ihn auf die Wange. Er drückte meine Hand und wir liefen die Treppen zum Strand hinunter.
Es war wie in einem Traum. Unser Weg hinunter und zum Tisch war umsäumt von Kerzenlicht. Es lief ganz leise, ruhige Musik wie von einer alten CD der Kuschelrockreihe

und ich kam mir vor, als wären wir auf einem Set von *Nur die Liebe zählt* oder dem *Bachelor.*
Völlig surreal, aber wunderschön.

Das Essen war mir ziemlich egal, ich hatte kaum Hunger, denn ich war unglaublich aufgeregt. Eric fragte mich tausend Fragen zu meinem Leben zuhause, doch ich kam überhaupt nicht dazu, ihn nach seinem zu fragen. Er wich mir immer aus. Ich fragte mich, was das für einen Grund haben könnte, doch ich wollte auf Biegen und Brechen diesen schönen Abend nicht zerstören, also beließ ich es dabei.

Als wir den Wein leer getrunken hatten, gingen wir am Strand spazieren. Hand in Hand. Plötzlich riss mich Eric aus meinen Gedanken, drehte mich zu sich, blickte mir in die Augen - ich war völlig überrumpelt.

„Scheiss drauf, ich will nicht mehr warten", Eric lachte amüsiert, umfasst meine Taille, zog mich an sich, griff sanft in meine Haare an meinen Nacken und senkte seine Lippen auf die meinen und küsste mich. Auch wenn ich zwischendurch kichern musste, war es bombastisch. Als zündeten nun die tausend Bomben die wir durch unser *Hinauszögern* gelegt hatten. Durch das immer wieder warten auf diesen einen *richtigen* Moment, war der Geduldsfaden bei Eric gerissen und ich war ihm dankbar dafür. Wir blieben wie für eine halbe Ewigkeit dort stehen und küssten uns. Zwischendurch lachten wir - voller Glück und Fassungslosigkeit über uns, dass wir damit so lange gewartet hatten.

„Wir sind so doof, wir hätten die ganzen Tage uns schon küssen können", flüsterte ich.

„Egal, wir haben noch so viel Zeit, das zu tun", flüsterte er. Doch ein Stich der Erkenntnis durchzog mein Herz - denn es war nur noch ein Tag. Nur noch ein einziger Tag, bis wir nach Hause flogen. Ich hätte heulen können, jetzt in diesem Moment und in dieser Sekunde, doch ich schluckte es hinunter.

„Du denkst an den Abschied", flüsterte er und drückte mich an sich, wie um mich zu trösten. Mein Kopf auf seiner Brust, ich hörte sein Herz klopfen, ich spürte ihn atmen. Wie konnte er nur so feinfühlig sein, er war viel zu perfekt und ich würde ihn vielleicht nie wieder sehen. Er hatte ein Geheimnis, das durchzog mich wie eine weitere schmerzhafte Erkenntnis. Ein Geheimnis, dass er mir bisher nicht anvertraut hatte, und ich würde ihn löchern müssen, damit er es mir sagte, bevor wir uns durch unsere Abreise trennen. Aber erst morgen, denn der Abend, diese Nacht, sollte unsere Nacht sein. Es war mir egal, ich wollte nicht, dass irgendetwas diese Magie zerstörte und schaltete meinen Verstand vollkommen aus.

Wir zogen uns ans letzte Ende des Strandes zurück, nachdem die Kellner alle Indizien des Candle-Light-Dinners entsorgt hatten und wir ganz alleine am Strand zurück blieben. Es gab einen kleinen Felsvorsprung unten am Wasser, wo uns niemand sehen konnte. Diesen hatten wir am Vortag entdeckt. Ich zog meine Schuhe aus und wir kletterten hinunter.

„Warte", flüsterte Eric und kletterte wieder nach oben. Ich hoffte, er würde wieder zurückkommen, denn hier unten in der Dunkelheit am Rand des Meeres wurde mir sofort mulmig, so ganz alleine. Dann hörte ich ein schleifendes Geräusch. Eric hatte eine der Liegenmatratzen stibitzt und brachte sie mit hinunter. Der Ort hatte etwas so Magisches, dass wir die ersten Minuten einfach nur dort saßen und die Sterne betrachteten. Eric saß hinter mir, die Arme um mich gelegt, ich fühlte mich so geborgen und beschützt, ich hätte ewig so mit ihm dort sitzen können. Nach einer Weile küssten wir uns, immer inniger. Eric zog mir sanft mein Kleid aus. „Gott, was habe ich auf diesen Moment gewartet", hauchte er. Seine Finger strichen so sanft meinen Körper entlang, dass mir eine heiße Welle nach der anderen über meine Haut floss. Ich knöpfte sein Hemd auf und erinnerte mich, wie ich beim Schnorcheln seinen muskulösen Oberkörper hatte das erste Mal spüren dürfen. Er roch so verdammt gut und er fühlte sich unglaublich an. Warm und weich, stark und männlich. Es dauerte nicht lange, da waren wir beide nackt unter dem Sternenhimmel, eng umschlungen, vereint und ich hatte das Gefühl, wir schlugen mit einem Herzen, eine Energie, die sich vermischte und zu einer Einzigen wurde.

Es war die aufregendste und schönste Nacht meines Lebens. Ich konnte mir keinen magischeren Ort vorstellen als da wo wir waren. Der Vollmond schien und umhüllte alles mit einem magischen Licht. Das Meer war ruhig und schlug nur leicht an die Felsen. Es war aufregend und unvergleichlich, diesen Moment zu erleben. Wir schliefen dort Arm in Arm ein, ganz egal, ob uns jemand später oder früh wieder wegscheuchen würde. Es gab nur Eric und mich und diesen Augenblick im Hier und Jetzt.

Ein Kuss auf meine Stirn weckte mich, als es fast schon wieder dämmerte.

„Lass uns ins Bett gehen", flüsterte Eric.

„Wohin? Bei mir ist Shirin", flüsterte ich zurück.

„Ich habe ein Einzelzimmer, habe mit Jonus getauscht, der ist jetzt mit Robert im Doppelzimmer."

„Das sagst du erst jetzt?", ich boxte ihn.

„Ich fand´s hier draußen viel zu schön", Eric lachte und drückte mich.

Wir liefen wie zwei kichernde Sechzehnjährige so schnell wir konnten aufs Zimmer, bevor es richtig hell wurde und uns jemand sehen konnte. Man sah uns erst wieder mittags am Pool, die anderen verdrehten die Augen und lachten, aber keiner machte blöde Sprüche über uns.

Auch diesen Abend würden wir zusammen verbringen, denn das war unser letzter. Shirin ermunterte mich auch dieses Mal dazu. Ich wollte sie nicht alleine lassen, aber sie hatte so viel Spaß mit ihren neuen Freunden, dass sie noch einmal Feiern gehen würden und ich nur ein Klotz an ihrem Bein wäre, wenn ich mit ihr den Abend verbringen wollte. Hach, ist Mutterliebe etwas Schönes.

Dieses Mal gab es kein Candle-Light-Dinner, das wäre auch too much gewesen, aber Eric und ich wählten eines der Restaurants außerhalb der Anlage, um etwas Ruhe zu haben. Wir mussten reden. Das wussten wir beide.
„Ich muss zurück in die USA", als Eric das sagte, gerade als wir begonnen hatten zu essen, hätte ich mich fast verschluckt.
„Du musst... was?", ich trank einen großen Schluck Mojito, damit ich nicht husten musste. Es war eine rhetorische Frage gewesen, ich hatte ihn durchaus verstanden, auch wenn es mein Gehirn nicht verarbeiten wollte. Es öffneten sich tausend Fragefenster.
„Robert und ich sind in Deutschland stationiert, aber wir müssen aktuell für die nächsten sechs Monate nach USA zurück. Dieser Urlaub sollte uns nochmal relaxen, bevor wir auf eine Mission gehen."
„Auf eine *Mission*?", ich trank einen weiteren Schluck Mojito. Ich konnte gar nicht so schnell und so viel trinken, wie ich gerade wollte. Das war irgendwie too much Input für meinen Verstand. Von meinem Herzen ganz zu schweigen. Mir war kotzübel. Auch meinem Bauch war es zu viel Input.
„Was bist du? Ein Geheimagent?", ich gluckste, ich kam mir vor wie in einem schlechten Film und stellte mir vor, wie Robert und Eric auf Bösewichte trafen und kämpften.
„Ach, daher auch die krasse Kondition und Power", kombinierte mein Verstand. Eric schwieg, er beobachtete mich.
„Ich bin kein James Bond, falls du das meinst, aber sowas Ähnliches", er lachte, aber ich spürte, dass es ihm schwer fiel, mir das alles zu erzählen.
„Du verarschst mich", lachte ich verächtlich in der Hoffnung, dass er das tatsächlich nicht ernst meinte.

Doch Eric schaute mich nicht so an als würde er Scherze machen. „Nein, leider nicht...", er griff nach meiner Hand. Ich starrte ihn an.

„Was bedeutet das alles... für mich... für uns?", langsam kroch mein mulmiges Gefühl von meinem Bauch durch meinen Solarplexus bis in meine Kehle. Es formte sich ein Kloß in meinem Hals. „Ich würde, glaube ich, gerade gerne mal wieder weglaufen." Ich trank ein drittes Mal an meinem Mojito, doch der war mittlerweile leer.

„Ich fühle mich schlecht, dass ich dir das nicht von Anfang an gesagt habe, aber ich..."

„Nein, ist okay, das hätte vielleicht alles kaputt gemacht. Ich danke dir dafür, das waren wundervolle Tage und ich...", völlig vergeblich versuchte ich, mich zu beruhigen, tief durchzuatmen. Ich hätte nicht einmal sagen können, warum ich so reagierte, aber in diesem Moment übermannte mich eine unsagbare Trauer, aber auch Wut. Ein bisschen auf Eric, aber eher aufs Universum, weil es mir so etwas angetan hatte. Ich hatte mich verliebt in einen perfekten Mann, der nun wieder völlig aus meinem Leben verschwinden würde.

„Klar, das hätte mir klar sein müssen, dass das passieren könnte... aber...", noch einmal versuchte ich einen ernüchternden Gedanken zu finden, um cool mit der ganzen Sache umzugehen, aber dann passiert es. Ich konnte mich nicht mehr zusammen reißen, die Tränen begannen zu fließen und ich sprang auf, rannte raus, zurück zum Hotel, durch die Lobby und in Richtung Strand. Was anderes fiel mir nicht ein. Ich rannte einfach, die Tränen rannen meine Wangen hinunter.

Zurück in die USA... ich würde ihn nie wieder sehen... es war aber doch so... ja, zu schön, um wahr zu sein... meine Gedanken überschlugen sich, ich war so unsagbar traurig, geschockt und völlig überfordert. Ich blickte mich nicht um, ich wünschte ich wäre Eric nie begegnet, wollte einfach nur weg von ihm und diesem Scheissgefühl. Ich rannte einfach weiter, bis ich unten am Strand angekommen war

142

und warf mich in den Sand und starrte aufs Meer, während mir die Tränen weiter runterrannen. Es war mir egal, ob mir die Schminke zerlief. *Scheisse, reiss dich zusammen, was ist denn los mit dir... das war doch klar, dass das nur ein Urlaubsflirt war, also was stellst du dich denn jetzt so an!*
Ich hätte vielleicht erwartet, dass wir hundert Kilometer auseinander wohnen - wir hatten darüber noch nie gesprochen - doch, Eric hatte mich gefragt wo ich wohne, aber ich ihn nicht... und ich hätte erwartet, dass wir beide in Deutschland wohnen. Aber hätte ich jemals gedacht, dass mir der Mann, in den ich mich so Hals-über-Kopf verliebt habe, erzählt, er müsse weg in die USA. Für ein halbes Jahr oder so? Und ich wusste nicht einmal, was das genau zu bedeuten hatte. War das ein schlechter Scherz oder so?

Plötzlich spürte ich seine Hand auf meinem Rücken und Eric setzte sich neben mich. „Babe, renn doch nicht immer weg von mir." Er zog mich in seine Arme und hielt mich fest. Ich konnte nicht anders, ich heulte weiter.
„Es tut mir leid, ich wollte dir keine Szene machen, aber ich...", entschuldigte ich mich.
„Sch... der einzige der sich hier entschuldigen muss, bin ich, nicht du. Ich hätte es dir früher sagen müssen, aber ich konnte nicht..."
„Ich kann nicht verstehen, dass ich gerade so durchdrehe, ich hätte damit rechnen müssen..."
„Nein, damit hättest du nicht rechnen können, wie denn auch..."
„Was bedeutet das jetzt... sehen wir uns nie wieder?"
Eric schob mich ein bisschen von sich weg, damit er mir in die Augen schauen konnte. Er wischte meine Tränen weg und ich glaube, er wischte auch meinen verschmierten Kajal weg, damit ich nicht aussah wie der Typ mit den schwarzen verschmierten Augen im Film *The Crow.*

143

„Hey", er küsste mich auf die Stirn. „Wie kommst du darauf, dass wir uns nie wieder sehen? Du spinnst wohl, das hab ich damit nicht sagen wollen! Ich muss nur weg für sechs Monate. Ich weiß, das ist eine lange Zeit... ich wollte dir niemals wehtun und ich wollte mich nicht verlieben und ich wollte nicht, dass du dich in mich verliebst und ich hätte ganz bestimmt nie gedacht, dass sich irgendwer in irgendwen verliebt. Glaub mir, die sechs Monate werden die schlimmsten sein, die ich je hatte - aber danach komme ich wieder."

„Versprochen?"

„Aber sowas von!" Eric küsste mich und ich konnte nicht fassen, dass so etwas vor uns lag, wo gerade so schöne, wundervolle Tage hinter uns lagen.

„Haben wir Kontakt in dieser Zeit?", ich wusste nicht, warum ich diese Frage stellte, doch ich wusste auch, dass er mir dies verneinen würde. Und ich behielt Recht.

„Nein, sechs Monate Funkstille und ich kann dir auch nicht sagen, wo ich bin oder was ich tue. Ich bin jedenfalls kein Serienkiller, oder so", Eric lachte unsicher und ich dachte kurz darüber nach, ob ich ihm das zutrauen würde.

„Regierung?", fragte ich.

„Ja, sowas in der Art", sagte er.

„Aber wenn du aus den USA kommst, warum sprichst du so gut Deutsch?"

„Roberts und meine Mutter kommen ursprünglich aus Deutschland, wir sind in den USA auf eine deutsche Schule gegangen. Schon als Kind wollten wir später gemeinsam nach Deutschland gehen und here we are. Nur anders, als wir dachten."

„Bist du öfters weg dann?"

„Ja, sowas in der Art, immer unterschiedliche Einsätze, unterschiedlich lang."

Wir schwiegen und blickten aufs Meer hinaus. Es war ein trauriger und leerer Moment.

„Ich würde das gerne hinkriegen mit dir", es war fast schon eine traurige Bitte, in der wenig Hoffnung

144

mitschwang. Als würde Eric ahnen, dass das zu viel verlangt wäre.

Doch für mich stellte sich hier keine Frage, ich würde es nicht ausschließen, wenn wir es nicht probieren würden. Ich drehte mich zu ihm, nahm sein Gesicht in meine Hände, blickte ihm tief in die Augen.

„Ich auch", wir küssten uns lange.

„Wann verschwindest du von der Bildfläche?"

„In zwei Tagen. Also nach Deutschland fliegen, Sachen holen, direkt weiter fliegen. Bis zum Abflug schreiben wir uns, okay?"

Da ich schwieg, weil mein Kopf einfach leer war, wiederholte er. „Okay?", und nahm nun mein Gesicht in seine Hände, bis ich ihm zustimmte.

Solange wie möglich, saßen wir Arm in Arm noch am Wasser, bis wir unsere Koffer packen mussten, weil am frühen Morgen unsere Flüge gingen.

Zu verschiedenen Uhrzeiten, zu verschiedenen Zielen.

Wir würden uns erst in sechs Monaten wiedersehen. Was eine unglaublich lange Zeit, ohne auch nur ein einziges Lebenszeichen! Ohne zu wissen, ob er sich wirklich je wieder melden würde! Eine Zerreißprobe, aber ich wollte sie überstehen, das war es mir wert.

Bis dahin würden wir jede Möglichkeit nutzen, zu telefonieren, schreiben und zu videochatten. Und ich würde dann jeden Tag am Ende der sechs Monate vor meinem Handy sitzen und warten, bis er sich endlich wieder melden würde. Ich hoffte schon jetzt, es würde nicht vergeblich sein. Das wäre bitter. Es blieb die kleine Befürchtung, dass er mich nur verarscht hatte. Aber das war mein Verstand, mein Bauch vertraute Eric. Ich schob den Gedanken weg, dass sein Einsatz auch gefährlich sein könnte und ich nie erfahren würde, ob er einfach nur ein Arschloch gewesen war, dass sich nicht mehr meldete

145

oder ob ihm etwas zugestoßen war. Ich schluckte den Kloß der Angst herunter.

„Wie heißt du eigentlich wirklich", fragte er vor dem letzten Abschiedskuss, bevor ich in den Bus zu Shirin steigen musste.

„Julia", flüsterte ich.

„Julia", flüsterte Eric. „Warte auf mich!"

Diese Story widme ich mir selbst

alles ist möglich ♥

„ICH HAB´ HEUT *wieder* ´NE RUNDE GEWISCHT!"

„DU HAST *geputzt?*"

„*Nein*, BEI TINDER"

♥

SINGLEFRAUEN UNTER SICH
STEFFI & KATE

KAPITEL VIER

Als du vom Himmel fielst

„Ich hasse Silvester", während Sam geräuschvoll und lieblos mit der einen Hand ihre Spülmaschine einräumte, hielt sie mit der anderen ihr Handy ans Ohr und telefonierte mit ihrer Freundin Nicole.

„Da sind wir schon zwei!", stimmte diese zu.

„Aber mal ernsthaft, hast du schon einmal von so vielen gehört, die Silvester alleine zuhause bleiben? Ich nicht. Egal, wo ich hingehört habe, in meinem Freundeskreis und Facebook, alle scheinen alleine Silvester zu feiern."

„Ja, aber alle suchen sich das selbst aus, vor allem du, doch ich werde dazu gezwungen."

Sam seufzte, sie wusste nicht, was sie sagen sollte, denn Nicole hatte Recht. Die 40jährige Freundin erholte sich immer noch von einer Hirnblutung, die ihr vor einigen Jahren das ganze Leben umgekrempelt hatte.

Nicole würde eher sagen *versaut hatte*, denn sie war komplett von anderen abhängig und auf dauernde Hilfe angewiesen. Sam bewunderte ihre Freundin sehr, denn

Nicole machte dennoch das Beste draus und sah darin ein Geschenk. Meistens jedenfalls.

„Du wohnst einfach zu weit weg", jammerte Sam.

„Ne, *du* wohnst zu weit weg", schimpfte Nicole lachend.

„Oh Scheisse, es ist schon so spät, ich muss noch einkaufen", Sam hatte mit einem Blick auf die Uhr festgestellt, dass es bereits 11 Uhr war.

„Ich bin mir nicht sicher, ob der Supermarkt um 12 oder 13 Uhr schließt."

„Hopphopp, beeil dich! Bis später." Unkomplizierte Freunde sind ein Segen.

Sam warf einen Blick aus dem Fenster auf ihr Auto, das unten an der Straße stand, während sie sich die Hände mit einem Geschirrhandtuch abtrocknete.

„Ich hasse Winter", erklärte sie der Senseo-Maschine, und wischte kurz den angesetzten Staub weg. Ihr Auto war komplett eingefroren, sie würde es freikratzen müssen.

„Und mir den Arsch abfrieren, das kannst du vergessen Universum, lass dir was einfallen. Gestern hast du mich zu Fuß aus dem Haus gejagt, dafür kratzt du heute mein Auto frei! *Wie kann es jetzt noch besser werden?*", sang Sam übertrieben fröhlich, drehte sich auf dem Absatz rum, warf das Geschirrtuch auf die Spüle und ging ins Obergeschoss, um sich was Ordentliches anzuziehen. Sie trug immer noch ihre Joggingsachen, da in den letzten Tagen *Gammeln* zu ihrer Lieblingsbeschäftigung geworden war.

Am Tag zuvor hatte das Universum sie tatsächlich aus dem Haus gejagt. Zumindest hatte Sam das so empfunden. Für sie war der Kontakt zu ihrem *Spirit Team* und dem Kosmos so real wie für andere das Fernsehprogramm. Am Vortag wollte sie eigentlich ihre Päckchen von Amazon in der Packstation abholen – mit dem Auto natürlich. Doch da hatte irgendeiner ihrer Spirit-Team-Mitglieder etwas dagegen gehabt.

‚Du läufst!‘

„Aber aber, es ist ultraweit weg, es ist schweinekalt, bitter kalt und nein, ich will nicht", protestierte Sam laut, während die Antworten natürlich nur in ihrem Kopf stattfanden.

‚Du läufst!‘

„Nein!", Sam warf noch einige Gründe hinterher, warum es ein Unding war von ihr zu verlangen, zu Fuß bis ans andere Ende der Stadt zu laufen.

‚Ist das dein Ernst? Du willst einen gesunden Kaffee und ein Buch über Mediale Medizin und Gesundheit abholen und willst die zwei Meter mit dem Auto fahren?‘

„Es sind zwei K i l o meter!", rief sie aus.

Doch Widerstand schien zwecklos. Ehe sie es sich versah, hatte sie sich warm eingepackt und war losgelaufen. Sie hasste jeden Schritt, denn sie verabscheute die Gegend, in der sie lebte. Alles war so fremd, obwohl sie bereits zehn Jahre hier wohnte. Sam fühlte sich nicht Zuhause, es war eher eine Notwendigkeit, in der sie nun wie gefangen schien. Früher war sie viel in der Natur und unter Menschen gewesen, doch seit sie im Vorort von Koblenz und in dieser Wohnung lebte, war sie zu einer Einsiedlerin geworden. Die einzigen Zeiten, zu denen sie das Haus verließ, waren zum Einkaufen und um an die Arbeit zu gehen. Das war´s auch schon.

Vor der Packstation sah sie zwei dicke Autos stehen und zwei hübsche Blondinen unterhielten sich lachend. Blöde Weiber, warum postieren die sich genau vor dem Kasten. Sam ärgerte sich, dass sie sich nicht etwas mehr zurecht gemacht hatte, denn nun fühlte sie sich in der Gegenwart der aufgedonnerten Blondinen mit ihren teuren Autos wie eine Pennerin. Die beiden Frauen musterten Sam von oben bis unten, hatten dafür sogar ihr Gespräch unterbrochen, und steigerten Sams Unbehagen damit sogar noch etwas mehr. Das hab´ ich davon, dass ihr mich gezwungen habt, zu Fuß durch die Kälte zu gehen statt mit meinem ebenso coolen Auto top gestylt hier *vorzufahren. Damit hätte ich den beiden gezeigt, wer die Amazone ist.* Sam ließ sich ihre Unsicherheit nicht anmerken, meldete sich in der Packstation an und als sie die Taste zum Öffnen des Paketfaches drückte, sprang ein Fach ganz oben auf. *Klasse, warum sollte es anders sein.* Sam war nicht besonders groß. Sie stellte sich also auf die Zehenspitzen, das Paket steckte natürlich ganz hinten im Fach, zuppelte mit ihren Fingern am Karton herum, konnte ihn endlich irgendwie greifen und zog daran. Es war schwerer als erwartet und wäre ihr fast auf den Kopf gedonnert. Sam hatte das Gefühl die Blondinen kicherten. *Was soll´s, stell dich nicht so an, Sammy!*

Das Paket war zu groß für ihren schwarzen Turnbeutel mit der Aufschrift *#unvermeidbar*, den sie auf dem Empower-Yourself-Event in Ingolstadt geschenkt bekommen hatte. *Auch das noch.*

„Wie kann es jetzt noch besser werden?", flüsterte sie vor sich hin. Sie hatte sich doch glatt von ihren negativen Gedanken beeinflussen lassen, das war nie gut. Sie straffte ihre Schultern, nahm ihren Haustürschlüssel und öffnete damit das Klebeband des Pakets. Darin waren zwei schwere Bücher und eine Dose ChiKaffee – eine angeblich gesunde Alternative zu normalem Kaffee. *Wie soll ich denn jetzt...* es würde ein großer Karton und leider auch etwas Plastikmaterial übrig bleiben, den sie nicht mit nachhause schleppen wollte. Da fielen ihr zwei Container auf, die zur Tankstelle gehörten und direkt neben der Packstation standen. *Wie kann es jetzt noch besser werden...*

Sie packte die Bücher und die Kaffeedose in ihren Turnbeutel und warf ganz cool den Karton in den einen und das Plastik in den anderen Container und nickte lachend den Blondinen zu. Dieses Mal waren die es, die verunsichert schauten. Warum auch immer, Sam fühlte sich plötzlich großartig.

Nach 45 Minuten war sie die insgesamt vier Kilometer hin und wieder zurück gelaufen. Ein bisschen stolz war sie

151

schon, dass sie das geschafft hatte. *Danke Team, kommt aber ja nicht auf die Idee, das öfters zu machen.* Sam wusste, dass sie das nicht beeinflussen konnte – sie hatten es einmal geschafft, warum sollten sie es nicht wieder versuchen. Das Universum wusste nun mal besser, was gut für Sam war, denn sie selbst hatte das seit Langem wohl vergessen.

Während sie sich nun am heutigen Silvestertag die Haare kämmte und sich etwas MakeUp ins Gesicht schmierte, damit sie nicht ganz so gammelig aussah, pingte ihr Handy – ein Facebook-Freund hatte ihren Beitrag von gestern kommentiert. Sam schmunzelte, als sie es las. Scherzhaft hatte sie am Vortag gepostet, dass sie sich einen Anwalt als Freund suchen müsste, da durch die neue Datenschutzverordnung alles viel zu kompliziert geworden wäre, eine eigene Homepage online zu stellen. Daraufhin hatte sich eine hitzig witzige Diskussion darüber ergeben, welchen Beruf denn der neue Freund für Sam haben sollte und welchen nicht.

„Nein, einen Anwalt nimmst du dir nicht als Freund, glaub mir, das willst du nicht – ich hab da Erfahrung", schrieb Gaby.

„Einen Polizisten auch nicht, da kann ich dir Geschichten von erzählen", hatte Kate lamentiert.

„Du weißt doch, dass du auf den Koch warten sollst", hatte Tanja geschrieben. Sie spielte auf den Traum von Sam an, den sie vor ein paar Wochen gehabt hatte. In diesem Traum hatte ihr das Universum einen neuen Freund versprochen und darauf hingewiesen, dass er Koch wäre und in seinem Restaurant schon auf sie warten würde.

„Einen Koch?", fragte darauf ihr langjähriger Kumpel Stephan, der genau das war: ein Koch. Doch Stephan war für Sam wie ein Bruder, da war nie sowas wie Liebe im Spiel gewesen. Der kam gar nicht in Frage.

152

„Ich bin Arzt", hatte nun André, ihr Ex, kommentiert, mit dem sie vor über zwanzig Jahren in ihrer Sturm- und Drangzeit zusammen gewesen war. Ihre Freundschaft war bis heute geblieben, aber er war genau so wenig eine Wahl wie er tatsächlich Arzt war.

Sam liebte diesen Austausch bei Facebook, es war der Kontakt zur Außenwelt, der ihr das Gefühl gab, nicht ganz alleine zu sein und doch alleine sein zu können.

„Shit", sie hatte getrödelt. Wie immer. Es war schon kurz vor 12 Uhr, sie konnte nur hoffen, dass der Markt im Ort noch bis 13 Uhr geöffnet hatte. Rasch eilte sie die Treppe hinunter, stopfte ihre Füße in die Turnschuhe und lief ins Esszimmer, um ihren Schlüssel zu holen. Im Vorbeilaufen warf sie einen Blick aus dem Esszimmerfenster und blieb wie angewurzelt stehen.

„Alter... das ist nicht möglich...", Sam traute ihren Augen nicht. Draußen hatte es getaut, alle Autos waren entfrostet. Dabei schien keine Sonne, so wie gestern und selbst das hatte dem Frost am Vortag nichts anhaben können. *Wie kann das sein, das ist Magic.*

„Danke Universum, wie kann es jetzt noch besser werden?" Sam lachte, warf sich ihre Jacke über und tanzte die Treppen hinunter zu ihrem Auto.

Dieser Satz „Wie kann es jetzt noch besser werden", war für Sam ein wichtiger Teil ihres Tages geworden. Er machte jeden Augenblick zu noch etwas Besserem und selbst schlechte Momente vergoldete er. Sam war sich sicher, dass dieser Satz Leben verändern konnte. Sie spürte es am eigenen Leib, seit Wochen schon. Es stammte aus einem Buch von Dain Heer - *Verändere dich und du veränderst die Welt.* Das war einer der Vorteile, wenn man sich auf dem dreißig minütigen Weg zur Arbeit positive, nützliche Hörbücher anhörte statt Radio, Werbung und das ganze unnötige Gequatsche.

Der Weg zum Discounter über die vielbefahrene Hauptstraße ließ Sam schneller durchkommen als

153

erwartet. Von weitem konnte sie jedoch schon sehen, dass der Parkplatz des Supermarkts voll mit parkenden und wartenden Autos besetzt war. Sie seufzte und überlegte bereits, ob sie noch etwas weiter ins Industriegebiet von Koblenz fahren sollte, wenn es hier keinen Parkplatz gäbe.

„Ach was, heute ist mein Tag, wie kann es jetzt noch besser werden?", Sam lachte wieder und fuhr gerade auf die Auffahrt des vollbefahrenen Stellplatzes, da winkte ihr eine ältere Frau zu und zwinkerte; wie, als hätte sie mit Sam eine Verschwörung und zeigte verschmitzt auf ihr Auto, das direkt neben der Einfahrt stand. Es war unmöglich für die anderen Autofahrer, wegen des Staus, vor Sam rückwärts zu fahren, um diesen Parkplatz zu erwischen. Sam lachte, winkte der Frau zu und legte ihre Hand auf ihr Herz, um sich zu bedanken. Die Frau lachte zurück und warf ihr eine Kusshand zu. *Solche Begegnungen sind wundervoll.*

„Wie kann es jetzt *noch* besser werden", flüsterte Sam, die ihr Glück selbst gar nicht fassen konnte, und parkte.

Im Discounter war zwar nicht die Hölle los, aber es war voll genug, so dass die Leute sich gegenseitig genervt anblickten, wenn jemand zu lange vor dem Obst stand oder sie mit dem Wagen ausweichen mussten, wenn sie sich entgegen kamen. Sam hatte eine Einkaufstasche mitgebracht, damit sie keinen Wagen bräuchte. Sie benötigte auch nur Kleinigkeiten und würde sich am heutigen Silvesterabend frisches Sushi und einen guten Rotwein gönnen.

Die Blondine hatte früher große Partys zum Jahresausklang veranstaltet, sie besaß irgendwie von allen die größte Wohnung oder niemand anderes wollte den Tumult bei sich zuhause haben. Alle kamen immer zu ihr und ihrer Familie. Als die Kinder noch klein waren, hatte sie befreundete Eltern mit Kindern zu Besuch, in den letzten Jahren waren daraus Freunde ohne Kinder geworden. Üblicherweise feierte die Meute über mehrere

Tage hinweg, da einige ihrer Freunde aus ganz Deutschland kamen und sogar aus Österreich. Sam hatte das geliebt, doch jetzt gerade genoss sie die Ruhe und Entspanntheit, das erste Mal alleine zu sein. Beide Kinder waren erwachsen und bei ihren Freunden, für Sam war es das Wichtigste, dass die beiden glücklich waren. Eigentlich hatte Sam in den Urlaub fliegen wollen, aber die Preise waren für die Weihnachts- und Silvestertage so hoch gestiegen, dass es Sam das nicht wert gewesen war. Sie hatte außerdem eine Homepage zu basteln und auch mal etwas stressfreie Zeit in der sturmfreien Bude zuhause verdient. Ihre jüngste Tochter würde erst in einer Woche von ihrem Freund zurückkommen, die ältere wohnte mit ihrem Partner zusammen in ihrer eigenen Wohnung.

Als Sam all ihre Lebensmittel zusammen gesucht hatte und zur Kasse ging, standen die Menschen dort schon an drei Schlangen an, das könnte dauern. Sam achtete nicht sonderlich drauf, an welcher Kasse nun weniger los war oder nicht. Sie hatte immer das Pech, dass sie sich an der langsamsten Kasse anstellte. Nahm sie die kürzeste Schlange, versagte die Kasse irgendwann, nahm sie die sich am schnellsten vorwärts bewegende Schlange, wurde diese abrupt auf Schneckentempo herunter gedrosselt, sobald Sam sich angestellt hatte. Murphys Law eben. Und dann dieser panische *RUN*, sobald eine neue Kasse geöffnet wurde. Sams Reaktionsfähigkeit war in solchen Momenten stets miserabel – bis sie gerafft hatte, dass eine neue Kasse aufgemacht hatte, waren schon eine Millionen Leute hinter ihr dort hingesprungen und hatten sich vorgedrängelt. Die Menschen waren allesamt so egoistisch geworden und keiner schien mehr Zeit zu haben, schon gar nicht für den Gedanken an einen anderen Menschen. Sie lachte innerlich und musste grinsen. Heute hatte sie Zeit. Sam war die Ruhe selbst und träumte vor sich hin. *Wie kann es jetzt noch besser werden...*

155

„Kasse Eins öffnet auch", wie aus einem Dunst nahm Sam die Worte wahr, sie war sofort hellwach. Sie blickte sich um, die Menschen um sie herum wirkten wie in einer Lethargie – gestresst und abwesend oder mit sich selbst beschäftigt. Keiner bewegte sich. Hatte sie sich verhört? Die Leuchtreklame an Kasse Eins war nun von Rot auf Grün gesprungen. Bei Sams üblichem Glück, nach Murphys Law, würde sich das als Fehlfunktion rausstellen, wenn sie hinlaufen würde. Keiner sonst bewegte sich jedoch zu Kasse Eins. Sam lief dann doch los, ihr wurde heiß, weil es ihr peinlich wäre, ihren Platz in der Schlange zu verlassen, um dann dumm an einer nicht geöffneten Kasse zu stehen. Als sie am Band ankam, setzte sich gerade eine Kassiererin an ihren Platz und lächelte sie an.

„Guten Tag, sie dürfen die Sachen gerne aufs Band legen", Sam konnte es kaum fassen und räumte ihre Einkäufe aus.

„Wie kann es jetzt noch besser werden", lachte sie fast schon hysterisch, die Kassiererin blickte sie fragend an.

„Ach nichts, alles gut", lachte Sam und blickte freudig die nachfolgenden Kunden an, die sich mittlerweile hinter ihr eingereiht hatten. Noch nie war sie die erste an einer neu geöffneten Kasse gewesen.

Sam grinste die ganze Nachhausefahrt vor sich hin und immer noch, während sie die Sachen in den Kühlschrank räumte.

„Danke Universum, du bist echt der Hammer! Ich trau mich's gar nicht zu sagen: Aber wie kann es jetzt noch besser werden?"

Am Nachmittag telefonierte sie lange mit ihrer Freundin Ute. Die sich dringend mehr Zeit für sich statt für andere nehmen müsste. Es hatte im Unternehmen, in dem beide arbeiteten, einen Notfall gegeben und Ute war am Silvestermorgen hin gedüst. Ein Notfall... weil ein Kunde heute noch einen Preis von gestern haben wollte, für ein Produkt welches ab 01.01. teurer wird - was schon seit

156

sechs Wochen bekannt war. Allein von Utes Erzählungen fühlte sich Sam gestresst. Das Einzige, was ihre Freundin für sich selbst zu tun schien, war schlafen. Den Rest des Tages kümmerte sie sich um andere, besuchte andere, erledigte Dinge für andere, teilte die Sorgen von anderen... sie kochte, sie kaufte ein, sie arbeitete, sie half, sie erledigte, sie funktionierte... jeder Tag war perfekt getaktet und verplant. Das klingt löblich, aber Sam konnte zuschauen, wie Ute ihre eigene wertvolle Lebenszeit nicht nur *nicht* für sich selbst nutzte, sondern davon auch krank wurde. Das konnte so nicht weitergehen, Ute würde irgendwann einen TILT erleiden, aber Sam wusste nicht, wie sie ihre Freundin bremsen könnte.

Gegen Abend ließ Sam sich ein Bad ein und betrieb eine ausgiebige Beautybehandlung.

„Nur für mich, ich mach das nur für mich – das ist so entspannend." Sam liebte diesen Moment wirklich. Sich bewusst zu werden, dass es das erste Mal seit gut dreißig Jahren war, also seit ihrer Jugend, dass sie sich an Silvester weder um irgendjemand anderen kümmern, sich für niemanden schön machen, nichts vorbereiten musste, nichts aufräumen oder putzen musste (weder vorher noch nachher) und sich einfach nur um sich selbst kümmern durfte.

„Einen Scheiss muss ich, genau!", Sam beschloss, dass dies ihr Mantra für 2020 werden würde.

Ein bisschen Angst hatte sie dann doch, dass sie um Mitternacht vielleicht einen „Moralischen" haben könnte. Einen Anfall von Traurigkeit, weil sie alleine war. Sie erinnerte sich an all die traurigen Silvesternächte, in denen sie unglücklich gewesen war. Innerhalb ihrer Ehe, weil ihr Mann sie nicht beachtete, in den Jahren danach, weil sie für ihre Kinder keinen neuen Vater und für sich keine neue Liebe gefunden hatte, manchmal weil sie sich nirgendwo zuhause fühlte und manchmal auch, weil sie ihr Leben hasste. Sie hatte das Gefühl, sie lebte das Leben einer anderen, nur nicht das, was sie wollte.

Sam verteilte das Sushi, den Ingwer und Wasabi aus der Plastikverpackung liebevoll auf einen großen Teller, goss sich ein Glas Rotwein ein, startete einen Liebesfilm und machte es sich dazu auf dem Sofa gemütlich. Sie hatte Kerzen angezündet, der Weihnachtsbaum und andere Lichterketten hüllten alles in ein wundervoll festliches Licht. Sam war glücklich. Sie war alleine, aber nicht einsam. Die Angst vor dem moralischen Tiefgang war wie weggeblasen, sie hatte ihre Lage vollends akzeptiert und liebte es. **BUMM!**
Gegen Mitternacht stellte sich die junge Frau ans Fenster, die sich trotz ihrer über vierzig Jahre nicht alt fühlte, und beobachtete das Feuerwerk über der Stadt. Noch nie hatte sie sich so verbunden und Un-alleine gefühlt wie in dieser Silvesternacht. Das Einzige was störte, waren die betrunkenen Jugendlichen unten in der Straße. Etwa fünfzehn Jungen und Mädchen torkelten besoffen auf der Straße, warfen sich gegenseitig angezündete Böller zu. Teils aus Mutprobe, teils um die Mädchen zu ärgern. **ZISCH BUMM!** Einige Jungs ließen Raketen aus ihren bloßen Händen heraus starten, diese flogen dann nicht unbedingt in die Luft, sondern vorne auf die Hauptstraße oder in die Richtung ihres Hauses und unter die an der Straße parkenden Autos, wo auch das ihre stand. Sams Herz klopfte, als eine davon direkt vor ihrem Auto explodierte. **BUMM!** Sie fühlte sich schon gewappnet, sich gleich ihren Baseballschläger zu nehmen und die Übeltäter zu verprügeln, wenn sie ihrem Auto Schaden zufügen würden.

„Sam, schäm dich, was für Gedanken – bist du eine alte, griesgrämige Rentnerin?", sie lachte und schüttelte über sich selbst den Kopf. Sie tauschte gedanklich den Baseballschläger mit dem Erste-Hilfe-Kasten aus, da sie fast schon sicher war, dass einer der Jugendlichen sich jeden Moment verletzen könnte. **ZISCH BUMM!**

Ihren Rentnerjob übernahm dann die unbeliebte Nachbarin. Sie rannte raus und beschimpfte und bedrohte die Kids, so dass die Jugendlichen sich von den Autos entfernten. *Wie kann es jetzt noch besser werden?*, dachte Sam und bedankte sich bei der Nachbarin gedanklich, obwohl sie die nicht leiden konnte. Manche Kinder riefen *Hexe*, wenn sie an deren Grundstück vorbei liefen und die Frau im Garten stand. Nicht, weil sie so aussah – sie sah eher aus wie ein Mann – sondern, weil sie so ein unfreundlicher Mensch war. Sam hatte deren Arroganz und fiese Art schon oft zu spüren bekommen und ging der Frau, so gut es eben möglich war, aus dem Weg. **BUMM BUMM!**

Die jungen Leute hörten nicht auf, sie hatten sich nur weiter entfernt, schienen nun noch schneller und massiver alles wegzuballern, vielleicht um die Nachbarin zu ärgern. Denn auf die Entfernung hin konnte sie nichts dagegen tun. Die meisten der Raketen und Böller flogen in Richtung ihres Gartens. *Sie hat es verdient.* Das Blöde daran war nur, dass hinter dem Garten der Hexe, im zweiten Stock, die Terrasse zu Sams Wohnung lag. Auf der fand Sam an Neujahr immer mal Holzstangen und andere Überreste von Silvesterflugkörpern. **ZISCH BUMM RUMMS!**

Sam zuckte zusammen. Das Zischen und Bummen der Knaller und Raketen waren eine Sache, aber dieser *Rumms* war etwas anderes gewesen. Es war direkt von ihrer Terrasse gekommen, die sich sozusagen direkt hinter der Wohnzimmerwand befand. Es hatte äußerst massiv und beängstigend riesig geklungen. Als wäre ein großes Tier auf der Veranda gelandet. Sam hielt den Atem an. **ZISCH BUMM!** Die Jugendlichen knallten munter weiter. Sam bewegte sich nicht, wartete und lauschte, ob noch etwas aus dem *Rumms* resultierte, sich etwas da draußen bewegen oder noch etwas tun würde.

Der Zugang zur Terrasse war im hinteren Flur, vom Wohnzimmer aus konnte Sam nicht auf den Außenbereich schauen. Ihr Herz klopfte. Vielleicht war ein Riesenböller dort gelandet und explodierte gleich? Vielleicht war ein Riesenböller unter ihre Lounge geflogen und dort explodiert? Dieser Gedanke ließ Sam sofort lossprinten. Nicht auszudenken, wenn vielleicht die Rattanmöbel Feuer gefangen hätten oder ein großer Schaden am Holzboden entstanden war. **ZISCH BUMM!**

„Na warte, dann verklag ich euch!", rief Sam aus und stiefelte entschlossen zur Terassentür. Sie musste sich ein Bild machen, denn jetzt waren die Jugendlichen noch draußen auf der Straße, um zur Rechenschaft gezogen zu werden. Als Sam sich der Tür näherte, sah sie von draußen durch die milchverglaste Oberfläche einen hellen Schimmer. Es war zu weiß, als dass es hätte Feuer sein können. Sam ahnte Schlimmes – vielleicht hatte jemand einen großen Gegenstand hochgeworfen. **BUMM!**

Diese Bummerei verunsicherte Sam. Sie hatte fast Angst, nach draußen zu treten, um dann von einem großen Böller getroffen zu werden – immerhin hörte sich jeder Knall an, als wäre er direkt vor ihren Fenstern. **BUMM!** Sie würde einfach in sicherer Position bleiben, um die Tür sofort wieder zu schließen, falls etwas angeflogen kam oder doch ein großes böses Tier dort gelandet wäre.

Wie soll denn ein böses großes Tier dahingekommen sein?, lachte sie sich selbst aus.

Vielleicht ein Werwolf? Sams Herz klopfte noch schneller. Auch wenn sie solche Geschichten über Werwölfe liebte, und schon gar nicht daran glaubte, so gefror ihr kurzzeitig das Blut in den Adern. Vorsichtig öffnete Sam dann doch mutig und neugierig die Tür und linste durch einen Spalt nach draußen.

„Himmelherrgott!", rief Sam lauthals aus.

Sie konnte nicht glauben, was sie da liegen sah. Es war alles andere als ein Werwolf. **BUMM BUMM!**

160

Das war zu viel. Sam war überfordert, verschloss die Terrassentür mit einem Ruck wieder und rannte ins Wohnzimmer, setzte sich aufs Sofa und zog die Decke bis unter ihr Kinn.

„Jetzt bin ich völlig durchgeknallt, jetzt hat´s mich voll erwischt." Sie zuckte erneut zusammen, als ihr Handy klingelte. Ihre Freundin Nicole.

„Happy New Year, Süsse. Bevor ich einschlafe, wollte ich dir noch ein frohes Neues wünschen, mein Engel", sang ihre Freundin vergnügt ins Ohr.

„Ja, mein Engel, da sagst du was – happynewyear, dir auch", sagte Sam, die etwas hysterisch klang.

„Stimmt was nicht? Alles okay?", fragte Nicole besorgt.

Sam hatte nun zwei Möglichkeiten, als geisteskrank dargestellt zu werden oder als geisteskrank abgestempelt zu werden. Sie entschied sich für die dritte Möglichkeit: als geisteskrank ausgelacht zu werden.

„Nicole", flüsterte Sam fast, „auf meiner Terrasse liegt ein... *Engel*!"

Nicole lachte lauthals. „Sag mal, was hast du denn getrunken? Oder war das Sushi schlecht? Was für einen Film kuckst du, ich will auch einen Engel auf meiner Veranda haben, aber Scheisse, ich habe keine Veranda..." Nicole nahm sie nicht ernst. Wer konnte es ihr verdenken.

„Nicole, jetzt hör mir zu und bleib ernst! Auf meiner Terrasse liegt ein *Engel*! Ich bin weder betrunken noch habe ich irgendwelche Drogen genommen!"

Es folgte eine kurze Stille, in der sich Sam fragte, ob Nicole das Handy in den Müll geworfen hatte.

„Nicole?"

„Ja ähm... was soll das für ein Scherz sein? Was soll ich dazu sagen?"

„Nicole, ich meine das scheiße ernst mann! Da liegt ein Engel auf meiner Veranda!"

„Und, isser tot, oder was?", fragte Nicole nun etwas ernster bei der Sache.

„Das weiß ich nicht", flüsterte Sam weiter.

„Wie, das weißt du nicht. Da liegt ein Engel auf deiner Terrasse und du... isser groß, klein? Männlich oder weiblich? Woher weißt du, dass es ein Engel ist?"

„Weil man das sieht. Ich hab nur eine Menschengestalt gesehen und riesige weiße Flügel und der Kerl - *schimmert*! Das ist alles in ein schimmernd helles Licht getaucht, wie in so einem Traum."

„Sam, sei mir nicht böse, aber bist du auf den Kopf gefallen?"

Für einen kurzen Moment schloss Sam die Möglichkeit nicht aus, dass ihr beim Herausgehen vielleicht ein Böller an den Kopf geflogen sein könnte, der sie einen Engel hat sehen lassen.

„Ähm... warte, ich geh nochmal kucken, bleibst du dran?"

„Ja natürlich", lachte Nicole, die ihrer Freundin immer noch nicht glaubte und sich fragte, was diese für Alkohol getrunken hatte, um solch einen Firlefanz zu reden.

Sam ging langsam und vorsichtig, mit dem Handy und Nicole am Ohr, in Richtung Terrassentür. „Das Schimmern ist immer noch da", flüsterte sie.

„Warum flüsterst du?", fragte Nicole ebenfalls flüsternd.

„Weil ich Angst habe, dass er aufwacht und mich sieht."

„Warum, weil du Angst hast, dass ein Engel dir was Böses tut? Sam, wach auf, das ist ein EN-GEL."

In diesem Moment zweifelte Nicole an ihrer eigenen Urteilsfähigkeit, denn jetzt hielt sie den Engel schon selbst für real. „Mann scheiße, dass ich mit meinem Rollator nicht kurz vorbei kommen kann. Sind nur 500 km dazwischen", witzelte Nicole

Sam zog die Luft ein und hielt sie an, während sie die Außentür langsam und möglichst leise öffnete. Immerhin hatte die Böllerei aufgehört, es waren nur noch vereinzelte Knaller und Raketen von weiter Entfernung zu hören.

Da lag er. Der Engel.

„Nicole", flüsterte Sam, „er ist immer noch da."

„Geh hin und fass ihn an, kuck ob er noch lebt." Beide Frauen hatten sich für das Flüstern entschieden.

„Oh mein Gott, ich soll ihn anfassen?", Sam fand dieses Wesen, diesen Mann, dieses gefiederte *Etwas* so wunderschön, aber sie hatte tatsächlich Angst, es anzufassen.

„Jetzt stell dich nicht so an. Wenn du ihm nicht hilfst, wird er vielleicht sterben – jetzt stell dich nicht so an. Er liegt ja nicht ohne Grund reglos auf deiner Terrasse, tu was!", diese strengen Worte halfen Sam, etwas klarere Gedanken zu fassen. Sie ging ganz nah an den Engel heran und berührte vorsichtig sein Gesicht. Er war ganz kalt, doch Sam spürte, dass er atmete. Das Schimmern pulsierte nur schwach. Er lag halb auf der Lounge, halb am Boden zwischen der Sitzgarnitur und dem Tisch, seine Flügel lagen halb auf und unter ihm.

„Jetzt weiß ich, wie ein gefallener Engel aussieht", flüsterte sie Nicole zu.

„Ist irgendwo Blut?", fragte die Stimme am anderen Ende der Leitung.

„Nicole, jetzt mal ma´ den Teufel nicht an die Wand", so leise Sam auch versucht hatte zu flüstern, einen kleinen panischen Kiekser hatte sie nicht vermeiden können

„Mach ein Foto oder 'n Video! Los, mach ma´ die Kamera an, ich will ihn sehen." Sam reagierte sofort und stellte die Videoübertragung bei WhatsApp an – sie benötigte einfach einen Beweis für Nicole und sich selbst, dass sie nicht geistesgestört war und dort wirklich ein Engel lag.

Auf dem Kamerabild war allerdings nur ein leicht schimmernder Nebel zu sehen.

„Ich seh da nix", sagte Nicole.

„Ja, das seh ich auch", antwortete Sam etwas frustriert.

„Aber ich sehe ein Schimmern, das ist echt seltsam – sieht aus wie ein Effekt. Du verscheißerst mich doch nicht, Sam?"

Sam richtete die Kamera auf sich selbst und ihr Gesicht. „Nicole, kuck mich an – seh ich aus, als wenn ich dich verarsche? Ich verscheißere dich nicht, das ist kein Effekt, der Typ liegt hier direkt vor mir und... aaaah", sie stieß einen spitzen Schrei aus, denn der Engel hatte sich leicht bewegt und dabei gestöhnt als hätte er Schmerzen.

„Gott im Himmel, *das* habe ich gehört", rief Nicole auf der anderen Seite von Deutschland. „Jetzt hilf ihm halt, du kannst ihn doch nicht so da liegen lassen. Gott, auch wenn ich nix sehe, aber wir wissen ja, dass wir nicht alles sehen können und doch ist es da. Hilfe, ich beruhige mich grad selbst, Sam hat ´nen Engel auf ihrer Veranda." Nicole drehte durch.

Sam versuchte den Engel... den Mann... die Flügel irgendwie anzufassen und hochzuhieven, doch das ging nicht. Das Handy zwischen Schulter und Ohr geklemmt, versuchte sie krampfhaft das schimmernde Wesen irgendwie ins Innere der Wohnung zu ziehen. Das gestaltete sich schwieriger als gedacht.

„Oh Gott, ist der schwer... und ich habe Angst ich breche ihm die Flügel ab, überall sind Federn!" Das Handy fiel herunter, doch Sam hatte es tatsächlich geschafft, dem Engel unter die Arme zu greifen, ihr hingen die Federn der Flügel im Gesicht, im Mund, unter den Fingern und sie versuchte das Wesen wie ein verletztes Tier mit aller Kraft ins Innere ihrer Wohnung und auch ins Wohnzimmer aufs Sofa zu ziehen. Wie auch immer sie das geschafft hatte, da lag er nun. Auf ihrer Couch. Schimmernd, mit riesigen Flügeln, kalt....

„Oh, fuck, sorry", Sam griff sich beide Wolldecken und deckte den Engel damit zu. „Wie gut, dass ich Wolldecken in Übergröße habe, die extra kuschelig sind", etwas hysterisch, weil überfordert, kicherte sie und starrte den Engel an, bis ihr Nicole am anderen Ende ihrer Telefonleitung einfiel. Während sie schnell nach draußen zurück rannte, wo das Handy noch immer am Boden lag, hörte sie Nicole hysterisch aus dem Telefon rufen: „Sam? Saaaaaam, komm sofort wieder ans Telefon, damit ich weiß dass dir nix passiert ist... Saaaam."

164

„Ja, bin da, hab ihn aufs Sofa geschafft."

„Ist der eigentlich nackt?"

„Nein, der hat eine weiße Hose und ein weißes T-Shirt an. Aber keine Schuhe."

„Hm, krass. Und jetzt?"

„Keine Ahnung."

Eine Weile diskutierten die beiden Frauen noch darüber, ob es ratsam wäre, die Polizei oder einen Krankenwagen zu rufen. In Anbetracht dessen, dass es sich hier allerdings um eine nicht menschliche und vielleicht auch für andere nicht sichtbare Erscheinung handelte, entschieden sie sich dagegen.

„Nicole, ich muss nachdenken, lass uns auflegen. Wenn mir was einfällt, ruf ich dich wieder an, in Ordnung?"

„Okay, gut, kann ja eh nix machen. Und du hältst mich auf dem Laufenden, hörst du?"

„Mach ich, schlaf gut."

„Ganz bestimmt *nicht*."

Sam fiel erst jetzt auf, dass sie sich auf die letzte Kante ihres Sofas gesetzt hatte, in sicherer Entfernung dieses wunderschönen, schimmernden Wesens vor ihr. Er sah so friedlich aus, als würde er einfach nur schlafen. Sie fühlte sich so hilflos – wen sollte sie anrufen? Wen könnte sie um Hilfe fragen? Gab es einen göttlichen Notruf? Sicherlich nicht. „Hallo, Notfallzentrale, hier ist ein Engel vom Himmel gefallen, können sie den bitte wieder abholen oder was mach ich denn jetzt? Gibt es ein Notfall ABC wenn Engel vom Himmel gefallen sind?" Sam kicherte vor sich hin. Es fühlte sich an, als sei ihr eine Sicherung durchgeknallt.

„Oh bitte, stirb einfach nicht", flehte sie flüsternd in Richtung des Himmelsboten. Sie hatte sich in die Sofakissen vergraben und zog sich den Schal enger um den Oberkörper. Die Decken hatte sie auf den Engel gelegt und ins Bett könnte sie jetzt garantiert nicht einfach gehen. Sam war total überfordert, dazu mittlerweile auch völlig übermüdet und schlief ein.

Sam erwachte wenige Stunden später. Sie hatte Schmerzen im Nacken, weil sie dort am Sofa hockte und der Kopf nach links hing, es war ihr Sabber aus dem Mund gelaufen. Sie wischte ihn weg und benötigte einen Moment, um überhaupt zu wissen, warum sie so komisch da am Sofa hockte und eingeschlafen war. Was für ein Traum... sie hoffte für einen Moment, dass es nur eine verrückte Phantasie gewesen war, eine Illusion. Sie traute sich für einen weiteren Moment nicht, die Augen zu öffnen. Sie hätte nicht sagen können, ob sie traurig wäre, wenn es nur eine Illusion gewesen war oder ob sie Angst hatte, dass der Engel noch da war und vielleicht mittlerweile tot.

>>Ich lebe noch<<

Sam erschrak, als sie diese Stimme hörte und riss die Augen auf, während der Engel dicht vor ihr saß und ihr gerade zärtlich eine Haarsträhne aus dem Gesicht strich. Sam schrie auf und sprang ein paar Schritte weg von dem Himmelswesen. Er lächelte.

„Hast du... hast du gerade in meinem Kopf gesprochen?", Sam hatte die Stimme des Engels zwar gehört, aber nicht mit ihren Ohren, es war eher, als wäre er in ihr Gehirn gedrungen.

Der Engel lächelte weiter, von ihm strahlte so viel Liebe aus, dass Sam überhaupt keine Angst hatte und dennoch überfordert war von der Tatsache, dass da ein verdammter Engel auf meiner Couch sitzt.

>>Gut, verdammt bin ich gottseidank ebenfalls nicht<< - sein Lächeln wurde noch inniger. Sam zerschmolz.

„Hör auf damit, das ist gruselig!", rief sie ihm zu. Seine Stimme zu hören, während er seine Lippen nicht bewegte, konnte ihr Gehirn kaum verarbeiten. Das war surreal. Alles war surreal. Der Engel lächelte und lächelte.

>>Das kann ich leider nicht.<<

„Du kannst nicht normal reden, so wie ich?"

166

Der Engel schüttelte lächelnd mit dem Kopf.

„Krass... was machst du überhaupt hier?"

Der Engel verdrehte verschmitzt die Augen und lachte. Sam hörte nur seinen Atem und sah ihm an, dass er es tat. Hören konnte sie das Lachen jedoch nicht. Also zumindest nicht mit ihren Ohren.

>>Ich kann es dir zeigen<<

„Wie?", fragte Sam. Der Engel rückte etwas Platz auf dem Sofa frei und bat Sam, sich vor ihn hinzusetzen. Die ganze Situation war sehr befremdlich, aber er strahlte keinerlei Bedrohung aus und was sollte ein Engel auch für eine Gefahr sein.

>>Das stimmt<<, lachte er wieder.

„Hör auf meine Gedanken zu lesen", lachte nun auch Sam und setzte sich vor das schimmernde Wesen. Da es draußen dunkel war, wusste Sam, dass es noch in den frühen Morgenstunden sein musste. Der Engel hob seine rechte Hand und legte sie vorsichtig an Sams linke Schläfe. Sofort war sie in einer anderen Welt. Oder einer anderen Zeit, oder in einer anderen Realität?

>>Das ist ein kurzer Einblick in die Vergangenheit.<<

Sam sah ihr Haus vom Himmel aus, als wäre sie eine Drohne. Es war Tag, alles war vom Frost eingehüllt, die Dächer waren eisbedeckt, ebenso die Autos. Die Sonne schien und es war ein herrlicher Tag. Plötzlich sah sie durch das Dach hindurch auf eine Frau... Es war als würde sie gerade DIE SIMS spielen, das Computergame, in dem man menschliche Figuren steuern kann. Das Dach und die Wände waren von einem Moment auf den anderen einfach durchsichtig geworden. Sie hatte Gänsehaut vor Faszination und brauchte einen Moment, um zu verstehen, dass sie nicht auf einen erstellten SIM blickte, sondern auf sich selbst. Sie stand vor dem Spiegel und trug MakeUp auf, um zur Packstation zu fahren. Es war der Tag vor Silvester, sie erkannte die Klamotten, die sie trug.

Sam, die mittlerweile im selben Raum mit ihrem eigenen Vergangenheits-Ich stand, hatte plötzlich all die Gedanken ihrer eigenen Version im Kopf. All ihre Wünsche, ihre Ziele, ihre Beweggründe. Sam bemerkte, dass der Engel neben ihr stand. Vergangenheits-Sam konnte all das nicht sehen, aber die Zukunfts-Sam blickte fragend zum Engel.

>>Warte<<, wie die ganze Zeit schon, lächelte er. Das war ein so liebevolles Lächeln, dass es Jetzt-Sam ganz warm ums Herz wurde.

Dann wurde ihr augenblicklich etwas klar. Sie sah dort ihre Version, die sich verändern wollte, die etwas für die Umwelt, für die Gesundheit, für ihre Fitness tun wollte, doch alles tat sie nur halbherzig und focht jeden Tag einen harten Kampf gegen ihren inneren Schweinehund der Bequemlichkeit. Sam durchfuhr das Verständnis von Ursache und Wirkung, überrascht riss sie die Augen auf und blickte amüsiert ihren Engel an. Dieser nickte.

„Du läufst!", sagte Jetzt-Sam laut zu ihrem Gestern-Ich.

„Aber aber, es ist ultraweit weg, es ist schweinekalt, bitter kalt und nein, ich will nicht", protestierte die *alte* Sam laut.

„Du läufst!", lachte Jetzt-Sam. Es war unglaublich, was sie hier erlebte. Sie sprach mit sich selbst in der Vergangenheit, doch das Gestern-Ich wusste gar nicht, dass sie mit sich selbst sprach. In Sams Gehirn entstand ein regelrechtes Feuerwerk.

„Nein!", die Gestern-Sam warf noch einige Gründe hinterher, warum es ein Unding wäre, von ihr zu verlangen, zu Fuß bis ans andere Ende der Stadt zu laufen. Doch die Jetzt-Sam lachte und sah die Situation so klar aus dieser Distanz – die alte Sam mit ihren ganzen Vorsätzen würde ihre Ziele nie erreichen, wenn sie sich nicht verändern würde. Jetzt-Sam versuchte ihr altes Ich zu überzeugen:

„Ist das dein Ernst? Du willst einen gesunden Kaffee und ein Buch über Mediale Medizin und Gesundheit abholen und willst die zwei Meter mit dem Auto fahren?"

„Es sind zwei *K i l o meter*!", rief Gestern-Sam aus.

Völlig fasziniert lachte Jetzt-Sam über diese Situation und klatschte begeistert in die Hände. „Ist das cool", sprach sie zum Engel, der wieder einfach nur lächelte.

>>Du verstehst<<

„Nein, warte, so wirklich nicht. War ich gestern schon im gestern? Gab es mich im Gestern schon als Jetzt-Version? Ohgottohgott, ich glaub´, mein Gehirn dreht grad durch." Sam hatte das Gefühl, den Verstand zu verlieren.

>>Denk da lieber nicht drüber nach<<, lachte Mister Engel, doch Sam konnte nicht nicht darüber nachdenken.

Während die Gestern-Sam sich auf den Weg machte, um ihre Pakete zu holen, verließen Jetzt-Sam und der Engel diese Situation wieder und landeten kurz drauf am nächsten Tag. Sam konnte beobachten, wie nun der Engel alles arrangierte, damit ihr Silvestertag so verlief, wie er verlaufen war. Er ließ das Eis auf dem Auto tauen, lenkte die Autos um, machte den Parkplatz und die Kasse frei – Sam konnte zuschauen, wie der Engel das Leben ihrer Vortags-Version so voller Wunder gestaltete, wie sie es erlebt hatte. Sie kam aus dem Staunen nicht mehr heraus.

„Wie kannst du... warum machst du...", Sam war überwältigt von dem, was sie sah und konnte einfach nicht verstehen, warum der Engel all das tat. Er lächelte und blickte ihr tief in die Augen. Sam hatte in ihrem Leben noch nie solche tiefblauen, strahlenden Augen gesehen. Sie vergaß ihre Frage.

Im nächsten Moment flog sie mit dem Engel durch die Nacht über Koblenz. Es war so wunderschön, ihr war nicht kalt, der Wind fuhr ihr nur sanft durch die Haare. Tausend Glücksmomente durchströmten Sam und ließen sie die Tatsache vergessen, dass sie durch die Nacht am Himmel flog. Mit einem Engel. In ihrer Fantasie. Sie vergaß die surreale Möglichkeit, dass es wahr sein könnte. Selbst, wenn es nur ein Traum ist, ist es wunderschön.

Die Feuerwerke krachten und tauchten den Himmel in wunderschöne Farben und Muster. Sie fühlte sich so glücklich wie noch nie. Einen Augenblick später sah sie sich am Fenster stehen. Ihr wurde bewusst, dass der Engel und sie nun in der Luft über ihrem Auto hingen, das Fenster war im zweiten Stock. Sam sah sich selbst und sah in ihre strahlend blauen Augen, sie sah glücklich aus. Sam war sich nie bewusst, dass sie dieselben blauen Augen hatte wie der Engel. Doch nun sah sie es. Das erste Mal sah sie sich nicht in einem Spiegel, seitenverkehrt, sondern als reale Version von sich selbst. Dieses Gefühl war bombastisch.

Der Engel schwebte ganz dicht ans Fenster heran und berührte die Scheibe mit seiner Hand in Höhe des Gesichtes der Gestern-Sam. Es schien, als würde der Engel alles darum geben, die Frau dort hinter dem Fenster berühren zu können. Sams Herz machte einen Satz und sie fühlte einen Stich. Hatte sie sich deshalb so verbunden und un-alleine gefühlt? Weil sie die Gegenwart von etwas gespürt hatte, was ihr Liebe schenkte? **BUMM!**

Diese wundervolle und doch schmerzliche Situation wurde jäh unterbrochen, als die betrunkenen Jugendlichen die Straße entlang kamen und mit ihren Böllern warfen. Sam erschrak, als der erste Knall direkt hinter ihr losging. Der Engel drehte sich blitzschnell um und lächelte sie an.

>>*Dir kann nichts passieren, hab keine Angst. Das ist alles schon passiert, ich zeige dir nur die Vergangenheit, damit du verstehst.*<<

„Aha", Sam war sprachlos, als der Engel sie nun höher mit sich zog, um das Spektakel von oben zu betrachten. Die Jugendlichen bewarfen sich gegenseitig mit den Böllern und während Sam nur zuschaute, schien der Engel damit beschäftigt dafür zu sorgen, dass niemand verletzt wurde. Sam hätte nie gedacht, dass sich jemand um das Chaos und die Idiotie der Menschen kümmern würde. Obwohl sie selbst schon oft gedacht hatte, dass es eine höhere Macht war, die sie aus manchen Situationen gerettet hatte.

Außerdem stellte sie selbst in ihren Meditationen Verbindung her mit dieser geistigen Welt und ihrem Spirit-Team – aber das hier? War ein Stück weit zu viel Realität. Man glaubte zwar alles, was man tat und war sich sicher, dass es dieses geistige Team gab, dass man mit Engeln redete und mit Gott spricht, aber jetzt war hier ein leibhaftiger Engel und Sam schwebte in der Luft, während ihr Himmelswesen – für andere unsichtbar – gerade dafür sorgte, dass durch die mächtigen Böller niemand verletzt wurde. **BUMM!**

„Krasser Scheiss, lass mich hier oben nur nicht hängen", lachte sie etwas hysterisch.

Noch einmal sah Sam die Nachbarshexe wütend aus ihrem Haus stapfen und mit den Jugendlichen schimpfen, dieses Mal von oben herab. Dann verfolgte sie die Alte und beobachtete, wie die Clique der Kids auf die Straße liefen und eine Menge Raketen und Böller in Richtung des Gartens der Hexe schickten. Und dann ging alles sehr schnell. Zwei große Böller und eine Rakete flogen direkt auf die Hexe zu, der Engel schnitt den gefährlichen Dingern den Weg ab, die die alte Nachbarin schwer verletzt hätten. Er lenkte sie auf Sams Terrasse, wo sie mit Sicherheit großen Schaden angerichtet hätten, doch wie ein Kamikaze-Flieger schoss der Engel mühelos in diese Richtung, man sah ihm an, wieviel Spaß es ihm machte, er schaffte das alles in Lichtsekunden und mit Leichtigkeit. Die Kids hatten längst weitere Kracher in Richtung Garten geworfen, die aber ebenfalls zu Sams Außenbereich flogen. Die hilflos in der Luft segelnde Blondine sah die Katastrophe kommen, doch was hätte sie schon tun können und **BUMM!** haute den Himmelsboten diese Monster-Explosion aus dem himmlischen Raum-Zeit-Kontinuum. **RUMMS!** So war der Engel bei Sam gelandet.

Der Engel hatte in diesem Augenblick die Hand von Sams Schläfe genommen und blickte sie lächelnd an. Er zuckte mit den Schultern, um zu sagen >>*So ist das passiert, war nicht geplant.<<*

171

„Aber warum kann dir als Engel denn sowas passieren? Verstehe ich nicht."

>>Gottes Wege sind unergründlich und er hat immer einen Plan<<, lachte er.

„Ach, ich dachte das wäre nur so ein Erdenspruch der Menschen?"

Der Engel lachte wieder und schüttelte mit dem Kopf.

>>Ist es nicht.<<

Daraufhin folgte Stille. Sam blickte dem Engel tief in die Augen und er blickte zurück. Sie hatte so viele Fragen, doch wusste gar nicht, wo sie anfangen sollte. Und sie hatte vielleicht auch ein bisschen Angst vor den Antworten.

„Kannst du essen?", Sam hatte plötzlich tierischen Hunger.

>>Vielleicht.<<

„Weißt du das nicht?"

>>Ich war noch nie auf diese Art auf die Erde.<<

„Es ist mir unerklärlich, dass du immer lächelst und so viel Liebe ausstrahlst und kein Stück besorgt bist. Hast du denn keine Angst? Hast du dir überhaupt nicht weg getan? Oh Gott, ich hab nicht einmal nachgefragt. Oh Gott – wenn ich das ständig sage, ist das Blasphemie?" Sam sprudelte wie ein Wasserfall und der Engel schüttelte lachend mit dem Kopf.

>>Wenn du Vertrauen hast, hast du Sicherheit, dass alles gut ist, egal wie es ist. Und das macht es unmöglich, Angst zu haben. Gott ist nicht der strenge Mann, von dem manche eurer Religionen reden. Also sag was du willst, er versteht es, du bist ein Teil von ihm.<<

„Oh Gott, sei still, das wird mir grad zu religiös."

Wieder lachte der Engel.

„Okay, dann mach ich uns jetzt mal Frühstück. Wie heißt du eigentlich? Hast du einen Namen? Jetzt sag ja nicht, Erzengel Gabriel oder Michael oder sowas. Sonst hab ich noch mehr Ehrfurcht, weil ich einen von den ganz Großen vor mir habe", witzelte Sam nervös, während sie in die

172

Küche ging um ein paar Eier aus dem Kühlschrank zu holen.

„Ich mach uns ein paar Rühreier, ich hoffe das ist okay... Krass, frage ich gerade wirklich einen Engel, der vom Himmel gefallen ist, ob er Rühreier mit mir essen mag? Ich werd´ wahnsinnig. Das ist doch alles nur ein Traum!"

Der Engel lachte, dieses Mal konnte sie sein schallendes Lachen in ihrem Kopf hören. Es war nicht einfach nur Atem und Mimik. Sam grinste ihn an.

„Also, wie heißt du?"

>>*Raye*<<

„Aha", Sam blickte ihn etwas enttäuscht an. „Komischer Name, ich dachte jetzt kommt so irgendwas total Heiliges, Christliches wie Uriel, Raphael oder sowas. Sorry", Sam lachte, doch ihr wurde bewusst, wie unfreundlich das klang.

>>*In unserer Sprache gibt es keine Worte, keine Namen. In unserer Sprache gibt es nur Klang. Ich habe es versucht, für dich in menschliche Form zu bringen.*<<

„Wow, das klingt cool irgendwie", Sam schlug ein paar Eier in die mittlerweile heiße Pfanne und konnte immer noch nicht fassen, dass sie einem Engel gerade Rühreier machte. Er stand da so einfach vor dem Durchgang ihrer Küche, die Flügel waren so riesig, dass sie überall hinter seinem Körper herausragten.

„Ähm, ist alles okay mit deinen Flügeln? Ich mein, ist da nix gebrochen und so?"

>>*Ich glaube schon. Alles fühlt sich nicht so üblich an wie sonst. Es ist wie gesagt das erste Mal, dass ich auf der Erde auf diese Weise gelandet bin.*<<

„Das heißt, du hast keine Ahnung warum oder was du jetzt machen sollst?"

>>*Nein.*<<

„Ähm, aber wie hast du das sonst so gemacht, mit der Verbindung nach oben – wie hast du kommuniziert, was du so tust?"

173

>>*Diese Verbindung nach oben, wie du sie nennst, war immer einfach da. Jetzt ist sie es nicht. Ich erforsche es noch.*<<

„Machst du dir keine Sorgen?"

>>*Nein, warum sollte ich?*<<

Sam wusste daraufhin nichts zu sagen, stellte die beiden Teller mit Rührei auf den Tisch, dazu eine Karaffe mit Wasser und zwei Gläser. Dann stand sie einfach nur da und starrte den Engel an.

„Kann mich mal bitte jemand zwicken? Ich stehe hier in meinem Esszimmer und habe gerade zwei Teller mit Eiern auf den Tisch gestellt, an den sich jetzt ein Mann setzt, der riesige Flügel hat und schimmert. Bin ich tot? Bin ich durchgedreht? Hat man mir Drogen ins Sushi getan? Das ist doch nicht normal, oder? Werde ich sterben und du bist hier um mich zu holen? Kannst du mir das erklären, Gott ich glaube ich drehe jetzt gerade durch."

Sam setzte sich an den Tisch und starrte auf ihre Eier.

>>*Okay, ich kann etwas tun, damit du dich wohler fühlst.*<<

Sam hob ihren Blick. Raye hatte plötzlich keine Flügel mehr und sein Schimmern war verschwunden. Er sah aus wie ein ganz normaler hübscher Kerl mit weißen Klamotten an. *Gott, sieht der gut aus.*

>>*Danke.*<<, grinste Raye.

„Scheisse, geh aus meinem Kopf!", lachte Sam.

>>*Das kann ich nicht.*<<, lachte Raye.

>>*So kommunizieren wir. Keine Geheimnisse, klare Kommunikation. Vermeidet viele Missverständnisse.*<<

„Krass", Sam fehlten die Worte, sie steckte sich eine Gabel voll Eier in den Mund und beobachtete Raye, wie er ebenfalls eine Gabel voll Ei in den Mund schob. Sein Blick wirkte überrascht, er hob seine Augenbrauen und verzog sein Gesicht etwas.

„Oh, schmeckt´s dir nicht?"

>>*Es ist das erste Mal, dass ich etwas esse.*<<

174

„Shit, echt jetzt? Und dann serviere ich dir Eier. Ich fasse es nicht", Sam klatschte sich vor die Stirn.

>>Das ist okay. Es ist alles ein Erlebnis. Auch Eier.<<

Sam versuchte sich einzureden, dass ihr gegenüber ein ganz normaler Kerl sitzen würde, der sie einfach nur besuchte.

>>Naja, jetzt gerade bin ich auch ein ganz normaler Kerl.<<

„Scheisse nein, bist du nicht, du hörst all meine Gedanken, du redest in meinem Kopf und bist alles andere als ein normaler Kerl", Sam war immer noch überfordert von der Situation, aber es war auch unglaublich aufregend und kein Mensch würde ihr das je glauben.

„Und was machen wir jetzt mit dir? Ich mein, kannst du wieder zurück? Was passiert mit dir? Ich hab so viele Fragen, ich werd´ echt wahnsinnig."

>>Ich bin hier. Das ist alles, was ich wollte. Ich glaube, das ist Gottes Geschenk an mich.<<

Sam blickte ihn mit offener Kinnlade an.

„Das hier ist alles, was du wolltest?", sie verstand nicht.

>>Samantha, ich bin schon bei dir, seit ich denken kann. Ich habe dich so oft weinen sehen und war an deiner Seite, doch ich konnte dich nie berühren. Dich nicht trösten, ich konnte nur auf Distanz in deiner Nähe bleiben. Das, was mir passiert ist, dass sich ein Engel in einen Menschen verliebt, passiert sehr selten...<<

Sam hatte unweigerlich Tränen in den Augen.

„Du hast dich in mich..."

>>...verliebt, ja. Gott hat mir immer die Wahl gelassen, bei dir zu sein oder andere Aufgaben zu übernehmen. Doch um mich zu bemerken und zuzulassen, dass ich dir helfen kann, dazu musstest du offen werden. Als es dir all die Jahre schlecht ging, warst du verschlossen, ich konnte keinen Zugang zu dir finden, doch ich war immer da. Und jetzt, seit du in der letzten Zeit den Kontakt zur geistigen Welt gesucht hast, konnte ich dir näher kommen als jemals

175

zuvor. Du hast die Erlaubnis dazu gegeben, dass ich dir näher kommen darf. Alle glücklichen Fügungen und Zufälle waren keine Zufälle, das war alles ich. Um dir zu zeigen, wie wertvoll und besonders du bist. Mehr wollte ich nie. Ich wollte einfach nur, dass du glücklich bist. Und ich hätte nie gedacht, dass Gott mir ermöglicht, dir so nahe zu kommen wie es jetzt gerade ist. Das ist neu für mich und ich kann dir nicht sagen, wie lange das sein wird oder was das bedeutet. Wenn du nicht möchtest, dass ich hier bin, gehe ich wieder auf Distanz und suche einen Weg zurück.<<

„Warte, du weißt nicht einmal, wie du zurückkommst?"

>>Nein, ich weiß ja nicht einmal, wie ich hierhergekommen bin.<<, Raye lachte und lächelte Sam an. Seine Ausstrahlung war die liebevollste, die Sam je erlebt hatte. Er war ein Fremder für sie, und doch fühlte sie sich ihm verbunden, wie noch keinem Menschen zuvor.

„Raye, so verrückt das auch alles ist. So wundervoll, so unglaublich unglaubwürdig. Aber ich bin berührt von dem, was du erzählst. Das, was ich gesehen habe, zu verarbeiten, wird dauern. Ich kann immer noch nicht glauben, dass ich hier mit einem Engel sitze... doch eins kannst du wissen – ich schick dich doch nicht wieder weg. Du bist ein Engel, mann, sowas schickt man nicht einfach so wieder weg." Sam lachte und zwinkerte ihn an.

Bis der Morgen graute, stellte Sam dem Engel Fragen und er antwortete. Sie hatten sich später aufs Sofa gesetzt, da Sam von der Müdigkeit übermannt wurde und kurz drauf einfach wieder einschlief. Als sie erwachte, saß Raye einfach nur da und lächelte sie an.

„Schläfst du nie?"

>>Nein.<<, lachte er. Jetzt im Tageslicht konnte Sam den Himmelsboten noch etwas genauer betrachten. Er sah – wenn man sich einfach mal wegdachte, dass er ein Engel war – eigentlich ganz normal aus. Mittelblonde

176

Haare, eine Stupsnase in einem sonst sehr männlichen Gesicht und ein verschmitztes Lächeln. Das schönste, das Sam je gesehen hatte.

>>*Danke, ich dachte mir, dass dir dieses Aussehen gefällt.*<<

Sam lachte und warf sich vor Empörung nach hinten in die Sofakissen. „Ach Scheisse, ich vergesse immer wieder, dass du ein Dauerabo meiner Gedanken hast. Warte, du hast das Aussehen so gewählt?"

>>*Du siehst mich so, wie ich dir gefalle. Also wir wählen, wie wir in Erscheinung treten anhand dessen, was wir über den Menschen, dem wir uns zeigen, wissen. Wir haben keine menschlichen Körper, da wo wir existieren.*<<

Sam glotzte ihn mit geöffneter Kinnlade an.

„Ähm, ich weiß überhaupt nicht, was wir so tun sollen jetzt. Das ist irgendwie alles so komisch." Sam lachte. Sie konnte sich nicht vorstellen, jetzt einfach mal so wie mit einem Kumpel den Fernseher anzumachen und einen Film zu schauen oder ein Brettspiel zu spielen. Sie hatte auch viel zu viele Fragen über Gott und die Himmelswelt, als dass sie wüsste, ob sie das alles überhaupt wissen wollte.

„Lass uns nach Koblenz fahren und zu meinem Lieblingsort spazieren gehen."

>>*Das Deutsche Eck*<<

„Haha, woher weißt du das?", lachte Sam.

>>*Erstens kenne ich deine Lieblingsorte und zweitens wäre es schön, das alles mit dir zu erleben, ohne dass ich ständig unsichtbar auf Distanz bin.*<<

„Stimmt und da steht ein Kumpel von dir", feixte die Blondine.

>>*Ich verstehe nicht.*<<

„Na, da die Statue – neben dem Kaiser auf dem Pferd steht eine Statue von ähm ich weiß nicht genau welcher Engel, ich habe mal gelesen es wäre Erzengel Michael.", lachte sie.

>>*Das ist wohl wahr. Daran siehst du, dass auch andere Engel sich Menschen schon gezeigt haben.*<<

„Du meinst, der Engel, welcher auch immer das war, hat sich in den Kaiser verliebt gehabt?", Sam fühlte sich diesem Nicht-Menschen so vertraut, wie einem guten Freund.

Raye zwinkerte. Seine Augen strahlten so sehr, dass Sam Angst hatte, sich in seinen Augen zu verlieren.

„Können dich die anderen Menschen denn sehen?"

>>*Nein, das kannst nur du, glaube ich.*<<

„Na toll, das wird lustig – hoffentlich sieht mich keiner, der mich kennt und lässt mich einliefern, weil ich mit der Luft rede." Der Engel und die Menschin lachten.

Es wurde einer der verrücktesten und wundervollsten Tage, die Sam je erlebt hatte. Die Sonne schien am Neujahrstag und viele Menschen tummelten sich am deutschen Eck. Sie war unglaublich glücklich Raye bei sich zu haben, diese Art von Liebe hatte sie noch nie kennen gelernt. Sie war nicht verliebt, aber sie spürte die Liebe, die von Raye ausging und die war überirdisch – himmlisch – im wahrsten Sinne des Wortes. Raye rannte mit ihr bis hoch zur Statue.

„Die ist abgeschlossen im Winter, da kann man nicht hoch", merkte Sam an. Raye lächelte, zog die Augenbrauen hoch und ehe sie sich's versah, stand Sam im nächsten Augenblick, wie durch einen Wimpernschlag, oben auf der obersten Aussichtsplattform, wo noch kein Mensch außer vielleicht Restauratoren jemals hin durften. Der Wind fuhr ihr durch die Haare, das Leben war wundervoll.

Sam stand oben auf dem höchsten Punkt, Raye stand neben ihr. Ihr Herz klopfte, sie schloss die Augen und griff nach Rayes Hand. Seine Hand war warm und die Berührung war wie elektrisiert. *Ich kann es einfach nicht glauben, dass das alles passiert und wahr ist. Ich habe solche Angst, dass alles nur ein Traum ist oder ich krank bin. Du fühlst dich so vertraut an und doch bist du ein Fremder für mich. Ich habe Angst, dass ich heute Nacht schlafen gehe und morgen bist du wieder weg. Ich habe Angst, dass das alles nicht real ist. Kein Mensch kann dich sehen, was bedeutet das? Wie kann das real sein?*

Der menschliche, rationale Verstand schaltete sich ein und riss Sam in eine Trauer um den Verlust, der noch gar nicht passiert war.

Raye drehte Sam zu sich herum und stellte sich dicht vor sie. Wieder strich er eine Strähne ihres Haares mit den Fingern aus ihrem Gesicht und fuhr mit dem Finger an ihrer Schläfe und der Wange entlang, bis er über ihre Lippen strich.

>>*Das habe ich mir so oft vorgestellt, dich berühren zu dürfen. Doch das war mir all die Jahre verwehrt. Ich würde nichts tun, dass dich überfordert oder unglücklich macht. Doch ich kann dir nicht sagen, ob oder wie lange ich bleiben kann. Keiner kennt Gottes Pläne. Nichts ist schöner, als jetzt gerade hier bei dir zu sein.*<<

Sam rann eine Träne die Wange hinunter. Es war zu schön, um wahr zu sein, alles um sie herum verschwamm, sie schloss die Augen und sog den Duft seines Körpers ein. Er roch anders als alles, was sie kannte. Es war wie ein Gemisch aus Blumen und Schmetterlingen, sein Atem war wie die Brise eines Gletscherwindes und seine Berührung entfachten eine Sehnsucht in ihr, bei der ihr ganz schwindelig wurde. Rayes linke Hand hielt die ihre, seine rechte Hand strich ihr erneut über ihre Schläfe, Sam drückte mit geschlossenen Augen ihre Wange in seine Hand, sie legte den Kopf schief und genoss die Wärme seiner Berührungen. Und dann küsste Raye sanft ihre Lippen.

Das ungleiche Paar stand eine Weile engumschlungen auf dem höchsten Punkte der Staute am Deutschen Eck. Ungesehen von allen anderen, hatte Raye seine Flügel um die beiden gelegt, damit keiner sie entdeckte.

Der Engel kam wieder mit zu ihr nach Hause. Auch wenn er noch seine Flügel hatte, so konnte er nicht mehr fliegen. „Woher weißt du, dass du nicht mehr fliegen kannst?"
>>*Ich spüre es.*<<

Sanft strich Sam dem so menschlich wirkenden Mann mit den Fingern über seine Stirn, glitt die Nase hinunter bis zu seinen Lippen. Er wirkte so echt und war doch so unecht. Raye war so fremd und doch so vertraut. Sam lag in seinen Armen auf ihrem Bett. Sie genossen einfach nur diese warme, innige Nähe. Es war ein seltsames und doch geborgenes Gefühl, seine Flügel zu spüren. Als Sam ihn vom Balkon hereingezerrt hatte, hatten sich die Flügel und Federn so zerbrechlich angefühlt, doch Raye hatte ihr bewiesen, dass sie fast unzerstörbar waren. Dass sie widerstandsfähiger waren als sie aussahen.
>>*Manches sieht zart aus und ist doch unzerstörbar.*<<
„Bist du unzerstörbar, also ihr Engel?"
>>*Sozusagen.*<<
„Aber du bist hier."
>>*Aber doch nicht zerstört. Ich bin nur etwas... mehr geerdet als sonst.*<< *Raye lachte.*
Die Zeit verging extrem langsam, hatte Sam das Gefühl und sie war dankbar für jede Minute, die sie mit diesem Wesen verbringen konnte, der für sie – bis auf die Flügel – ein ganz normaler, wenn auch besonderer Mann war. Mittlerweile ersparte sich Sam schon das Reden, sie hatte sich daran gewöhnt, dass sie sich nur in Gedanken unterhielten. Sie stellte fest, dass diese Art der Kommunikation durchaus entspannter war. Ehrlicher, offener und unkomplizierter. Gedanken lügen nicht – das machte die Sache einfacher. Sam kannte zwar die Gedanken von Raye nicht, denn es war ihr nicht möglich, seine Gedanken zu lesen, dennoch empfand sie das ‚Nichtreden müssen' als sehr erholsam.
>>*Ich wollte immer nur, dass du glücklich bist.*<<

„Das bin ich, Raye. Ich hätte nie gedacht, dass man in so kurzer Zeit mit jemandem so glücklich, vertraut und innig sein kann. Und ich kann noch immer nicht glauben, dass ich hier mit einem Engel liege." Sam hielt sich die Augen zu und schüttelte den Kopf.

>>Kannst du dir vorstellen, dass es für mich ähnlich verrückt ist? Ich bin ein Engel und hatte die Möglichkeit, meinem Lieblingsmenschen näher zu sein, als ich es je für möglich gehalten habe.<<

„Wirst du wieder gehen müssen?"

Raye antwortete ihr nicht.

„Raye?"

>>Ja. Bis vor wenigen Minuten wusste ich es noch nicht, aber leider ist die Verbindung nach oben wieder aktiv und ich muss gehen.<<

„Wann?", Sam hatte sich vor Schreck aufgesetzt und blickte Raye entgeistert an.

>>Heute Nacht.<<

Sams Augen füllten sich mit Tränen. „Wie sollte es auch anders sein, da habe ich mal Glück und es ist das schlimmste, was mir je hätte passieren können."

Raye setzte sich auf und hielt Sam fest in seinen Armen. Sie weinte still, er füllte sie mit Liebe, bis ihre Aura in tausend schillernden Farben zu strahlen schien.

>>Es tut mir leid. Für mich war es das Schönste, was Gott mir hätte ermöglichen können. Einen Tag und eine Nacht mit dir.<<

„Ich kann das noch gar nicht verarbeiten. Wirst du wieder um mich herum sein und ich kann dich nicht sehen?"

>>Sicher.<<

„Ich dreh durch. Wie soll ich das aushalten? Zu wissen, du bist da und ich kann dich weder sehen noch berühren?"

Raye schwieg.

Das überirdische Paar schlief Arm in Arm ein, als Sam sich nicht mehr wach halten konnte. Raye schlief nicht, hielt Sam einfach nur fest. Voller Dankbarkeit strich er ein letztes Mal die Strähne aus Sams Gesicht und küsste sie, bevor er ging. Gott holte ihn zurück.

♥

„Sam, bist du dir sicher, dass du das alles nicht doch nur geträumt hast oder da in deinem Wein nicht irgend´ne Droge war? So wie damals das Frostschutzmittel?"

„Nicole, bitte. Du bist die einzige, mit der ich darüber reden kann, keiner wird mir glauben und ich wage es nicht, es meinen Kindern zu erzählen, die dann endgültig denken, sie müssten mich direkt in die Klapse einweisen lassen."

Nicole wusste nicht mehr, was sie ihrer Freundin noch sagen sollte. Sam klammerte sich an die Feder, die Raye auf ihrem Bett zurück gelassen hatte. Das war das Einzige, was sie von ihm als Erinnerung hatte – eine schimmernde Feder.

Vielleicht war es nur ein Traum gewesen, Sam schloss das ja nicht gänzlich aus. Doch er hatte sich so real, so glücklich angefühlt, sie konnte diese Erinnerung nicht loslassen und als Traum abstempeln, das war einfach nicht möglich. Jeden Tag setzte sie sich hin und verband sich in Meditationen mit Raye, mit ihrem Spirit-Team und nach oben zu Gott. Von dem erhielt sie zwar nie eine Antwort, aber sie hoffte einfach, dass sie Raye irgendwie wieder sehen könnte.

„Das heißt aber nicht, dass ich sterben will, um ihn zu sehen, das geht nicht, da sind ja noch meine Kinder", fügte sie an eine Meditation an, in der sie visualisiert hatte, mit Raye zusammen als Engel durch den Himmel zu fliegen. Sam sprach den ganzen Tag mit der Luft und war sich sicher, dass Raye sie hören könnte. Sie wollte, dass er weiß, dass sie an ihn glaubte. Aber sie erzählte niemandem davon. Es war einfach zu unglaubwürdig und nach einigen Wochen glaubte sie selbst kaum noch daran.

♥

Der Frühling hatte sich über Koblenz gelegt, die Bäume blühten, es wurde warm und der Rhein war wieder ein beliebter Ort zum Abschalten. Sam traf sich mit Freundinnen im Biergarten am Eck für das erste Radler des Jahres.

„Sam, du hast ´ne Feder im Haar", Randi zupfte ihr die Feder vom Kopf und übergab sie Sam. „Kuck ma, die ist strahlend weiß." Es versetzte der Blondine einen Stich, da die Feder sie an Raye erinnerte. Es hatte keinen Tag ohne einen Gedanken an ihn gegeben.

Es gab viel zu erzählen zwischen den Frauen, alle hatten neue Typen kennen gelernt und erzählten sich die neuesten aufregendsten Dating Geschichten.

„Sam, wie isses bei dir? Mal was Neues am Start?"

„Hm? Nein, dafür hab ich gar keine Zeit", sie winkte ab.

„Du kannst doch nicht ewig alleine bleiben", schimpfte Hannah und schnalzte mit der Zunge.

Ich bin ja nicht alleine, dachte Sam. Sie hätte es so gerne laut ausgesprochen und allen von ihrem engelhaften Erlebnis erzählt, doch wer sollte so etwas glauben.

Aus ihren Augenwinkeln sah Sam plötzlich einen Mann, der ihr bekannt vorkam. Er war gerade am Rhein entlang gelaufen und die Statur war ihr nicht fremd. Sie suchte ihn in der Menschenmenge, die sich wie ein Fluss in zwei Richtungen zum und weg vom Deutschen Eck bewegten. Seine Laufrichtung war das Eck gewesen. Wie getrieben, entschuldigte sie sich kurz bei ihren Freundinnen: „Ich glaub, ich hab da grad einen alten Bekannten gesehen, renne mal schnell hin, bin gleich wieder da."

Sie ließ ihre verdutzten Freundinnen zurück und rannte los. Immer wieder wanderte ihr Blick über all die Personen, die vor ihr her liefen. Dieser Mann war ihr so bekannt vorgekommen, er hatte sie an jemanden erinnert.

Als sie an den Stufen zum Denkmal ankam, wollte sie die Treppe hoch laufen, um von oben einen besseren Überblick über den Platz zu haben, vielleicht könnte sie den Mann dann besser finden.

„Sam...", eine männliche Stimme riss sie aus ihren Gedanken, sie drehte sich herum.

Im ersten Moment erkannte sie ihn nicht, der ganze Mann war ihr so fremd und doch, war da etwas Bekanntes an ihm. Seine Augen...

„Sam...", wiederholte er begeistert. Auch die Stimme des Mannes war ihr unbekannt und doch so vertraut. Sam wurde schlecht, sie fragte sich, was hier gerade passierte und was dieser Mann... diese Augen...

„Raye?", und dann erkannte sie ihn. Er hatte sich verändert. Der Engel war ohne das Schimmern und die Flügel ein etwas anderer Mann... er war ein Mensch. „Raye?"

„Sam...", nun lachte er, ging auf sie zu und strich ihr liebevoll die Strähne aus dem Gesicht. „Ich habe dich gesucht, ich spürte nur, dass du hier irgendwo bist. Ich habe dich gefunden..."

Sam legte ihre Wange in seine Hand, sie war so warm, ihre Augen füllten sich mit Tränen. „Raye, wie kann das sein?". Sie verstand nicht, warum er so anders aussah und doch war er Raye. Er sah so... menschlich aus. Sam packte die Angst.

„Was hast du getan? Und oh mein Gott, du kannst sprechen?" Sam rannen die Tränen herunter, sie konnte es nicht fassen, dass er vor ihr stand – in Fleisch und Blut.

„Ich bin jetzt ein Mensch, Sam", Rayes Augen blitzen verschmitzt und voller Freude.

„Wie... wie ist das möglich?"

184

„Gott hat mir einen Weg ermöglicht. Ich konnte entscheiden, ob ich ihn gehe und ich bin ihn gegangen, wie du siehst."

Sam fiel Raye um den Hals und umschlang ihn mit all ihrer Liebe. Raye hielt sie fest.

„Ich lass dich nie wieder los", flüsterte sie.

„Ich geh nie wieder weg", flüsterte er zurück.

„Kannst du noch Gedanken lesen?", fragte sie kichernd.

„Ja, so manche Sachen hat mir mein Chef gelassen, ich hab´ ein paar Dinge zu erledigen."

Diese Geschichte widme ich den
Engeln in meinem Leben ☆

185

MY *Eyes* SAW *You*

BUT *damn* DID MY

Soul FEEL . *you*

♥

UNKNOWN

KAPITEL FÜNF

Wunderliebe

„Wir können froh sein, dass es nicht regnet", raunte Mona ihrer Freundin Kati zu. Die beiden Freundinnen standen in der Schlange vor der angesagten Diskothek Diebels in Andernach. Eigentlich war es keine Diskothek, eher eine Bierkneipe in der am Wochenende ein DJ auflegte oder eine Band spielte und sich alle möglichen jungen Erwachsenen dort hinein zwängten. Das war auch der Grund, warum sie Schlange stehen mussten. Es war 22 Uhr und bereits proppenvoll.

„Sind Jannik und Ela schon drin?", fragte Kati.

„Ja, sie haben mir eben eine SMS geschrieben, die sind schon durch", antwortete Mona, während sie von der Seite grob angerempelt wurde. „Ey, passt doch mal auf, Idiot!", schimpfte sie genervt und sah sich vier jungen Kerlen gegenüber, die etwa in ihrem Alter waren.

„Wo ist dein Problem, Mädel? Reg dich mal nicht auf", meckerte einer der vier Jungs ihr entgegen, woraufhin ihn ein anderer Kerl zur Seite zog und sich zwischen Mona und den Schubser stellte.

„Sorry, Alf ist heute etwas grob drauf, aber eigentlich ist er ganz nett", während Mona noch immer genervt von dem Gerangel war, sah sie in glänzende braune Augen und ein Lächeln auf dem Gesicht dieses dunkelhaarigen Jungen, so dass sie selbst sofort lächeln musste.

„Schon okay, wenn man hier nicht aufpasst, rempeln einen die besoffenen Kerle dauernd an, da muss man sich wehren", versuchte sie sich zu entschuldigen.

„Georg, ich bin Georg", nervös hielt ihr der junge Mann seine Hand hin.

„Ich bin Mona", sie schüttelten sich die Hand und beiden lief ein wohliger Schauer über den Rücken. Wenige Sekunden, die wie Minuten schienen, hielten sie sich fest, bis ihnen bewusst wurde, wie das aussehen musste. Sofort ließen sie zeitgleich des anderen Hand los und blickten vor Nervosität auf den Boden. Mona hatte das Gefühl puterrot geworden zu sein, wenn sie gewusst hätte, dass Georg dasselbe fühlte, hätten beide lachen können.

„Möchtest du was trinken? Kann sein, dass wir hier noch länger warten müssen, so wie es aussieht."

„Ja gerne", Monas Augen funkelten. Er gefiel ihr, auch wenn sie versuchte, es zu verbergen. Georg wollte sie gar nicht alleine stehen lassen, doch er musste kurz Luft holen, weil ihm nichts einfiel, über das er mit ihr hätte reden können. Sie machte ihn nervös. Eigentlich war er der coole Typ, den nichts so leicht umhauen konnte. Doch Mona haute ihn um. Ihre blonden Haare, ihre Augen...

„Ähm, was möchtest du denn? Bier oder Cocktail-2-go?"

„Einen Cocktail natürlich, eine Lady trinkt kein Bier", lachte Kati, die sich zwischen die beiden gedrängt hatte und frech Georgs Frage beantwortete. „Mensch Mona, hast du mich vergessen? Drehst mir den Rücken zu und quatschst hier mit meinem Nachbarn."

„Ach, ihr kennt euch?", fragte Mona neugierig, während Georg bereits auf dem Weg zum Cocktailstand war.

„Ja, wir haben schon im Sandkasten zusammen gespielt. Cooler Typ, nicht so einfach zu haben."

„Ach, hast du es schon versucht?", lachte Mona.

„Klar", Katis Augen funkelten, „wer würde das nicht. Aber der stand schon immer eher auf blonde Frauen und ich mein, wir haben uns schon mit der Schippe auf den Kopp

188

gehauen, da will man nicht ernsthaft was mit anfangen, das ist komisch."

„Ich bin komisch?", ein weiterer Freund von Georg schob sich zu den beiden Frauen.

„Ach Ronni, du bist einer der komischsten Typen die ich kenne", lachte Kati und stupste ihn in die Seite.

„Du kennst die wohl alle hier?", Mona wohnte zwar nur wenige Orte weiter, als Kati, aber sie war als Kind zugezogen. Diese vier Jungs hatte sie noch nie zuvor gesehen.

„Dorfleben halt, alles Nachbarn und irgendwie sind wir alle miteinander verwandt", lachte Ronni. Er hatte ein Auge auf Kati geworfen, das merkte man sofort.

„Cocktail für die Lady", Georg war wieder zurück, reichte Mona ihren Becher und stieß mit ihr an.

„Ey, und wir?", lachten Kati, Ronni und der Raufbold, der Mona geschubst hatte.

„Holt euch gefälligst selber was", Georg nickte in Richtung Cocktailstand und wie auf Befehl, entfernte sich die kleine Gruppe und ließen Mona und Georg alleine zurück. Beide fanden das im gleichen Moment gleich gut. Ein Funkeln lag in der Luft, man spürte es deutlich.

Jeden Moment, den die beiden sich durch eine wie zufällig wirkende, absichtliche Berührung näher kommen konnten, nutzten die beiden aus. Es war laut dort draußen, die Schlange am Eingang bewegte sich so gut wie gar nicht, die beiden sprachen absichtlich leise miteinander, um sich so nah wie möglich zu sein. Das war keine ausgesprochene Tatsache, aber jeder Umstehende, der darauf geachtet hätte, dem wäre es aufgefallen. Wenn Mona etwas erzählte und lachte, berührte sie Georg am Arm und er hätte ihr am liebsten gesagt, dass sie diese Hand bitte nicht mehr wegnehmen solle. Die beiden waren wie in einer Blase, in einer zauberhaften Seifenblase, die die beiden vom ersten Moment an verbunden hatte.

Der Zauber wurde nur wenig später durch die anderen der Clique jäh unterbrochen, als diese vom Bier- und

189

Cocktailstand wieder zurückkamen. Wegen dieser Störung huschte leichte Enttäuschung über die Gesichter von Mona und Georg. Sie waren nun etwas weiter voneinander entfernt, weil sich die anderen störend und völlig ignorant dazwischen gestellt hatten. Während alle lachten und sich lustige Geschichten erzählten, tauschten Mona und Georg schüchterne und doch deutliche Blicke aus. Es funkte unaufhörlich. Das musste Liebe auf den ersten Blick sein.

Etwa eine halbe Stunde später bewegte sich die Menschenschlange endlich weiter und sie kamen dem Eingang immer näher. Immer, wenn ein paar Personen raus kamen, durften neue hinein.

„Nein, ihr nicht", dröhnte die Stimme des Türstehers, der Georg und Ronni zurück drängte, nach dem er gerade Kati und Mona durchgelassen hatte. Mona blickte zurück, als ihr die Jungs nicht folgten, während sie gerade die Treppe ins Diebels hinunter gehen wollten. Sie sah noch, wie Georg ihr einen enttäuschten und hilflosen Blick zuwarf und mit den Schultern zuckte, während Ronni und die anderen mit dem Türsteher diskutierten.

„Es ist zu voll, ihr müsst warten, aber ihr seid zu viert, da kommen sowieso immer nur zwei rein. Also warten oder nach Hause gehen, Jungs", an diesem Wachhund ging kein Weg dran vorbei, seine Größe und seine Muskeln verdeutlichten neben seinen Worten, dass man besser respektierte was er sagte.

Kati zog ihre Freundin die Treppe hinunter, so warf Mona einen letzten Blick zu Georg und winkte ihm. Sie hatte überhaupt keine Lust mehr, ohne ihn den Abend zu verbringen, aber sie wollte ihm jetzt auch nicht hinterher rennen oder ihre Freundin alleine lassen. Die beiden Mädels machten sich auf die Suche nach ihren Freunden Jannik und Ela. Es war, wie befürchtet, brechend voll und die laute Musik dröhnte in den Ohren, während sie sich durch die Menge kämpften.

Ronni und die anderen beschlossen, sich nicht die Blöße zu geben, noch weiter in der Schlange zu warten.

„Ich stell mich da doch nicht noch weiter an wie ein Depp, ich glaub der spinnt", schimpfte Alf, die anderen stimmten ihm zu – außer Georg. Für Mona hätte er gerne noch weiter abgewartet, aber er ließ sich überreden in die Feuerwache, eine Kneipe um die Ecke, zu gehen. Georg hoffte, dass er später doch noch ins Diebels rein käme, um Mona wieder zu sehen.

Ein paar Stunden später hatten die Jungs mehrere *Kaltgetränke* zu sich genommen, wie sie es nannten. Sie feierten noch mit weiteren Fußballkumpels in der Feuerwache und Monas Clique trank mittlerweile schon den dritten oder vierten Cocktail. Mona hatte die ganze Zeit immer wieder durch die Menge geschaut zum Eingang hin, in der Hoffnung, dass Georg doch noch kommen würde. Aber vergeblich. Dieser hatte sich mehrfach versucht loszueisen, doch seine Jungs hatten ihn immer wieder aufgehalten. Georg wollte sich auch nicht die Blöße geben, dass er wegen einer Frau unbedingt seine Jungs im Stich lassen würde und lieber ins Diebels gegangen wäre. Er wollte einfach nicht, dass man sich über sie oder ihn lustig machen würde.

Mona hatte indes die Hoffnung aufgegeben. Die Clique tanzte ausgelassen zur lauten Musik und eine ihrer Freundinnen hatte gerade eine zweite Runde Jägermeister geschmissen. Plötzlich spürte sie jemanden dicht hinter sich. Sie hasste es, wenn diese besoffenen Kerle sich dicht an einen ran drängten und meinten, dass man dann mit dem Po eng gedrückt an ihren Unterbau tanzt. Mona widerte dieses Gockel-Gehabe total an. Sie wandte sich um, mit einem bösen Blick, der dem Störenfried gelten sollte, doch im nächsten Augenblick huschte das Glück darüber. Sie hätte Georg fast vor Freude umarmt, doch sie konnte sich beherrschen. Der Alkohol machte sie mutiger als sie war. Kati hatte nun mal erzählt, dass Georg schwer zu haben war und deshalb wollte Mona es ihm garantiert nicht leicht machen.

Der dunkelhaarige junge Kerl stand einfach nur da und grinste sie an. Er war froh, dass sie noch da war. Endlich hatte er seine Kumpels überreden können, die Feuerwache zu verlassen, und nun schämte er sich, dass er so viel getrunken hatte.

„Ich hab gedacht du kommst nicht mehr", schrie ihm Mona in der lauten Umgebung ins Ohr, dass es ihn dröhnte und er sein Gesicht vor Schmerz verzog.

„Oh ´Schuldigung, das war bissel zu laut, ich hab bissel was getrunken", gluckste die Blondine und Georg atmete auf – sie waren wohl beide auf gleichem Level, seine Fahne gegen ihre. Würde gar nicht auffallen.

„Ach, macht nix, dann kauf ich mir halt morgen ´nen Hörgerät und schick dir die Rechnung." Mona mochte seinen Humor.

„Möchtest du was trinken?", fragte Georg.

„Sag mal, du willst mich abfüllen, oder?", mit gespielt böser Miene stellte sich Mona provozierend vor ihn hin, fast Nase an Nase. Durch den Alkoholpegel dichter als sie beabsichtigt hatte. Es knisterte ganz gewaltig, Georg zog scharf die Luft ein. Ihr Duft war der Wahnsinn. Zwar war es stickig in dem Laden und die Luft stank nach feuchten Körperausdünstungen, aber sie roch nach süßlichem Parfum, das ihn zu betören schien. Er zog noch einmal ihren Geruch tief in seine Lungen hinein, als könnte er Mona in sich hineinatmen.

„Ja, das will ich", Georg kam der Nasenspitze von Mona noch näher. Er wollte sie. Er wollte sie so sehr – küssen und umarmen. Es funkte und knisterte so immens, dass er sich kaum zurückhalten konnte. Es schien eine Ewigkeit zu vergehen, in denen sich die beiden Nase an Nase dort gegenüberstanden, dicht an dicht. Bei leichten Tanzbewegungen zur Musik berührten sich plötzlich ihre Hände, es war als wäre es ein schmerzloser Stromschlag.

Mona blickte ihm direkt in die Augen – beide hatte der Alkohol die übliche Schüchternheit genommen.

„Und du darfst das auch", sprach Mona fast zu leise, doch das gab Georg den Rest. Er packte mutig Monas Hinterkopf, zog sanft ihren Kopf zu sich und küsste sie. Erst für einen kurzen Moment ganz vorsichtig, denn er war sich nicht sicher, ob sie das zulassen würde, doch Mona erwiderte es. Sie schlang ihre Arme um seinen Hals und zog ihn dicht zu sich heran. Der Kuss wurde inniger, sie mussten sich nicht erst finden, es war wie eine Verbindung, die schon immer bestanden hatte.

Durch die Aufregung und den Alkohol kippte Mona nach hinten und zog Georg mit sich. Unbemerkt und vom Universum beschützt, stand Mona unweit von einer Wand, die das Kippen des Paares auffing und Mona sich dagegen lehnte. Georg fing seinerseits den Vorgang mit seiner linken Hand neben Monas Kopf ab, damit er nicht mit seinem ganzen Gewicht gegen sie kippte. Das Ganze heizte die beiden noch mehr an. Sie versanken in wildem Geknutsche, das begleitet von der lauten Musik, dem Alkohol und der Aufregung ziemlich wild wurde.

Aber wozu hat man denn Freundinnen und Kumpels.

„Ey, was geht denn hier ab!", rief Ronni lachend.

„Was? Ihr zwei?", schob Kati überrascht hinterher.

Irgendwie schienen sich alle gleichzeitig um das knutschende Paar versammelt zu haben. Peinlich wischte sich Mona über den Mund und blickte verlegen zu Boden, Georg hatte sich sofort von ihr zurückgezogen. Auch ihm war es unangenehm, dass sie sich so ungeniert, und leider auch viel zu betrunken, vor allen so vergessen hatten.

„Ich glaub´, es wird Zeit nach Hause zu gehen", stammelte Mona. Ihr wurde bewusst, dass sie ihm viel zu schnell nachgegeben hatte. Jetzt war es zu spät – sie hatte es ihm zu leicht gemacht.

„Ich bring dich", Georg würde sie nicht so einfach gehen lassen. Er befürchtete, dass sie schlecht von ihm denken würde. So war er nicht und er ärgerte sich, dass er ihr viel

193

zu schnell so nahe gekommen war. Er wollte ihr nicht das Gefühl geben, nur eine von vielen zu sein. Er kannte seinen Ruf. Sein Herz klopfte, er hatte Angst, sie würde ablehnen, dass er sie nach Hause bringt.

Ihr Herz klopfte aus einem anderen Grund. Sie konnte kaum glauben, dass er sie begleiten würde. Sie hoffte, dass das ein gutes Zeichen war... oder würde er mehr erwarten? Das würde Mona keinesfalls erlauben, selbst im alkoholisierten Zustand würde sie so etwas nicht tun.

Die Freunde machten alle noch ein paar lustige Sprüche über das frische „Paar", doch alle waren zu betrunken und in Feierlaune, als dass sie sich lange damit beschäftigten. Mona und Georg waren die einzigen die schon gehen wollten, alle anderen blieben noch. Als das junge Paar vor die Tür trat, traf sie die frische Luft wie ein Hammerschlag. Georg warf sich einen Kaugummi in den Mund und Mona nahm sich ebenfalls einen aus der ihr hingehaltenen Packung.

„Frische Luft, das tut gut", plapperte Mona.

„Ja, aber im ersten Moment denkt man, der Alkohol wirkt nochmal doppelt so stark, oder?"

„Jaa", lachte Mona. Sie fühlte sich ihm so verbunden und als er ihre Hand nahm, bekam sie weiche Knie.

„Darf ich", fragte er.

„Klar", sie wurde rot. Es war süß, dass er fragte und es fühlte sich so vertraut an, wie *schon immer.*

„Ich hoffe, das kommt nicht blöd rüber, aber mit dir fühlt sich das an wie schon immer", sagte Georg. Monas Herz machte einen Satz.

„Dasselbe dachte ich auch gerade", verlegen blickte Mona auf den Weg vor ihr. Georg nutzte den Moment, drehte sie noch einmal zu sich und küsste sie. Dieses Mal nicht so fordernd und leidenschaftlich wie im Diebels, sondern sanft und liebevoll. Sie war etwas Besonderes, das fühlte er.

Fürsorglich brachte er Mona bis vor die Haustür. Als er näher an sie herantrat, um sich mit einem innigen Kuss zu verabschieden, drehte sie ihren Kopf weg.

„Ich küsse normal niemanden am ersten Abend", entschuldigte sich Mona. Sie hatte Angst, dass er mehr erwarten würde und hielt ihn auf Distanz.

„Ich denke auch nicht, dass du so eine bist. Und ich möchte dir auch nicht das Gefühl geben, dass ich dich so sehe." Er küsste sie auf die Stirn.

„Darf ich dich morgen anrufen?", fragte er vorsichtig.

„Ja sicher", lachte sie ganz leise. Sie tauschten Nummern aus und als es fast schon hell wurde, ging Georg langsam von ihr weg, drehte sich aber noch einmal herum, um ihr zu winken. Sie wartete an der Haustür, bis er um die Ecke verschwunden war. Sie seufzte. Glücklich.

♥

„Georg, Geeooorg", rief eine laute, männliche Stimme von draußen und weckte ihn unsanft, während Georg mit dröhnendem Kopf auf seine Uhr blickte, aber aufgrund des Katers nichts erkennen konnte.

„Waas?", hörte man ihn genervt durch das offene Fenster im ersten Stock rufen. Irgendjemand klingelte nun wie ein Wahnsinniger.

„Steh verdammt noch mal auf, ich bin hier um dich für den Feuerwehrlehrgang abzuholen!", rief sein Kollege Peter nach oben.

„Oh shit!", sofort war Georg hellwach, sprang auf und fiel zurück aufs Bett. Zu viel Alkohol, zu spät ins Bett. Das war ein Fehler gewesen. Alles drehte sich.

„Ja, ich komme, fünf Minuten", rief er zurück, sprang blitzschnell unter die Dusche, putze sich Zähne, Gaumen und Zunge in der Hoffnung, dass man seine Monsterfahne nicht sofort riechen würde, schnappte sich seine

195

Sporttasche mit Klamotten und rannte die Auffahrt zu Peters Auto herunter.

„Mann, siehst du Scheisse aus. Du weißt doch, dass Feiern vor ´nem Lehrgang echt kacke kommt."

„Lass die Standpauke, das war es wert!", grinste Georg und dachte an Mona.

„Gab´s was zu feiern?", fragte sein Feuerwehrkollege.

„Das Leben", lachte Georg.

„Oha, eine Frau", feixte Peter, bohrte aber nicht weiter nach, denn sein Mitfahrer blickte verträumt und gedankenverloren aus dem Seitenfenster. Peter wusste in diesem Moment, dass er richtig geraten hatte. Anscheinend hatte es Georg voll erwischt.

Als dieser wieder einen klaren Gedanken fassen konnte, schrieb er Mona eine Nachricht. Und wartete von da an jede Sekunde, ob sie antworten würde. Es war noch früh am Morgen, wahrscheinlich würde sie noch schlafen.

„Junger Mann, würden sie sich bitte konzentrieren?", war nicht die erste Ermahnung des Leiters, weil Georg schon wieder am Handy tippte. Mittlerweile hatte Mona geantwortet und die beiden schickten sich witzige Nachrichten hin und her. Es fühlte sich an, als wäre sie schon immer da gewesen und er wollte sie nie wieder weg haben. Er konnte kaum erwarten, sie wieder zu sehen, doch er wusste nicht, ob das zu schnell wäre. Er wollte sie nicht bedrängen.

Mona hingegen konnte kaum erwarten, dass er sie nach einem Wiedersehen fragen würde. Sie genoss jede Nachricht von ihm und wenn sie eine weggeschickt hatte, wartete sie ungeduldig, bis eine Antwort von ihm folgte. Sie wollte auf ihre Freundin Kati hören, die ihr geraten hatte, sich nicht so *verfügbar* zu halten, da es Männern wie Georg schnell langweilig mit Frauen werden würde, die immer verfügbar und *willig* wären. Doch Mona wollte sich nicht verstellen und sie hoffte auch nicht, dass Georg so ein unterentwickelter Typ war.

„Hast du Lust auf Pizza?", nach dem Lehrgang hatte Georg keine fünf Minuten abwarten können Monas Stimme zu hören und sie einfach angerufen. Ohne den ganzen Krach rundherum war es ein ganz anderes Gefühl. Ihre Stimme war so klar, sie hatte ein leichtes Klirren in der Stimme wenn sie die Vokale sprach, das mochte er.

„Wird das ein Date?", neckte sie ihn.

„Ja sicher, und zwar ein richtiges. Es tut mir leid, dass wir so eskaliert sind im Diebels. Das ist normal nicht meine Art."

„Meine auch nicht", Mona schämte sich sehr, dass sie sich derart vergessen hatte.

„Das war der Alkohol denke ich", erwiderte er.

„Ja, das glaube ich auch. Also beim nächsten Mal dann ohne Alkohol."

„Gebongt. Ich hol´ dich morgen ab, passt dir das? Heute ist schon so spät, der Lehrgang war echt heavy."

Etwas enttäuscht, weil sie ihn am liebsten sofort gesehen hätte, verabschiedeten sie sich. Immerhin hatten sie schon am nächsten Tag das Date.

„Ein Date? Ein richtiges Date mit Georg? Ohaaa", Kati war begeistert und freute sich für ihre Freundin. Vor allem, da sie wusste, dass Georg nicht so einfach zu haben war. Er war ein Eigenbrötler, einer von der coolen Sorte – kein Arschloch, sondern einer, der seinen Fokus auf anderen Dingen hatte als die albernen Jungs, wie sie normalerweise sind. Er war ernster, erwachsener und spielte keine Spielchen. Zumindest hoffte Kati, dass Georg der Richtige für Mona war. Kati kannte keinen ehrlicheren Menschen als Mona, sie würde ein Auge auf ihren Sandkastenfreund haben, damit er ihrer Freundin nicht wehtun würde.

Als Mona sich für das Date fertig machte, konnte sie vor Zittern kaum ihre Wimperntusche auftragen. Ihre Gedanken wanderten zu ihrem Kuss mit Georg und ihr

197

wurde heiß und kalt. Sie ärgerte sich sehr, dass sie sich wegen des Alkohols so leicht vergessen hatte. Jetzt war alles schon so abgehakt. Die Aufregung der ersten Dates war zwar da, aber Georg und sie hatten schon diese „heilige Linie" überschritten, den Zauber, der normalerweise über den ersten Dates hing. Sie hatte so viel darüber gelesen und von ihren Freundinnen gehört. Mona hatte noch keine großen Erfahrungen mit Jungs, da ihr die anderen alle zu kindisch oder zu prollig gewesen waren. Georg zu küssen, war nicht ihr erstes Mal gewesen und doch war es das erste Mal, dass sie solch einen wohligen Schauer gespürt hatte.

Als ihre Mutter sie rief, weil Georg vor der Tür stand, um sie abzuholen, hatte Mona wilde Schmetterlinge im Bauch. Sie atmete tief durch, strich ihr Sommerkleid glatt und lief die Treppe hinunter.

„Oha, so bist du ja noch nie weggegangen", rief ihr Vater überrascht aus dem Wohnzimmer.

„Ich hatte ja auch noch nie ein richtiges Date", lachte sie.

„Du hast ein Date? Warum hast du uns davon nichts erzählt", schimpfte ihre Mutter spaßig.

„Weil ihr sonst zu viele Fragen stellt", sang Mona, küsste ihre Eltern zum Abschied auf die Wange und ging lachend aus der Tür hinaus. Sie war über zwanzig, ihre Eltern hatten sie immer sehr behütet und da Mona die Schule und Ausbildung immer wichtiger gewesen war, als alles andere, hatte es nie irgendwelche Dates gegeben, die sie von zuhause abgeholt hatten.

„Wow, du siehst toll aus", begrüßte sie Georg, während er ihr die Tür seines Autos aufhielt.

„Danke", Mona war leicht errötet. „Es ist mir peinlich, wenn du mir die Tür vom Auto aufhältst, das ist ja wie in einem romantischen Kitschfilm", lachte sie.

„Wie man es macht, ist es wohl falsch", lachte Georg. „Ich wollte wiedergutmachen, dass ich am ersten Abend so... unüberlegt gehandelt habe."

198

„Das warst du nicht alleine...", lächelte Mona.

„Ich weiß", Georg warf die Tür locker zu, lief um das Auto herum, und setzte sich auf den Fahrersitz. „Ich weiß", wiederholte er und startete den Motor. „Dennoch war es nicht Gentlemanlike, aber das mache ich wieder gut."

Georg führte sie ins St. Tropez, einer Cocktailbar am Rande der Stadt. Mona war es nicht gewohnt, dass ein Mann ihr die Tür aufhielt und sie behandelte, als wäre sie eine Prinzessin. Sie bestellten sich alkoholfreie Cocktails, um nicht den Abend im Diebels zu wiederholen und während sie ohne Pause redeten und lachten, verflog die Zeit wie ein Lufthauch.

Beide empfanden es als sehr schade, dass der Abend so schnell vorbeigegangen war. Georg brachte Mona erneut nach Hause, doch irgendetwas schien plötzlich zwischen ihnen zu stehen. Er blieb im Auto sitzen, während er vor ihrer Tür gehalten hatte. Mona war sich unsicher, was das für eine Bedeutung hatte. War sie ihm zu langweilig gewesen? Sie kramte nach ihrer Tasche im Fußraum des Wagens und stammelte nervös vor sich hin.

„Danke für den schönen Abend", sie blickte unsicher zu ihrer Haustür. Es war ein peinlicher Moment, sie wusste nicht, ob sie ihn küssen sollte oder ob er erwarten würde, dass sie ihn küsste.

„Danke dir auch", Georg schien wartend aufs Lenkrad zu blicken, als könnte er gar nicht erwarten, dass Mona aussteigen würde. Sie öffnete die Tür, stieg aus und mit einem „Ciao", fuhr Georg los und ließ sie stehen.

„Was war *das* denn?", Mona war total verunsichert, ihr schossen die Tränen in die Augen, sie konnte nicht nachvollziehen, warum er gerade so kühl geworden war. Geknickt ging sie ins Bett.

Georg kam sich vor wie ein Idiot. Sie hatte ihn mit ihrer Anwesenheit auf der Heimfahrt derart nervös gemacht, dass er sich nicht getraut hatte, ihr auch nur ein bisschen zu nahe zu kommen. Sie besaß so eine immense Anziehungskraft, er hatte große Mühe gehabt, sich zu beherrschen. Deshalb hatte er eben beim Abschied etwas Distanz eingehalten. Sie war so besonders, er wollte ihr nicht so schnell noch einmal so unverschämt gegenüber treten wie damals im Suffkopp im Diebels.

Warum dachte er so? Warum war sie für ihn so ein rohes Ei, dass er Angst hatte sie zu zerbrechen?

So etwas hatte er noch nie gefühlt. Er war ein Idiot. Er hatte sie ja fast aus dem Auto geekelt.

Georg griff nach seinem Handy und nahm Mona eine Sprachmemo auf, wartete dann eine halbe Ewigkeit, doch sie antwortete nicht. Er hatte sich entschuldigt, dass er sie im Auto so *abgefertigt* hatte – erklärte ihr ehrlich, dass sie ihn so nervös gemacht hätte, er ihr aber aus Respekt nicht hatte zu nahe kommen wollen. Aus Angst sozusagen – wieder diese heilige Grenze zu überschreiten.

„Weißt du, du bist für mich etwas Besonderes", beendete er seine Nachricht. Er konnte in dieser Nacht kaum schlafen. Sie musste ihn für bescheuert halten.

Als Mona am nächsten Morgen aufgestanden war, ging sie in die Küche und blickte auf ihr Handy, das sie auf den Tresen gelegt hatte. Sie hatte geahnt, dass sie die halbe Nacht noch auf ihr Handy geblickt hätte in der Erwartung Georg würde noch schreiben, doch sie hatte tief in sich gefühlt, dass er sie abgeschrieben hatte. Sie hätte nicht sagen können, warum sie derart fühlte, doch sie fühlte sich wie *bestellt und nicht abgeholt.* Als sie Georgs Nachricht sah, machte ihr Herz einen Satz. Er hatte ihr noch in derselben Nacht eine Sprachmemo geschickt. Aufgeregt startete sie die Message und hielt sie dicht an ihr Ohr, während sie auf den Knopf der Kaffeemaschine drückte. Dieser Fehler wurde ihr schnell klar, denn der Krach der dampfenden Maschine war so laut, dass sie Georg nicht richtig verstehen konnte. Sie startete noch einmal neu, ihr Herz klopfte. Alles war gar nicht so schlimm, wie sie gedacht hatte. Es war alles viel besser. Er hielt sie für etwas Besonderes, Mona stieß einen kurzen Jubelschrei

200

aus und tanzte durch die Küche. Aller Trübsal war vergessen.

Einige Tage später, die beiden hatten sich wieder Unmengen von Nachrichten geschickt, lud Georg sie zum nächsten Date ein. Beide waren beruflich und mit ihren Hobbies so sehr eingespannt, dass ein Treffen nicht eher geklappt hatte. Wieder zog sich Mona etwas Besonderes an, wieder holte sie Georg von zuhause ab. Sie fühlte sich wirklich wie eine Prinzessin, während seine Augen glitzerten, als sie aus der Tür heraustrat. Dieses Mal küsste er sie zur Begrüßung sanft auf die Wange. Mona lief ein wohliger Schauer über den Rücken. Er roch so gut.
„Wo geht es heute hin?", fragte Mona neugierig, während Georg den Motor startete.
„Lass dich überraschen. Hast du Hunger?", Georg grinste übers ganze Gesicht.
„Und wieee, du hast ja gesagt wir gehen essen, also habe ich den ganzen Tag gehungert", lachte sie.
„Typisch Frau! Wir Männer essen den ganzen Tag, auch wenn wir abends wieder essen werden."
„Ja, du bist ja auch eine Sportskanone, du trainierst das ja auch in Nullkommanix wieder ab", Mona wusste, dass Georg viel Sport trieb und vor allem für sein Hobby bei der Feuerwehr immer fit sein musste.

Der junge Mann hatte einen Tisch im Bellini's reserviert, das Restaurant hatte einen romantischen Touch. Jeder der Gäste unterhielt sich nur leise, so dass es dem Flair keine Bahnhofstimmung verlieh. Dieses Mal tranken beide zu ihren italienischen Nudelgerichten ein Glas Rotwein und fühlten sich sehr erwachsen. Im St. Tropez wenige Tage zuvor, war das Gespräch locker gewesen, untermalt von vielen Späßen und Lachern. Hier und heute war es anders. Als wäre ihre Verbindung zueinander viel inniger und tiefsinniger. Sie sprachen über ihre Träume und Visionen, wie sie sich das Leben vorstellten, ob sie einmal

Kinder wollten und welche Karrierevorstellungen sie hatten.

Mona wollte viel reisen, Georg war kurz davor, sich zur Berufsfeuerwehr zu melden – er hatte festgestellt, dass das sein größter Traum ist.

„Brennende Häuser löschen, Menschen retten, Katastrophen verhindern – das ist meine Passion", schwärmte Georg theatralisch. Am Glitzern seiner Augen erkannte Mona, wie wichtig das alles für ihn war.

„Ist das nicht gefährlich?", fragte sie besorgt.

„Naja, wir haben ja Sicherheitsauflagen und wir werden für das alles ausgebildet. Aber klar, ungefährlich ist es nicht und ja, ich muss sagen, ich liebe den Nervenkitzel. Aber es ist mein Traum und den verfolge ich mit ganzem Herzen."

Mona war begeistert von seinem Enthusiasmus für seinen Traumberuf. Dennoch spürte sie ein unangenehmes Gefühl in ihrer Magengegend, denn so ein Beruf konnte auch für sie als Partnerin nicht so leicht zu tragen sein. Doch daran wollte sie gerade nicht denken und schüttelte den Gedanken weg.

Als Georg sie dieses Mal nach Hause fuhr, küsste er sie erneut nur auf die Wange, voller Respekt. Es fiel ihm schwer, diese Grenze einzuhalten und Mona wusste auch nicht, wie sie sich verhalten sollte, denn es war schwer für beide sich zurück zu halten, während sie ja schon am ersten Abend im wilden Knutschen versunken waren. Diese innigen Küsse hatten beiden gefallen, die Erinnerung daran schrie nach mehr. Doch Georg vertrat mittlerweile die Überzeugung, dass es wichtig wäre, dass sie sich erst richtig kennen lernen sollten. Mona verliebte sich immer mehr in diesen Kerl. Sie hatte keinen Zweifel daran, dass dies der Mann war, den sie einmal heiraten würde.

„Wie kommst du denn auf so einen Gedanken?", fragte ihre Mutter, als Mona ihr diese Idee am nächsten Morgen erzählte.

„Ich fühle es einfach. Er ist der tollste Junge, den ich je kennen gelernt habe", schwärmte sie.

„Aber hat man von diesem Georg nicht auch schon Weiberheldengeschichten gehört?", bohrte die Mutter noch weiter.

„Mama, jeder muss sich mal die Hörner abstoßen und er hatte einfach noch nicht die Richtige gefunden."

„Und jetzt hat er das?", lachte ihre Mutter.

„Klaro", Monas Augen funkelten.

Am Nachmittag klingelte ihr Telefon. Es war Sonntag, sie wollte sich gerade in den Garten setzen. Die Spätsommersonne war noch warm und man musste jeden Moment genießen, den die Sonne einem bescherte, denn bald würde der kältere Teil des Jahres starten.

Als Mona den Anruf annahm, schoss Georg direkt los, ohne sie zu begrüßen: „Lust aufs Schwimmbad, also Tauris?"

Einen kurzen Augenblick lang sah sie zögernd an sich hinunter. Mit ihrer Freundin ins Schwimmbad zu gehen war eine Sache, Mona hatte keine Probleme mit ihrer Figur und zeigte sich auch im Bikini, doch zu wissen, dass sie mit einem Jungen ging und sich halb nackt zeigen würde, machte die Sache etwas unangenehmer.

„Hallo? Bist du noch da?", fragte Georg.

„Ähm, ja, klar, tolle Idee. Wann?"

„Na jetzt, ich bin in zehn Minuten bei dir und hol dich ab."

„Oh okay." Sie mochte seinen Aktionismus sehr, wenn sie auch gerade nicht wusste, ob sie alles so toll fand was er tat oder ob sie sich einfach nicht wehren konnte. Im nächsten Augenblick wurde ihr klar, dass Georg in zehn Minuten vor der Tür stehen würde – sie blickte erneut an sich herunter und checkte ab, ob ihre letzte Rasur der

Beine nicht zu lange her war. Zum Glück hatte sie am Freitag einen Beautytag eingelegt.

„Packen... was nehme ich mit... welchen Bikini ziehe ich an... ohjee..." Mona flitzte wie eine Irre durchs Haus und packte ihre Badetasche. Natürlich zog sie den schönsten Bikini an, den sie hatte – nicht zu sexy, nicht zu mädchenmäßig.

Das Tauris war ein Erlebnis-Schwimmbad mit Innen- und Außenbereich im Industriegebiet von Mülheim-Kärlich bei Koblenz. Die Fahrt dauerte nicht lange, da Andernach in der Nähe lag. Mona quasselte wie ein Wasserfall, sie war nervös. Georg hätte nicht verneinen können, dass er nicht sehr neugierig auf Monas Figur war. Sie im Bikini zu sehen, war ein Highlight. Bei all dem romantischen Zeugs, was er gerne für Mona tat, war er dennoch ein Mann. Und ein Mann lässt einfach keine Gelegenheit aus, die Figur und den Körper einer Frau abzuchecken und was war unverfänglicher als einfach mal schwimmen zu gehen.

Er hatte sich von diesem Anblick nicht zu viel versprochen. Als sie nach dem Umziehen im Bikini aus der Frauenumkleide trat und ihren wundervollen Körper zeigte, hatte Georg Probleme, seinen Verstand wieder unter Kontrolle zu bringen. Diese Frau war einfach perfekt – ihr Herz, ihr Körper, ihr ganzes Dasein erfüllte ihn mit einem Glück, welches er nie zu träumen gewagt hatte.

Georg musste sich eingestehen, dass er ihre Wirkung auf ihn unterschätzt hatte und sprang direkt ins Wasser, sonst wäre es vielleicht peinlich geworden.

Das Paar jagte sich die Rutschen herunter, tauchte um die Wette, und wenn Georg Mona nass spritzte, kam sie ihm ganz nah und versuchte, ihn unterzutauchen. Haut an Haut, Körper an Körper. Während für Mona das alles aufregend war, sie sich nichts dabei dachte, war es für Georg schwierig, sich auf Abstand zu halten und nicht die Kontrolle zu verlieren. Es brannte ihn zu sehr, sie zu packen und zu küssen, sie zu umarmen und festzuhalten, doch er wusste, sie war seine Prinzessin, er durfte sie nicht einfach benutzen, nur weil er ungeduldig wurde. Er wollte stark bleiben.

„Kommst du noch mit zu mir?", fragte Mona ihn unerwartet plötzlich, während sie sich nach ein paar Stunden zum Aufbrechen entschieden hatten. Ihr Herz klopfte. Sie hatte lange darüber nachgedacht, ob sie ihn fragen sollte, es sollte nicht billig rüberkommen.

„Und deine Eltern?", fragte Georg. Eine blödere Frage hätte ihm nicht einfallen können. Er hätte sich dafür ohrfeigen können.

„Die sind heute in den Urlaub gefahren für eine Woche", zwinkerte sie ihm zu. „Aber nichts Falsches denken", lachte sie.

„Ich denke nichts Falsches, war ja auch ́ne blöde Frage, klar können wir zu dir - Döner holen?"

„Super gerne, ich hab´ Bärenhunger."

Während Mona zuhause Teller und was zu trinken ins Wohnzimmer brachte, kramte Georg in den DVDs im Regal, bis er fündig wurde und sich die beiden um den richtigen Film stritten. Mona wollte nicht nachgeben.

„Für immer Liebe, ist das dein Ernst?", Georg hielt die Schachtel mit der DVD so hoch, dass sie nicht dran kam.

„Hey, das ist ein romantisches Drama. Du willst nur Superheldenfilme kucken, aber hier bin ich die Frau im Haus und ich entscheide", Mona kitzelte Georg, ihre Nähe ließ ihn vor Wohlgefühl erschauern, es machte ihn fast wahnsinnig. Lange würde er sich nicht mehr wehren können. Ein Liebesfilm lag ihm überhaupt nicht, dennoch gab er nach, denn durch so einen lauen dahindösenden Film könnte er ihr näher sein als bei einem Action-Superheldenfilm. Er gab nach, Mona gewann.

„Worum gehpfts da übohaupt?", fragte Georg undeutlich, mit vollem Mund, ihm hing noch ein Stück Zwiebel aus dem Mundwinkel.

Mona biss ein extra großes Stück von ihrem Döner ab, um es ihm gleich zu tun und antwortete schwer verständlich: „Eine Pfrau bepommt Amnefie, vergifft ihren Ehemann und der verfucht allef, damit fie fich erinnern kann."

„Äh, ja...", lachte Georg amüsiert, „ich habe kein Wort verstanden." Mona lachte, kaute fertig und als sie alles heruntergeschluckt hatte, wiederholte sie die Worte.

„Eine Frau bekommt Amnesie, sie vergisst ihren Ehemann und der versucht alles, damit sie sich erinnern kann."

„Aha", nickte Georg. Er schien nicht überzeugt davon, dass es eine Story war, die ihn vom Hocker hauen würde, doch der Film gestaltete sich als Chance, sich näher zu kommen. Das gefiel Georg. Als sie ihre Döner aufgefuttert hatten - bzw. er hatte seinen und ihren halben gegessen, sie war einfach eine halbe Portion und aß wohl auch nur halbe Portionen - setzten sie sich auf die große Couch. Anfangs noch etwas zaghaft und mit wenigen Berührungspunkten, doch irgendwann zog Mona die Beine hoch und kuschelte sich vorsichtig an den Jungen, den sie immer aufregender fand. Georg nutzte die Chance und gähnte. Nicht einfach nur so, er tat das, was so offensichtlich war, dass es jeder pubertäre Junge früher im Kino mit dem ersten Mädchen so machte – sich beim Gähnen strecken, so dass man ganz wie aus Versehen den Arm um die Stuhllehne und dann natürlich um das Mädel legen könnte. Georg machte es nun absichtlich offensichtlich, beide lachten und Mona schmiegte sich noch ein wenig mehr an ihn heran.

„Wenn ich dich vergesse, kämpfst du dann auch so um mich?", fragte Mona leise.

„Na klar, Mann. Genau wie der Kerl da. Ich hoffe, das beruht auf Gegenseitigkeit."

„Ja sicher", flüsterte Mona und blickte ihm tief in die Augen. Es knisterte.

„Für immer?", flüsterte er zurück.

206

„Für immer!" – das Knistern wurde unerträglich, die Anziehungskraft stieg ins Unermessliche, so dass ihre Gesichter sich immer näher kamen. Nasenspitze an Nasenspitze, bis Mona den Kopf neigte und sich von Georg küssen ließ.

Vom Rest des Filmes bekamen die beiden kaum noch etwas mit, denn sie versanken in inniger Umarmung und machten da weiter, womit sie im Diebels begonnen hatten.

„Oh Mann, so lange zu warten, dich wieder zu küssen, ist mir echt schwer gefallen... aber du warst es mir wert", Georg streichelte Monas Wange, während er ihr sanft diesen Satz ins Ohr raunte. Mona war außer Atem und nicht fähig ihm eine Antwort zu geben. Sie lagen dicht aneinander auf dem Sofa, doch für beide fühlte es sich an wie Wolke 7. Sie konnten sich nicht trennen, sie brauchten es nicht einmal auszusprechen. Georg übernachtete bei Mona und sie verbrachten eine romantische, aufregende erste Nacht miteinander.

Als Mona am nächsten Morgen vor der Kaffeemaschine stand, um sich und Georg einen Kaffee zu machen, trat er plötzlich hinter sie und umarmte sie zärtlich, während er seinen Kopf auf ihre Schulter stützte.

„Mona..."

„Ja..."

„Ich geb dich nie wieder her."

„Das verbiete ich dir auch ab heute!"

Ein langer Kuss besiegelte das Ganze an diesem 25. September 2013.

♥

Das Glück des jungen Paares war unglaublich. Die frisch verliebte Zeit bescherte beiden eine Armee von Schmetterlingen und Kribbeln im Bauch, das von Tag zu Tag stärker zu werden schien. Beide waren sich sicher, dass nichts dieses Glück trüben könnte, nichts könnte die beiden auseinander bringen – sie waren ein Team, verbunden in tiefer Liebe und das mit einer Power, dass alle Freunde und die Familie stets darauf warteten, dass beide Superkräfte entwickeln und davon fliegen würden.

Georg hatte kurz danach seinen Traum wahr gemacht und sich bei der Berufsfeuerwehr gemeldet. Sein Einstellungstest in Berlin nutzte das Paar als ersten gemeinsamen Städte-Trip. Nichts und niemand könnte dieses Glück zerstören, darin waren sich beide sicher.

Das Paar besuchte Sehenswürdigkeiten und traf sich mit Freunden. Auf dem Fernsehturm in Berlin stellten sie fest, dass sie trotz ihrer engen und glücklichen Beziehung noch nie ein Paar-Bild geschossen hatten. Das holten sie nach – es war eine unvergessliche erste Reise.

Georg hatte den Einstellungstest nicht bestanden. Aber er gab nicht auf. Mona war sein Halt, sie motivierte und stützte ihn vollkommen, so versuchte er es wieder, bis er eine Stelle als Brandmeister-Anwärter bei der Berufsfeuerwehr in Remscheid ergattern konnte.

So glücklich er darüber war, so unglücklich war Mona. Auch wenn sie ihn in allem unterstützte, war diese Stelle für sie eine harte Probe – denn das Paar war verwöhnt darin, sich täglich sehen zu können. Nun würden sie zukünftig nur noch eine Wochenendbeziehung führen, da Remscheid zu weit weg war, um jeden Tag nach Hause zu kommen.

Georg realisierte die Trauer von Mona ziemlich rasch. Es fiel ihm nicht leicht, sich auf der einen Seite zu freuen, dass sein Traum Wirklichkeit werden sollte, zur anderen würde das auch für ihn einen großen Verzicht bedeuten.

„Mona, ich möchte, dass du zu mir in meine Wohnung ziehst – so sind wir uns nah, obwohl ich nicht da bin und wenn ich am Wochenende nach Hause komme, sehen wir uns direkt – was hältst du davon?"

Monas Herz machte einen Satz. „Findest du das nicht zu früh?"

„Zweifelst du etwa an uns?", Georg hatte seine Augenbrauen gehoben und blickte sie, nicht ganz so ernst gemeint, streng von oben herunter an.

„Nein, natürlich nicht", lachte sie und küsste ihn. „Ich freu mich sehr darüber! Darf ich wenigstens ein bisschen umgestalten, damit ich nicht in einer Männerbude hocken muss?", bettelnd setzte sie einen Dackelblick auf.

„Hm... aber keine rosafarbene Bettwäsche und Vorhänge, hörst du?", lachte er.

„Nein... nur rosafarbenes Geschirr", scherzte sie.

Das erste halbe Jahr war für beide sehr anstrengend. Georgs Ausbildung und Beruf forderte ihn körperlich sehr; er war oft müde, wenn er am Wochenende nach Hause kam. Mona machte es ihm so schön wie möglich, dennoch war es für die zwei eine Hürde, die ihre Liebe auf die Probe stellte. Für Mona war es früher nicht schwer gewesen, alleine zu sein, doch sie vermisste Georg jeden Tag so sehr und jedes Wochenende ging viel zu schnell um. Sie wollte es Georg nicht zu sehr zeigen, doch sie fühlte sich unglücklich und einsam.

Zum Geburtstag ihres Freundes hatte sie sich etwas Besonderes ausgedacht. Sie schenkte ihm einen Städtetrip nach Hamburg, ihre zweite gemeinsame Reise. Doch die Zeit zu zweit war wieder viel zu kurz. Sie genossen jede Minute miteinander. Ihre Anziehungskraft war wie am ersten Tag, als hätte man Yin und Yang miteinander verbunden.

Georg spürte, dass Mona sehr darunter litt, dass sie so lange ohne ihn sein musste und so kaufte er ihr einen kleinen Kater namens Charly, den er ihr als Überraschung mit nach Hause brachte.

„Auch wenn er mich nicht ersetzt, so bist du jetzt nicht mehr so alleine."

„Oh, ich liebe dich! Ist der süß. Ja, jetzt geht die Zeit sicher schneller um, bis du am Wochenende wieder kommst."

Die Wochen vergingen. Seit dem der Kater im März 2014 Einzug in das Zuhause des jungen Paares gehalten hatte, war es jedoch leider nicht besser geworden. Mona versuchte, es sich möglichst nicht anmerken zu lassen, aber sie litt sehr darunter, die ganze Woche ohne Georg zu sein. Ein Tier konnte das einfach nicht wieder gut machen.

Es spitzte sich eher noch weiter zu, als Georg zusätzlich auch an den Wochenenden zu Feuerwehreinsätzen gerufen wurde. Ihre gemeinsame Zeit wurde noch verkürzter, es blieb nicht aus, dass sich die Liebe zwischen Mona und Georg zu einem straff gezogenen Gummiband entwickelte. So sehr sich beide auch um Verständnis des anderen bemühten, je mehr sie sich auch um den anderen sorgten, desto mehr nagte das schlechte Gewissen an beiden, wenn sie mal ungeduldig oder genervt auf den anderen reagierten.

Sie gerieten in einen Strudel der Unzufriedenheit, der damit endete, dass sie sich viel zu oft stritten und es Georg regelrecht in die Flucht trieb. Er verbrachte immer mehr Nächte mit seinen Kumpels auf Saufabenden und kam immer öfter betrunken nach Hause. Mona beruhigte sich halbherzig damit, dass alles besser werden würde, wenn Georg die Ausbildung beendet hätte.

Doch irgendwann eskalierte es, die beiden stritten sich äußerst heftig und Mona zog übergangsweise zu ihren Eltern zurück. Das Paar war sich sicher, dass sie sich nicht trennen wollten, aber um ihre Beziehung und Liebe zu retten, müssten sie den Druck rausnehmen.

Und so schien sich Monas Geduld nach ein paar Wochen auszuzahlen, denn im Mai 2015, als Georg endlich seinen Abschluss in der Tasche hatte, holte er nicht nur Mona wieder zu sich nach Hause – sondern als sie die Wohnung betrat, hatte Georg zur Überraschung eine Katze namens Buffy als weitere Mitbewohnerin adoptiert.

„Damit nicht nur du, sondern auch Charly nicht mehr alleine ist, wenn hier keiner zuhause ist."

Mona umarmte ihren Freund, die räumliche Trennung von ihm hatte sie sehr geschmerzt. Doch das Paar hatte gespürt, dass sie auf diese Art ihre Liebe gerettet hatten.

Der Stress der Prüfung hatte Georg einfach total überfordert. Den Druck aus der Beziehung rauszunehmen, hatte ihnen einen neuen Weg geebnet.

„Schatz, ich weiß gar nicht wie ich dir für all das danken soll, was du für mich getan hast", Georg hielt Mona so fest umarmt, dass sie fast keine Luft mehr bekam. Doch sie genoss jede Sekunde seiner Nähe, denn sie hatten sich in den letzten Monaten immer weiter voneinander entfernt. Das hier fühlte sich an wie ein großer Schritt in die richtige Richtung.

„Ich tue das alles, weil ich dich liebe. Ich kann gar nicht anders", hauchte sie, die beiden küssten sich innig, fast wie damals, im Diebels.

„Ich habe noch eine Überraschung…", raunte er ihr sanft ins Ohr.

„Waas?", Mona drückte ihn weg, so dass sie ihm in die Augen schauen konnte. „Nicht noch eine Katze bitte", lachte sie.

„Ach, magst du keine Katzen?"

„Doch", lachte sie laut, „aber zwei sind echt genug."

„Gut, wir brauchen übrigens einen Katzensitter."

„Warum?"

„Na, weil wir beide zusammen Urlaub auf Mallorca machen – meine zweite Überraschung."

Mona riss unvermeidlich ihre Augen auf. Sie konnte das Glück nicht fassen, mit dem Georg sie überraschte. Er war einfach so wundervoll. All die Monate, die so schwer für sie gewesen waren, schienen mit einem Mal verpufft zu sein.

„Waas? Im Ernst? Oh mein Gott, wann?"

„In zwei Wochen, ich hab auch schon mit deiner Chefin gesprochen, alles gebongt, Urlaub genehmigt."

Mona blieb der Mund offen stehen. Womit hatte sie solch einen wundervollen Mann als Partner verdient. Sie schickte ein Dankesgebet gen Himmel, ihre Liebe wuchs in diesem Moment ins Unermessliche. Georg hatte sie für all die Trauer der letzten Monate mehr als entschädigt, obwohl sie das überhaupt nicht erwartet hätte.

Der Urlaub auf der spanischen Insel war das Romantischste und Glücklichste, was Mona und Georg sich hätten vorstellen können. Ihre ursprüngliche Liebe war wieder zurück. Ihre Verbundenheit war gewachsen, ihre Bindung zueinander vertiefte sich und schlug Wurzeln, die bis zum Erdinneren zu reichen schienen.

„Ich werde mich nach Koblenz versetzen lassen, damit ich wieder jeden Tag in deiner Nähe sein kann", eröffnete Georg seiner Freundin.

„Weißt du was... Ich bin die glücklichste Frau der Welt", sagte Mona mit Tränen in den Augen, während der Sonnenuntergang den Horizont mit Pastellfarben bemalte. Georg saß vor Mona, zwischen ihren Beinen, mit dem Rücken zu ihr. Sie hatte ihre Arme um ihn geschlungen und ihr Kopf ruhte neben dem Seinen. Als wären sie eins.

„Lass mich nie wieder los", flüsterte Georg, fast schon, als hätte er Angst, dass sie es tun könnte.

„Niemals im Leben lass ich dich los", flüsterte Mona.

„Versprochen?"

„Versprochen!"

Die Wochenendbeziehung schien leichter zu gehen, da Mona wusste, dass es end-lich wäre. Georg hatte eine

212

Zusage erhalten, dass er bald nach Koblenz wechseln könnte und das Paar beschloss in eine größere Wohnung zu ziehen.

Alles gestaltete sich wie in einem wundervollen Traum. Mona war die Prinzessin, Georg ihr Prinz – die zwei ergänzten sich so perfekt, dass Mona sogar den Motorradführerschein machte, um Georgs Hobby mit ihm zu teilen. Für beide gab es nichts größeres, als jede mögliche Zeit miteinander zu verbringen. Sie wussten, dass das nicht selbstverständlich ist, denn ihre befreundeten Paare hatten immer mal Trouble in gewissen Beziehungsphasen. Dass es so perfekt harmonierte, war selten und sehr außergewöhnlich.

Da Georg nun seine Ausbildung beendet hatte und in seinem Traumjob arbeitete, die Versetzung nach Koblenz mittlerweile erfolgreich abgeschlossen war, entschied sich Mona zu einer Zusatzausbildung.

Um die größere Wohnung und auch ihre anderen Pläne zu finanzieren, stürzte sich das Paar in verschiedene Nebenjobs. Georg wollte, dass sich nun auch Monas Träume erfüllten - sie hatte ihm bei ihren ersten Dates erzählt, dass sie davon träumte zu reisen. Also sparten beide darauf als erstes eine USA-Rundreise zu machen. Das erforderte viel Arbeit, Durchhaltevermögen und Disziplin, doch ihre Liebe und Träume gaben den beiden Flügel.

Als sie alles Geld zusammen hatten, buchten sie diese wochenlange Abenteuerreise für August 2017. Die Aufregung stieg ins Unermessliche, das Glück der beiden konnte nichts trüben.

Alles war perfekt.

♥

„Mona, Georg hatte einen schweren Unfall."

Als ihre Mutter vor ihrer Tür stand und diesen Satz sagte, wurde es Mona schwindelig. Sie verlor fast den Halt und ihre Mutter stützte sie.

„Wie... was... nein", als wäre es nur ein böser Traum versuchte sich Mona aus dem Griff ihrer Mutter zu lösen. „Was meinst du damit?", tief im Inneren wusste Mona, dass ihre Mutter nicht ohne schlimmen Grund vor ihrer Tür stehen würde. Sie wurde hysterisch. „Was erzählst du da? Was... ich...", Mona hielt sich am Türrahmen fest, sie wusste nicht, wo sie hinsollte, sie hatte das Gefühl, weglaufen zu müssen.

„Wo ist er? Was ist passiert?", Mona quasselte unaufhörlich, schnappte ihre Tasche von der Kommode im Flur, völlig hilflos, was sie tun sollte.

Die Mutter schluckte schwer, es tat ihr leid, ihrer Tochter diese Nachricht zu überbringen. Der Vater von Georg hatte sie aus dem Krankenhaus angerufen, da er es Mona nicht am Telefon sagen wollte. Denn sie wussten nicht, ob Georg es überleben würde.

„Schatz, ich fahre dich hin, ich weiß nicht genau, was passiert ist."

„Ja, er ist mit dem Motorrad los vor einer Stunde... Mama, warum bist du hier und warum hat mich Georg nicht einfach angerufen? Ich verstehe das nicht."

Während ihre Mutter sie zum Auto führte, stieg Mona wie unter Betäubung ins Auto ihrer Eltern ein. Unter Schock hatte sie keinerlei Emotionen und ihre Gedanken rasten so schnell, dass sie ihnen nicht folgen konnte.

„Mama, er lebt doch noch!?", als ihr diese Frage in den Sinn kam, stieg ihre Angst ins Unermessliche. „Mama, ist er tot? Oh mein Gott, lass ihn nicht tot sein, bitte."

„Schatz, er liegt im Koma, sie operieren ihn gerade."

„Warum hat mich niemand angerufen?", Mona begann, hysterisch zu werden und schrie fast, während ihre Mutter den Motor startete.

214

„Schatz, bitte beruhig dich, sonst kann ich dich nicht fahren. Ihr seid nicht verheiratet, sie haben wahrscheinlich direkt seine Eltern informiert." Alles drehte sich in Monas Kopf, sie hörte nur ein Dröhnen und verstand kaum die Worte die ihre Mutter sagte.

Nach der OP hatte man Georg auf die Intensivstation gebracht. Der Arzt hatte keine guten Nachrichten für Mona und die Familie.

„Georg liegt zurzeit im Koma, aber er wird überleben. Dennoch... mit einer schlimmen Einschränkung. Der Schaden an seiner Wirbelsäule ist irreversibel – er bleibt mit großer Wahrscheinlichkeit querschnittsgelähmt."

Mona rannte. Kaum hatte sie die Worte ihr Gehirn verarbeiten lassen, rannte sie los. Sie floh durch die Gänge, hörte die Worte ihrer Mutter und des Vaters von Georg. Sie hatte noch gesehen, dass die Mutter ihres Freundes zusammen gesackt war und der Arzt sie halten musste. Monas Herz klopfte, Tränen rannen ihr die Wangen hinunter. Sie konnte es nicht glauben, sie *wollte* es nicht glauben. Das war doch nicht wahr, das war ein Alptraum.

Der Motorradunfall am 07. August 2017 hatte einen schweren Schnitt ins Leben des Paares gerissen. Fast jeden Tag ist Mona ins Krankenhaus gefahren, um bei ihm zu sein. Georg hatte seinen Lebensmut fast verloren, als er zu sich gekommen war und das Ergebnis erfuhr. Mona fühlte sich in den ersten Wochen wie in einem Tal des Nebels, der Trauer und der Verzweiflung.

Querschnittsgelähmt. Keiner konnte sich die Bedeutung dessen vorstellen, keiner konnte begreifen, was das genau bedeuten würde. Bis sie die ersten Bewegungen von Georg sah, die keine waren. Es waren nur Versuche, den Körper wieder zu kontrollieren. Es war Verzweiflung, sich mit dem, was nun Realität war, nicht abzufinden, sondern zu kämpfen. Mehr als einmal bat Georg Mona

215

darum zu gehen, er wollte sie nicht an sich binden, an einen kaputten Mann mit einem Körper, den er nicht mehr benutzen konnte. Einen Schrotthaufen. Doch für Mona war zu gehen, ihn zu verlassen, keine Option. Sicher, es war hart, es war mehr als schwer das alles zu begreifen und das Ausmaß dieses Zustandes zu verstehen. Die Zeit im Krankenhaus zog sich für Georg wie Kaugummi, es schien für ihn kein Weiterkommen, kein Voranschreiten.

Sinnlosigkeit machte sich breit. Er war sich sicher, dass Mona ihn verlassen würde – auf kurz oder lang.

Querschnittsgelähmt. Das war kein Todesurteil, aber eine so immense Behinderung, dass er von Mona nicht verlangen konnte, bei ihm zu bleiben. So etwas wie ihn konnte man nicht mehr lieben – nur Mitleid haben. Sie würde nur Mitleid mit ihm haben, doch irgendwann würde sie ihn hassen, weil sie all ihre Träume nicht leben könnte. Ihre gemeinsamen Träume.

Querschnittsgelähmt.

„Was willst du denn mit einem Krüppel", verächtlich blickte Georg seine hübsche Freundin an.

„Wenn du das Wort noch einmal sagst, dann werde ich dir weh tun, hörst du?", schimpfte Mona. „Kannst du dich an diesen Film erinnern, den wir zusammen geschaut haben. *Für immer Liebe?*" Georg schwieg und blickte mit leeren Augen aus dem Fenster.

„Wenn man jemanden liebt, dann ist es egal, was dem anderen zustößt – die Liebe geht dann trotzdem nicht einfach weg. Also hör auf zu jammern und wir schaffen das zusammen!" Mona hatte Tränen vor Wut in den Augen. Und vor Verzweiflung, weil sie nicht ertragen konnte, dass Georg sich und vor allem ihre Liebe aufgegeben hatte.

„Versprochen?"

„Versprochen!"

♥

216

Nach einem halben Jahr konnte Georg das Krankenhaus verlassen. Ein halbes Jahr, in dem ihn Mona nicht aufgegeben und auch nicht verlassen hatte.

Da die Wohnung der beiden nicht ebenerdig und für den Rollstuhl von Georg nicht geeignet war, musste das Paar umziehen. Die gesamte Familie, viele Freunde und sogar Kollegen halfen Georg und Mona auf dieser speziellen Reise, auch diese Hürde zu meistern. Der Vater von Georg hatte eine ebenerdige Wohnung, die er für die beiden umbauen ließ. Das alles war eine harte Probe, doch die Liebe und Unterstützung von allen Seiten ließ die beiden all das durchstehen.

Das Handicap von Georg war eine unumstritten große Herausforderung, allem voran für das junge Paar, das sich mit dieser neuen Art Leben und Beziehung arrangieren musste. Aber sie gaben einfach nicht auf, sie kämpften jeden Tag.

Da sie nicht nach Amerika aufbrechen konnten, aber dringend eine Auszeit benötigten, gingen die beiden auf eine wunderschöne Costa-Kreuzfahrt. Eine Reise auf einem riesigen Schiff durchs Mittelmeer. Nicht an jedem Landgang konnte Georg teilnehmen, da die Zugänge und Häfen nicht barrierefrei waren. In Santorin jedoch, dem schönsten Halt der Reise in Griechenland, bewegte das Personal der Costa alles nur Erdenkliche, um Georg den Landgang zu ermöglichen. Wie durch Gottes Hand bekam das Paar so wundervolle Unterstützung, dass die beiden es kaum fassen konnten. Man ermöglichte Georg mit dem Rollstuhl die Fahrt den Berg hoch, die Nutzung der Seilbahn und dank großem Improvisationstalent aller möglichen Helfer, schaffte man es, den Tag zu einem ganz besonderen zu machen.

Ganz oben im Restaurant schickte Georg seine Freundin auf Erkundungstour, da er sie nicht begleiten konnte und die Aussicht von den Felsen von Santorin einfach atemberaubend sein musste. Diese Erfahrung wollte er ihr einfach nicht nehmen. Er ließ auch keinen Protest zu, als Mona nicht ohne ihn gehen wollte.

Dabei war für Georg diese Zeit alleine zwingend notwendig, denn er hatte einen besonderen Plan.

Als Mona von ihrem kurzen Ausflug zurückkam, stand die ganze Mannschaft des Restaurants Spalier und Georg übergab Mona einen wunderschönen Ring.

„Mona, du bist mein Ein und Alles. Ich liebe Dich..."

Georg schluckte, er hatte vor Aufregung fast die Sprache verloren. „Mona, willst du mich heiraten?"

Die junge Frau brauchte keine Sekunde zu überlegen, sie sprang auf ihren Freund zu, umarmte ihn glücklich und ließ sich von ihm den Ring auf den Finger stecken.

„Ja, natürlich ja!", Mona weinte vor Freude. Sie besiegelten das mit einem besonderen griechischen Rotwein, Mona konnte ihr Glück kaum fassen.

Diese Reise war der Anfang eines aufregenden Abenteuers voller Liebe und Glück. Das Paar besuchte sogar Thailand und den Orient. Für die Beiden gab und gibt es keine Grenzen ihrer Möglichkeiten und sie erlaubten diesem Schicksalsschlag nicht, ihrem Glück ein Ende zu setzen.

Ihr Zusammenhalt und ihre Liebe übertrifft alles, was man sich vorstellen kann. Jedes Tief überwanden sie mit aller Kraft, die sie aufbringen konnten. Die größte Reise begann mit ihrer Eheschließung im August 2019.

Wie ich im Juni 2020 hörte, bekommt das wundervolle, besondere Paar im Dezember 2020 ihr erstes Kind.

Liebe kennt keine Grenzen

All you need is *Love*

Diese Geschichte widme ich **Elena & Franz** ♥

Ich bekam zwei DIN-A4-Seiten mit ein paar Eckpunkten ihrer
Beziehung. Daraus habe ich diese Geschichte gebastelt.
Der Verlauf ist in meiner Phantasie entstanden,
aber die beiden gibt es wirklich, mit eben diesem
Schicksalsschlag und doch mit Happy End

219

Wahrheit

UND

Liebe

KANN MAN NICHT *aufhalten.*

♥

UNKNOWN

KAPITEL SECHS

Zweiecksrunde

Warum sucht man eigentlich immer wieder mal den Kontakt zu Exfreunden? Verzweiflung? Gefühle? Erinnerungen? Ich habe schon oft kritisiert, dass manche Freundschaften zwischen ehemaligen Partnern keine gute Basis für eine neue Beziehung sind. Eigentlich halte ich es überhaupt grundsätzlich nicht gut, wenn man noch Kontakt zu Exfreunden hält. Vorbei ist vorbei. Es gibt da so einen schönen Spruch: „Wenn die Vergangenheit anruft, geh nicht dran, sie hat dir nichts Neues mehr zu erzählen."

„Vicky? Träumst du?", Jule riss mich völlig aus meinen Gedanken.

„Ach, da bist du ja", etwas verwirrt blickte ich meine Freundin an, die etwas zu spät zu unserer Verabredung kam.

„Ja, sorry, mein Chef hat mich noch vollgelabert. Einen Latte Macchiato bitte", bestellte die Mittdreißigerin mit ihren großen Augen, die sie immer hinter einer dicken schwarzen Nerdbrille versteckte, bei der Kellnerin, die kaum Hallo sagen konnte, weil Jule schneller war. Sie schien gestresst.

„Von was hast du geträumt? Oder sagen wir eher: von *wem*? Muss ich was wissen?", sie schnappte sich eine Getränkekarte und klopfte mir neugierig auf den Kopf.

221

„Ich hab´ von niemandem geträumt", versuchte ich sie abzuwehren. „Ich hab´ nur daran gedacht, dass Alex sich gemeldet hat und am Wochenende mit auf die Bierbörse kommen will." Ich wusste, dass Jule nicht wusste, wer Alex war, denn wir waren erst seit Kurzem befreundet. Wir hatten uns vor etwa drei Monaten beim Yoga kennen gelernt. Sie war genauso ungelenkig wie ich und wir wären fast aus der Stunde geflogen, weil wir ständig kichern mussten, weil wir zu blöd für den Hund-der-nach-unten-kuckt waren und Jules schwitzige Hände ständig von der Matte abrutschten.

„Mann, Vicky, muss ich dir alles aus der Nase ziehen? Wer ist Aaalex?"

„Mein Ex."

„Dein was? Ich dachte der heißt Tobi oder Celâl oder Karl-Gustav oder Günther? Oder über welche Nummer reden wir hier?", ich nahm ihr die Getränkekarte weg und schlug sie ihr lachend auf den Kopf.

„Jetzt hör auf, okay, ich korrigiere mich – ein Ex von mir, besser?" Jule nickte und grinste.

„Erzähl."

„Er ist aus Bonn, wir waren ein paar Monate zusammen, kein ganzes Jahr, weil er echt anstrengend war und..."

„Zeig mal Foto", Jule war nicht nur gestresst, sie strahlte auch Stress aus.

Ich entsperrte mein Telefon und suchte sein Facebook Profil, dann gab ich mein Handy an Jule.

„Was? Das ist dein Ex? Warum? Der ist ja voll die Granate und warum kommt der am Wochenende? Läuft da was? Wenn nicht, dann sag Bescheid, dann krall ich mir den", sie sprudelte aufgeregt aus sich heraus.

„Den kannst du gerne haben, aufgewärmte Suppe schmeckt nicht", zwinkerte ich ihr zu.

„Echt jetzt? Ich mein´ das ernst. Wenn du nicht... aber Moment. Warum habt ihr noch Kontakt und warum will er nach Koblenz mit auf die Bierbörse kommen?"

222

„Weil wir einen gemeinsamen Kumpel haben. Alex hat bei dem auf der Seite gesehen, dass wir uns für die Bierbörse verabredet haben und hat mich gefragt, ob wir nicht mal alte Zeiten aufleben lassen wollen. Ich find´s cool, ich hab´ ihn seit fünf Jahren nicht gesehen und wir haben uns ja nicht im Streit getrennt. Aber Jule, du kannst ihn dir gerne schnappen, das meine ich auch ernst.“

„Gut, ich komm mit. Der ist sooo coool, mann. Ich kann nicht glauben, dass du mit dem nicht zusammen sein willst.“

„Wart´s ab. Der ist anstrengend.“

„Aber vielleicht hat er sich geändert?“

„Menschen ändern sich nicht. Zumindest Männer nicht.“

„Ach komm, sei nicht so böse. Aber egal, du sollst ihn ja auch mir überlassen, ich erzieh mir den schon um.“

Ich lachte laut. Fast schon ein Stück zu viel. Die taffe Jule und der coole Alex. Ich war gespannt wie ein Flitzebogen, konnte mir die beiden sogar sehr gut miteinander vorstellen. Beide tätowiert, beide hörten Punkrock, beide stressige, unruhige Exemplare. *Naja, vielleicht auch zu ähnlich, wer weiß.*

Als Alex klingelte, wir hatten uns allesamt bei mir zuhause verabredet und würden mit dem Bus in die Stadt fahren, freute ich mich richtig auf ihn. Und als er dann die Treppe zu meiner Wohnung hoch kam, zwei Stufen auf einmal nahm, blieb mir fast der Atem weg. Er sah noch besser aus, als ich ihn in Erinnerung hatte. Oben angekommen, nahm er mich in den Arm und hob mich hoch. In diesem Moment schon bereute ich, dass ich Jule mit eingeladen hatte. Mir wurde klar, dass ich mir die Konkurrenz dazu geholt hatte. Denn, ob ich es wollte oder nicht, mein Herz machte einen Satz und Alex roch auch noch so unglaublich gut. *Mist.*

Vicky, denk dran, aufgewärmte Suppe und so. Sei froh, dass Jule kommt, sie soll ihn nehmen, das gibt sonst nur Probleme...

„Vic. Sau cool dich zu sehen. Als ich bei Chris gesehen habe, dass ihr auf die Bierbörse geht, konnt´ ich es mir nicht nehmen lassen, das auszunutzen. Gut siehst du aus", Alex hielt mich noch immer im Arm, auch wenn er mich mittlerweile heruntergelassen hatte. Er blickte mir tief in die Augen und gab mir einen Kuss auf die Wange. Es lief mir eiskalt den Rücken runter. *Mist, das war nicht der Plan.* Es klingelte und Jule stand gleichzeitig mit Chris vor der Tür. Meine Rettung in letzter Sekunde. Ich machte mich von Alex los und rannte zum Türöffner. Die Kumpels begrüßten sich mit einem Handschlag und einer Umarmung. Als Jule den Mann aus Bonn erblickte, hatte sie sofort Herzchen in den Augen. Leider konnte ich es nicht vermeiden, dass ich etwas Eifersucht spürte. Mit Argusaugen beobachtete ich, wie Jule überschwänglich Alex begrüßte und spürte fasst schon Genugtuung, als er sie nur wie nebensächlich begrüßte. *Eins zu null für mich. Vicky, schäm dich.*

Die ganze Stunde, die wir vorglühten, himmelte Jule meinen Exfreund an, doch ich brauchte mir keine Sorgen machen – denn ich merkte Alex an, dass er sie kaum wahrnahm. Meine Freundin gab sich wirklich Mühe, lustig und interessant zu wirken, mischte sich mit Kommentaren immer in die Unterhaltung von Chris und Alex, doch vergeblich. Sie tat mir fast schon ein wenig leid. Ich versuchte Alex nicht allzu viel Aufmerksamkeit zu schenken – ich wollte vor allem nicht, dass es irgendwem auffiel, schon gar nicht Alex.
Wir fuhren mit dem Bus nach Koblenz und liefen ans Deutsche Eck. Das Wetter war bombastisch. Es war am Nachmittag ziemlich heiß gewesen, jetzt am Abend war es angenehm sommerlich und an den ganzen Bierbuden aus aller Welt und mit vielen verschiedenen Biersorten war die Hölle los. Die super Stimmung spürten wir bereits, kurz bevor wir uns ins Getümmel stürzten.

224

Unsere Vierer-Clique vergrößerte sich auf das Doppelte, als wir noch mehr Freunde trafen. Alex kannte außer Chris und mir niemanden, aber er war ein geselliger Typ und nach kurzer Zeit hätte niemand gemerkt, dass er gar nicht dazu gehörte. Nach etwa drei Bier hatte ich aufgegeben, Alex möglichst zu ignorieren, da er sich wirklich Mühe gab, meine Aufmerksamkeit zu bekommen. Wir flirteten mittlerweile ungeniert, schäkerten auf die Art ‚Was sich liebt, das neckt sich' und auch Jule hatte es in der Zwischenzeit aufgegeben. Sie hatte sich mit einem anderen aus meiner Clique angefreundet und flirtete mit ihm. *Kuno passt auch viel besser zu ihr.* Vielleicht wollte ich das auch einfach nur.

Alex suchte ständig Körperkontakt zu mir, aber nicht auf die aufdringliche Art. Und mir gefiel es, dass er sich immer irgendwie in meiner Nähe aufhielt. Drängte sich jemand dazwischen, schaffte er es in kurzer Zeit, sich irgendwie wieder unauffällig an meine Seite zu mogeln. Das war wirklich witzig und ich machte mir ein Spiel daraus. Nicht um ihn zu verarschen, sondern weil es mir wirklich gefiel. Ich erwischte mich dabei, dass ich überlegte ihn heute Nacht nicht, wie geplant, auf meinem Sofa, sondern in meinem Bett schlafen zu lassen. Schuld war der Alkohol. Ich musste aufs Klo.

„Jule, kommste mit, ich muss pinkeln."

„Boah, gut, dass du das sagst, ich bin dabei."

Sie hakte sich bei mir ein und wir stellten uns in die dreitausendkilometerlange Schlange vor den Toilettenwagen an. Bei den Männern war natürlich wieder nix los. Ein kurzer Blick genügte, und Jule und ich rannten aus der Schlange der Frauenklos hinein in das Männerklo, bevor sich irgendwer beschweren konnte. Auch die Klofrau hatten wir umgangen, die hatte gerade in einem der Frauen-Waggons nach dem Rechten gesehen.

„Das mit dem Alex war ja wohl 'en Griff ins Klo, der hat ja nur Augen für dich", rief Jule von einem Klo ins andere, dort wo ich mich gerade befand. Ich schickte ein

225

Stoßgebet in den Himmel, dass gerade kein Alex im Klo anwesend war und das hören konnte. Ich wollte mit meiner Freundin jetzt gerade in dieser Location keine solchen Gespräche führen. Ich beeilte mich, gab ihr keine Antwort und wir redeten draußen weiter.

„Also, haste gehört? Das mit Alex war ein Reinfall, der ist ja total auf dich fixiert!", wiederholte sie.

„Ach was, findest du?", ich tat völlig ahnungslos.

„Ach komm, Puppe, verarschen kann ich mich alleine. Erst hatte er nur Augen für dich, du hast schön das `Ich ignorier ihn mal schön-Spiel` gespielt und ZACK hat er angebissen. Du bist mir 'ne Freundin", Jule boxte mich leicht in die Seite.

„Tut mir leiiiiid", jaulte ich entschuldigend. „Ich kann nix dafür, der hat mich total geflasht, das hätte ich nie gedacht!"

„Jaja, von wegen aufgewärmte Suppe und so... schön mal die eigenen Regeln missachten, Fräulein", wir lachten und hüpften wie zwei Pippi Langstrumpfs zur Clique zurück. Doch dann, etwa fünfzig Meter bevor wir ankamen, gerade als unsere Gruppe von Freunden in unsere Reichweite kam, stoppte Jule.

„Holla, wer is das? Wer is das?", sie rupfte wild an meiner Tasche und zeigte auf einen Kerl, der jetzt bei unserer Clique stand, der vorher noch nicht dagewesen war. Im ersten Moment dachte ich, ich hätte mich verkuckt und schaute noch einmal genauer, doch dann klopfte mein Herz und rutschte mir in meine Sommerhose.

„Vicky, wer is´ das? Du kannst Alex haben, ich will den da lieber!", Jule flüsterte wie ein aufgeregtes Kleinkind und wollte mich weiter ziehen, zurück zur Clique, doch ich wusste nicht, ob ich lachen oder heulen sollte.

„Vicky? Was is´? Komm schooon", quengelte sie.

„Jule, das is´ Tobi." Jule blickte von mir zu ihrem neuen Schwarm, wieder zu mir und verzog das Gesicht.

„Och nöööö, ist das etwa noch ein Ex von dir? Oh nein, warte, Tobi... ist das etwa der Ex von dir?"

„Ja", stotterte ich, wenn man das Wort stottern hätte können. "Scheisse."

„Na toll, sag mal, wimmelt es hier nur von Exen von dir, oder was?"

„Ja sorry", ich hatte mein Lachen wiedergefunden, aber ich fühlte mich wie festgewurzelt und mein Herz schlug mir bis zum Hals „Was mach´ ich denn jetzt? Verdammte Kacke!" Gäbe es ein Gemisch aus Lachen und Heulen, dann hätte ich es jetzt getan. Jule lachte laut auf.

„Ich find´s zu geil, komm, Feigling, da gehen wir jetzt hin. Wie lange haste den Fatzke nicht gesehen, der dir das Herz gebrochen hat?"

„Sieben Jahre", flüsterte ich.

„Ach, dann hattest du Alex nach ihm?"

„Sozusagen..."

„Kennen die sich?"

„Nicht, dass ich wüsste."

„Zu geil, das is voll witzig."

„Ähm... nein?"

„Doch", gluckste meine Freundin schadenfroh.

Jule übernahm die Rolle der Betrunkenen, zog mich mit sich, stürmte sozusagen mitten in die Clique und bugsierte mich so, dass ich neben Alex landete und sie die volle Aufmerksamkeit auf sich zog. Ich liebte sie für diese Showeinlage, denn das verschaffte mir zum einen die Nähe von Alex, und zum anderen etwas Abstand zu Tobi – damit ich nicht direkt auf ihn reagieren musste. Ich würdigte Tobi auch keines Blickes und tat einfach so, als hätte ich ihn nicht gesehen. Alex musste mich fast schon auffangen, weil Jule ziemlich wild in die Menge getanzt war und ich fast über meine eigenen Füße gestolpert wäre. Alex grinste, ich spürte, dass ihm das gefiel.

„Wenn du fällst, fang ich dich auf", sagte er so, dass nur ich es hören konnte und mir wurde warm ums Herz.

Ach, wäre er nicht einfach schon mein Ex und wüsste ich nicht, wie es schief gegangen ist, dann wäre alles einfach einfacher...

„Was ist, holen wir die nächste Runde, Chris?", rief er meinem Kumpel zu. Alex ließ mich los, ließ mich einfach stehen. *Warte, nein, Hilfe...* Chris folgte ihm und da stand ich nun. Ich schaute mich etwas hilflos um, blickte absichtlich nicht in Tobis Richtung. Jule hatte sich in ein reges Gespräch mit Kuno vertieft, auch die anderen der Gruppe lachten oder sprachen mit irgendwem und ich stand da sozusagen alleine... fast neben Tobi... also zückte ich mein Handy, ignorierte ihn weiterhin und scrollte mich total wichtig durch Facebook.

„Die Vicky...", hörte ich ihn sagen. Ich drehte mich zu ihm hin und tat so, als würde ich ihn erst jetzt sehen.

„Ach, sieh an, der Tobi", mir war kotzübel, schwindelig, heiß, kalt, ich hatte Sehstörungen und mein Herz drohte jeden Moment auszusetzen. Meine Atmung war völlig außer Kontrolle. *Galaktische Familie, ich wäre dann jetzt so weit. Könnt ihr mich bitte wegbeamen? Jetzt? Sofort? Hallo?*

„Ja, wie geht´s dir denn?", so, als wären wir alte Freunde und hätten nicht die Vergangenheit, die wir nun mal hatten, umarmte er mich freundschaftlich und ich war überrumpelt. Wir hätten wahrscheinlich dämlichen Smalltalk begonnen, doch genau in diesem Moment kamen uns Alex und Chris retten, die unerwartet schnell mit einer neuen Runde Bier zurückkamen.

„Noch 'n Kirschbier vom Mittelalterstand für die liebe Vic", Alex übergab mir meinen Becher und stellte sich neben mich. Ich spürte seinen prüfenden Blick zu Tobi. Vorher hatte ihn dieser Typ wohl nicht sonderlich interessiert, aber er registrierte wohl, dass wir miteinander gesprochen hatten. Alex war ein selbstbewusster, schlauer Kerl – er ging direkt auf Konfrontation und prostete Tobi zu, wie allen anderen auch. *Kenne deinen Feind, statt ihn zu ignorieren.*

Jule hatte wohl das Bedürfnis, mir und Tobi etwas Redezeit zu schenken und verwickelte Alex plötzlich in ein Gespräch über eine Punkrockband. Ich fand das so auffällig, dass es mir schon wieder peinlich war und ich überlegte, noch eine Runde aufs Klo zu gehen und mir dafür drei Stunden Zeit zu nehmen, da sprach mich Tobi erneut an.

„Und, wie geht's dir denn so?", wiederholte er – *ich hasse Smalltalk*, hätte ich so gerne gesagt. *Ich vermisse dich jeden Tag all die Jahre*, hätte ich so gerne gesagt, doch nach allem was passiert war, hatte er das einfach nicht verdient. Er war mir damals fremdgegangen, er hatte mir das Herz rausgerissen und ich war nie darüber hinweg gekommen. Alex hatte ich nach ihm kennen gelernt und ich glaube das war auch der Grund, warum es mit Alex und mir nicht funktioniert hatte. Weil ich einfach noch nicht über Tobi hinweg war. Meine große Liebe. Und das spürte ich auch jetzt noch, ob ich wollte oder nicht. Ich war wahrscheinlich nie über ihn hinweg gekommen.

„Gut, und dir?", was sollte ich mit ihm reden? Warum schickte mir das Universum an diesem Abend, wo es mit Alex grad so gut lief, meinen dummen blöden Arschlochex? Der auch nach sieben Jahren einfach nur gut aussah, gut roch, seine Stimme, seine Gegenwart...

,*Hör auf Vic, der Typ ist ein Arschloch...*'
,*Aber, aber wenn er sich geändert hat?*'
,*Menschen ändern sich nicht, Vic.*'

Es war sinnlos, ich stritt mit mir selbst. Aber nun waren wir hier – Tobi und ich. Alex noch immer in der Schraubzwinge von Jule. *Alex, rette mich doch, ich kann mich kaum bewegen hier.*

„Ja, mir geht's blendend", ich traute mich das erste Mal in Tobis Augen zu blicken, während er mir erzählte, wie toll es ihm ging und hätte mich fast darin verloren. „Ich bin das erste Mal in meinem Leben und nun schon seit sechs Monaten Single", ich wusste, dass das ein Wunder war, denn Tobi war in bestimmt zwanzig Jahren noch nie länger als sechs Stunden Single gewesen. Er tauschte bekanntlich alle zwei Jahre seine Freundinnen im fliegenden Wechsel aus. Mit mir waren es immerhin zweieinhalb gewesen.

„Ach, tatsächlich?", ich klang verächtlicher als ich beabsichtigt hatte, doch ich konnte auch nicht leugnen, dass mich das freute – es keimte eine Art Hoffnung in mir auf, ob ich wollte oder nicht.

„Ja", lachte Tobi, „tatsächlich. Kaum zu glauben, oder? Und weißt du, was das witzigste ist? Ich treffe andauernd Exen von mir – so wie dich heute. Und ich spreche mich mit ihnen aus, und danach höre ich, dass sie sich glücklich verlieben konnten."

Ich traute meinen Ohren nicht, wollte ich hören, was er mir da gerade erzählte? Irgendwie ahnte ich schon, dass gleich wieder ein gemeiner Querschlag kommen würde. Das machte er immer. Nur sonst hatte er seine gehässigen Kommentare über Chris an mich übermittelt, denn wir hatten uns ja schon seit Jahren nicht gesehen.

„Ach, wie witzig", mir fiel einfach nicht ein, was ich dazu sagen sollte.

„Ja, voll witzig. Deshalb kann ich auch dir sagen, dass wir uns heute getroffen haben bedeutet, dass auch du nun vom Tobi-Fluch befreit bist."

„Der Tobi-Fluch?"

„Ja, der Tobi-Fluch. Komm, du hast da wie alle anderen auch drunter gelitten, was mir echt leid tut. Aber irgendwie seid ihr alle nicht über mich weggekommen...", ich war so baff, dass ich ihn unterbrach.

„Aber ich dachte, wir hätten was Besonderes gehabt?", es klang vorwurfsvoll und genau das war es auch, leider aber auch wie ein Gejammer. *Ich Opfer.* Er hatte in unserer Beziehung immer wieder betont, dass wir Seelenverwandte wären... aber das hatte er wahrscheinlich auch allen anderen erzählt. Warum auch immer, fiel ich gerade aus einer rosa Wolke und knallte im untersten Stockwerk der Realität wieder auf den harten

230

Beton. Ich hätte niemals auch nur eine Silbe mit ihm reden dürfen. *So ein arrogantes Arschloch.*

„Ja, natürlich hatten wir was Besonderes, aber das hatte ich mit jeder irgendwie", er schaffte auch immer wieder noch eines drauf zu setzen.

Jule hatte an diesem Abend wirklich ein Gespür für alles, wie mir schien. Sie tauchte plötzlich neben mir auf und hakte sich wieder bei mir unter.

„Mein Schatz, ich sehe du bist am Vertrocknen, dieses Mal holen wir uns eine Runde Starkbier da hinten am Piratenstand", sie rettete mich aus der Titanic. Mein Becher Kirschbier war noch halb voll. Das änderte ich in einem Zug. Ich hoffte Tobi würde im Erdboden versinken bis ich zurückkäme.

„Süsse, was hat der Penner denn zu dir gesagt? Das muss ja echt übel gewesen sein! Ich hab nur mitbekommen, wie alle Farbe aus deinem Gesicht gewichen ist und das bei der fast schon nächtlichen Dunkelheit und der komischen Beleuchtung."

Ich gab ihr einen kurzen Bericht und wiederholte Tobis Worte. „Was ein arrogantes Arschloch!", schimpfte meine Freundin lautstark. Wir kippten uns zwei Shots hinunter und schnappten uns zwei Starkbier. Ich wollte mich einfach nur noch betrinken. Mehr noch, als wir zurück zu den anderen gingen und ich Tobi und Alex in einem innigen Gespräch wieder fand. Mir wurde heiß und kalt. Ich hoffte nicht, dass sie sich jetzt auch noch über mich unterhielten, das würde ich nicht verkraften – wenn Tobi sich bei Alex über mich lächerlich machen würde oder...

„Hey, du bist schon seit Stunden viel zu weit weg", Alex ließ Tobi einfach mitten in dessen Satz stehen und drehte sich zu mir, um mich an seine Seite zu ziehen. Er legte einen Arm um mich und unterhielt sich dann weiter mit Tobi, als wäre es das Normalste der Welt. Für Alex bedeutete das nichts Weltbewegendes, außer, dass er seinen Besitz klar gemacht hatte – er wusste zwar nicht, wer Tobi war, aber anscheinend spürte auch er, dass er diesem Kerl nicht das Feld überlassen wollte. Ich würdigte Tobi keines Blickes mehr, aber ich spürte, dass er mich beobachtete. Ich unterhielt mich mit Kuno und Jule, die weiterhin schäkerten und ich war mir sicher, dass die beiden heute Nacht zusammen verbringen würden.

Der Abend wurde zur Nacht und es war wie bei den *zehn kleinen Menschlein mit Migrationshintergrund.* Immer einer weniger. Kaum hatte man sich verkuckt, waren Kuno und Jule verschwunden. Wir alle waren sehr angeheitert, Alex und ich machten uns auf die Suche nach etwas Essbarem, bevor alle Läden dicht machen würden. Als wir bepackt mit Pommes und Bratwurst an unseren Cliquenplatz zurückkamen, waren dann tatsächlich alle weg. Das war überraschend, denn wir blieben alleine zurück. Was aber nicht unbedingt schlimm war, denn mit Alex zu flirten, ließ mich Tobi vergessen und in Anbetracht des Alkohols waren wir noch richtig gut drauf.

Bis plötzlich Tobi mit seiner Tüte Pommes an unserem Bistrostehtisch erschien. Es war ziemlich makaber, links Alex – mein einer Ex, rechts Tobi – mein anderer Ex. Beide machten ständig ihre Besitzansprüche klar. Dass Alex das tat, verstand ich ja. Aber ich merkte, dass auch Tobi keinen Moment ausließ, um mit mir ein Gespräch zu führen. Es war ein kleiner, auffällig unauffälliger Kampf meiner Exfreunde um meine Aufmerksamkeit. Es war ein unfairer Kampf, denn ich nutzte Alex, um Tobi eifersüchtig zu machen bzw. um seine Aufmerksamkeit zu steigern. Leider kannte ich Tobi zu gut – er wollte nur, was er nicht haben konnte. Mit Ablehnung konnte er nicht gut umgehen. Ich wollte ihn ärgern und irgendwie hätte ich Tobi gerne wieder zurück erobert, mit diesem Getue nutzte ich aber leider die Gutmütigkeit von Alex aus und das war gemein von mir. Ich war im Grund nicht besser als Tobi in diesem Moment.

Scheisse, warum war Tobi überhaupt aufgetaucht. Ohne ihn wäre ich mir sicher, dass Alex und ich eine zweite Chance hätten...

So sehr ich mich auch bemühte, mich eher auf Alex zu konzentrieren, es war kaum möglich. In allen Punkten würde immer wieder Tobi gewinnen. Aussehen, Intelligenz, Sexappeal... *halt die Klappe, Vicky, Tobi verschleudert Frauen wie Klopapier, Alex tut sowas nicht...*

„Sag mal, woher kennt ihr beiden euch eigentlich?", fragte Alex plötzlich und das erste Mal an diesem Abend.

Ich hätte gerne geantwortet: „Wir haben halt dieselbe Clique.", so als wäre es das Harmloseste der Welt.

Doch Tobi war schneller.

„Wir waren mal zusammen. Vicky ist meine Ex."

Der geschockte Blick von Alex versetzte mir einen Stich. Mein Herz klopfte, denn ich wusste, wenn Alex erfahren würde, wer genau Tobi war...

„Und wie lange seid *ihr* schon zusammen?", fragte Tobi an Alex gerichtet. Diese Frage überraschte mich, ich hätte nie gedacht, dass Tobi denken könnte, ich wäre mit Alex zusammen. Doch auch hier war Alex schneller als ich im Antworten.

„Wir sind nicht zusammen. Vicky ist meine Ex", Alex´ Stimme klang in Summe nach Frust. Tobi riss überrascht die Augen auf.

„Ach, ihr seid nicht zusammen? Das is´ ja ein Ding. Ich dachte... weil ihr so vertraut... den ganzen Abend miteinander..." Ich blickte hilflos und überfordert von einem zum anderen. Wie in einem Tennismatch. Ich suchte verzweifelt nach einem Ablenkungsmanöver, weil ich spürte, dass es hier gleich eskalieren würde.

Alex blickte mich wütend an. „Du lässt zwei Exen von dir den ganzen Abend miteinander verbringen und lässt sie wie Deppen im Unwissen darüber?"

233

„Das ist dreist", Tobi goss obendrauf noch Öl ins Feuer. Ich wusste, er machte das mit Absicht. Es gefiel ihm, den Bonner Rivalen aufzuheizen, es machte ihm Spaß, mich und Alex auseinander zu bringen. Ich begriff, dass das an diesem Abend wohl sein einziges Ziel gewesen war. Jule hatte Recht. Tobi war wohl nur ein arrogantes Arschloch. Ich wollte nun einfach nur die Situation mit Alex retten.

„Alex...", doch er schlug mit der flachen Hand auf den Bistrotisch, die Musik war schon leiser gestellt und es tat einen riesigen Schlag, alle restlichen Gäste kuckten zu uns.

„Wie ist dein Name?", fragte Alex an Tobi gerichtet.

„Tobias", ich wusste, jetzt würde Alex platzen.

„Tobias? *Der* Tobias?", rief er. Der Alkohol ließ die ganze Sache eskalieren, Alex war zutiefst verletzt und schrie mich an. Zurecht. Er hatte immer gegen den anderen Mann kämpfen müssen, dem mein Herz gehörte, der es gebrochen hatte. Ich war immer ehrlich zu ihm gewesen. Er wusste damals, dass ich von einem Ex namens Tobi sehr verletzt worden war und Alex hatte sich bemüht, diesen Mann vom Thron zu schmeißen und mich für sich zu gewinnen. Er hatte damals verloren. Und jetzt hatte ich ihn diesem Kerl ausgesetzt, ihn den ganzen Abend im Unwissen gelassen, dass es genau *das* Arschloch war, wegen dem ich so gelitten hatte. Ich hatte ihn ins offene Messer laufen lassen. Den ganzen Abend lang hatte er Seite an Seite mit diesem Mann verbracht und ich hatte es zugelassen.

Ich hatte nicht so weit gedacht, ich war in diesem Moment über die ganze Situation so erschrocken, wusste, dass ich eine riesengroße Scheisse verbockt hatte und versuchte Alex zu beruhigen, doch er rastete total aus.

Tobi stand dabei und knusperte genüsslich seine kalten Pommes aus der Tüte. Es machte ihm Spaß, dass er wieder einen Gewinn eingefahren hatte.

234

Alex lief weg, ich hinterher. Wir ließen Tobi einfach stehen, aber ich glaube, das war ihm egal. Er hatte erreicht, was er wollte.

Ich lag die halbe Nacht wach und machte mir Sorgen um Alex. Wir waren zwar zusammen in einem Taxi zu mir nach Hause gefahren, weil er seinen Schlüssel und Rucksack mit seinen Klamotten in meiner Wohnung liegen hatte, doch wir sprachen kein einziges Wort miteinander. Schweigend schnappte er sein Zeugs und ging. Ich versuchte, ihn noch aufzuhalten, damit er nicht betrunken Auto fahren würde, bis nach Bonn waren es sechzig Kilometer. Ich redete auf ihn ein, dass ich das alles nicht beabsichtigt hätte und dass es mir leid täte, doch er ging wortlos. Am nächsten Morgen hatte er mich im Handy und auf Facebook blockiert. Immerhin war er gut nach Hause gekommen.

„Naja, sieh es mal positiv", meinte Jule, als ich ihr am nächsten Tag alles erzählte.
„Was soll ich denn daran positiv sehen?", fragte ich entgeistert.
„Naja, wie du selbst immer sagst, die Vergangenheit soll man ruhen lassen und ich finde, dass du nun mit beiden abschließen solltest. Tobi ist ein Arschloch und dem Alex hättest du vielleicht eh nur wehgetan. Zum zweiten Mal. Ich finde, es ist ein guter Schnitt für dich zu wissen, dass Tobi ein arrogantes Arschloch ist. Vielleicht kommst du jetzt endlich darüber weg."
„Ja, wahrscheinlich hast du recht..."

♥

Drei Wochen später war Eletric-Wine. Da, wo vorher Bierbuden standen, gab es nun Wein und elektronische

235

Musik am Deutschen Eck. Mir war eigentlich nicht nach Weggehen zumute, doch Kuno und Jule, bei denen sich mittlerweile etwas mehr als nur Freundschaft anbahnte, überredeten mich mit hinzugehen.

Als ich die beiden in der Stadt traf, sollten wir erst noch einen Kumpel von Kuno abholen.

„Ach, wird das eine Verkupplungsaktion?", fragte ich skeptisch und kräuselte vorwurfsvoll mit einer Portion Spaß die Nase.

„Neiiin", antworteten beide und lachten. „Aber er ist Single, also - why not?"

Ich lachte und verdrehte die Augen. Ich hielt nichts von Verkupplungen, aber als der Kumpel die Tür öffnete, fand ich die Idee dann doch gar nicht so schlecht. Ein blonder Kerl in meinem Alter führte uns in seine riesige Dachwohnung mit Blick über die gesamte Stadt.

„Hey, wäre der nicht was für dich?", flüsterte mir Jule zu, während wir Frauen auf der Dachterrasse standen, weil Jule eine rauchte, und die Männer im Wohnzimmer die ersten Biere köpften.

„Naja, schau´n wir mal", zwinkerte ich.

Michael war ein witziger, sympathischer Kerl, der mich in die Gespräche mit Kuno ständig mit einbezog. So, als wäre es ihm wichtig, was ich zu sagen hätte. Vielleicht wollte er auch meine Intelligenz testen, denn die beiden hatten fachtechnische Themen angeschnitten. Gottseidank rettete mich Jule.

„Boah, ihr studierten Assis, jetzt lasst uns Frauen nicht so dumm da stehen, wir haben nun mal kein *Inschenjöhrszeugsgedöhns* studiert. Los, lasst uns gehen", Jule hatte einfach ein Gespür für rettende Momente. Ich sollte ihr dafür einen Orden verleihen.

„Wir müssen noch Adrian und Katrin holen", Kuno hatte Jule an die Hand genommen, das fand ich total süß.

236

„Ich wäre nie auf die Idee gekommen, dass die beiden so gut zusammen passen könnten", raunte ich dem neben mir laufenden Michael zu.

„Jap, wie Faust aufs Auge. Vielleicht passen wir beide ja auch so gut zusammen?", vielleicht hätte ich diesen Satz anmaßend gefunden, aber Michael brachte das so locker rüber, dass es eher ein netter Spaß zu sein schien, der vielleicht auch abtasten wollte, wie ich die Sache sehe.

„Hm, dann starten wir doch einfach eine Testphase heute Abend", lachte ich.

„Gute Idee, machen wir", dieser blonde Kerl gefiel mir. Er wäre zwar nie mein Typ gewesen, wenn ich ihn so einfach irgendwo hätte stehen sehen, doch gepaart mit seiner Art und seiner Stimme war er äußerst ansprechend.

„Hey, passt auf, ihr holt Adrian und Katrin, ich lauf dafür mit Vicky schon mal vor zu den anderen, was haltet ihr davon?", Michael hatte mich an meinem Arm fest gehalten, damit ich stehen blieb.

„Ach komm, jetzt könnt ihr die zwei Meter noch mitlau...", Jule boxte Kuno in die Seite und glotzte ihn mehr als auffällig an, weil bei ihm der Groschen nicht gefallen war. Kuno verstand augenblicklich. „Ach... ja... ne, dann lauft ihr doch schon mal vor, ich muss auch noch Geld am Automaten holen." Jule jubelte, weil Kuno es gecheckt hatte und ich schüttelte lachend den Kopf.

„Abgekartetes Spiel, was?", fragte ich Michael.

„Ich weiß nicht, wovon du redest", lachte er und zog mich an meiner Hand über die Straße. „Komm, wir laufen einen Umweg am Rhein entlang, dann haben wir beide noch ein bisschen mehr Zeit alleine, bevor wir auf die ganzen anderen Chaoten treffen."

Auf der einen Seite ging mir das zu schnell, aber auf der anderen Seite hatte ich nichts zu verlieren. Er war nett, er war witzig, er war forsch – warum nicht. Ich fand es äußerst cool, dass ein Mann die Initiative ergriff. Es gab Beziehungen, in denen ich den jeweiligen Mann dazu überreden musste, doch meine Hand zu nehmen. Viele fanden das albern oder peinlich. Oder ich hatte einfach immer nur den falschen Mann.

Michael und ich liefen ganz gemächlich in der Dämmerung den Rhein entlang und unterhielten uns. Manchmal blieben wir stehen und sprachen inniger über ein bestimmtes Thema, wir lachten und neckten uns. Es wurde immer dunkler, die Beleuchtung und der Sternenhimmel zauberten eine sehr romantische Stimmung um uns herum. Wir kamen uns nicht zu nahe und doch waren immer nur wenige Zentimeter zwischen uns, dass man eine Verbindung spürte - ein Zauber des Anfangs. Die Funken der Sympathie waren übergesprungen. Nur nichts überstürzen, aber doch genießen, dass wir etwas begonnen hatten, was vielleicht wachsen könnte. Ich hielt ihn immer ein Stück auf Abstand, den er respektierte, doch er blieb immer ein Stück weit nah.

Auch als wir auf die anderen trafen, ich kannte außer Kuno und Jule keinen der anderen, blieb unsere Vertrautheit bestehen. Die Männer besorgten den Wein, Michael blieb immer in meiner Nähe und doch unterhielten wir beide uns auch mit anderen.

Ich erinnerte mich an den Abend der Bierbörse und spürte einen Stich. Wir standen alle fast an derselben Stelle. Es schien schon so lange her und doch auch erst wie gestern. Als ich mich von Tobi hatte an der Nase herumführen lassen und als ich Alex verloren hatte...

„Nenene, Fräulein Wunder, ich weiß schon, was du gerade machst, hier wird kein Trübsal geblasen, wir leben nicht in der Vergangenheit und ich find's cool, wie sehr die Funken zwischen dir und Michael sprühen", Jule war wirklich ein Wunder an Empathie. Als wäre sie mit meinen Gedanken verbunden. Sie riss mich sofort aus meiner nostalgisch depressiven Stimmung und ich konnte die beiden Exfreunde aus meinen Gedanken löschen.

238

„Ja, findest du die sprühen?", ich spürte das zwar auch, aber ich war skeptisch. Ich vertraute den Kerlen einfach nicht direkt – vor allem nicht nach dem Vorfall mit... *nicht in der Vergangenheit verharren...*

„Also das sieht ja ein Blinder, Süße", Jule lachte und goss mir Wein nach. Wir stießen an.

Electric-Wine bedeutet auch, dass man ab der Sperrstunde die Musik abdreht und sie dann nur noch über Kopfhörer hören konnte. Somit zogen sich alle Gäste, zumindest die, die Musik hören wollten, Kopfhörer auf, um die verschiedenen DeeJays zu hören. Es war ein irres Erlebnis, denn es wurde von jetzt auf gleich ziemlich still. Die Leute unterhielten sich nur noch raunend, nicht so wie auf der Bierbörse grölend. Es war ein ganz anderes Publikum, es war gechillter und gediegener. Plötzlich hatte auch ich ein Paar Kopfhörer auf. Michael hatte sich hinter mich gestellt und mir die Kopfhörer auf die Ohren gesetzt. ich drehte mich rum – er hatte keine auf.

„Einfach hören und genießen", also ließ ich mich drauf ein, hörte zu und ließ die Musik auf mich wirken. Man fühlte sich völlig abgeschottet und doch war man mitten unter hunderten von Leuten. Jule und ich tanzten zu einem Beat, den die anderen ohne Kopfhörer nicht hören konnten – das sah verrückt aus, wenn man den Kanal umstellte und zu einem anderen Rhythmus tanzte als sein Nachbar. Michael und Kuno beobachteten uns und unterhielten sich. Einen Cent für Michaels Gedanken.

Einige Stunden vergingen, Jule und ich schlenderten nach einem Toilettengang mal über den ganzen Platz und durch die Menge an tanzender und gut gelaunter Weintrinker.

„Jule, da ist ein Ex von mir", ich zog sie lachend am Ärmel.

„Oh nein, wie viele gibt's davon? Hast du ganz Koblenz flach gelegt?"

„Jule", schimpfte ich, „das sind gerade mal drei und ich bin keine zwanzig mehr!", verteidigte ich mich. Sie lachte. „Wo isser und wer isses?"

Ich zog sie mit mir und ging in Richtung meines Exes – Celâl. Ein typisch deutscher Türke. Ja wirklich – er sah türkisch aus und zwar verdammt gut. Er war sexy, er war klug – aber wenn er den Mund aufmachte, kam *Eifler Plattgeschwätz* heraus. Das war echt ein bisschen gewöhnungsbedürftig, wenn man Celâl nicht kannte, weil die Stimme und Aussprache gar nicht zum Aussehen passten.

„Hey Celâl", lachte ich und umarmte meinen Ex. Wir waren drei Jahre zuvor nur ein paar Monate zusammen gewesen. Sehr witzige Monate. Aber im Enddefekt gingen unsere Interessen und Überzeugungen so weit auseinander, dass wir beschlossen: Unsere Gegensätze stoßen sich ab.

Ich stellte Celâl meine Freundin Jule vor, wir quatschten kurz und dann kratzten wir auch schon wieder die Kurve, denn Jule war der Meinung, ich dürfte keine Zeit mit einem Ex verbraten, sondern sollte mich Michael widmen..

„Jaja, ich weiß... keine Vergangenheit und so", lachte ich.

„Genau das", stimmte sie mir zu.

„Genau was, und warum?", fragte Michael, als wir wieder in der Gruppe ankamen. Sein Kopfhörer hing um seinen Hals. Ich klaute ihm denselben und setzte ihn mir auf die Ohren. Er tat spaßeshalber so, als wenn er darüber erbost wäre und ihn zurück haben wolle. Ich rannte ein Stück weg, er hinterher, wir alberten herum. Das war enorm lustig, da ich die Technobeats auf den Ohren hatte und das sehr laut. Während er mit mir schimpfte oder lachte, hörte ich kein Wort davon. Er jagte mich, ich wand mich ihm immer wieder aus einem Griff. Wir machten ein kleines Spiel daraus, das Knistern wurde immer intensiver. Ich war schon ganz außer Atem, ich hatte es bis zu einem Baum geschafft und Michael drückte mich mit dem

Rücken sanft dagegen. Er stellte sich ganz dicht an mich, hielt meine Arme so, dass ich mich nicht mehr wehren konnte. Immer noch dröhnte der Beat auf meinen Ohren wie ein Hypnosestück, ich konnte die Spannung kaum noch aushalten. Michael kam mir so nahe, ich wusste, er würde mich gleich küssen. Ich schaute ihm provozierend in die Augen. Wir funkelten uns an, gleich.... Sekunden... würde er...

Und dann... schnappte er sich den Kopfhörer und rannte damit weg. *Verflixt!* Das war gemein, er hatte mich ausgetrickst. Und es war aufregend, ich ging ihm aber nur arrogant hinterher statt zu rennen. Ich tat so, als wenn mich das gar nicht jucken würde. Als ich bei den anderen wieder ankam, stand Michael mit seinem Kopfhörer da und grinste. Er hielt mir ein halbes Glas Wein entgegen und ich leerte es auf Ex. Betrunken war ich noch nicht, aber angedüdelt waren wir alle.

Es waren mittlerweile schon sechs, sieben Stunden vergangen, die wir miteinander verbracht und geschäkert hatten. Seine Kopfhörer hatte nun ein Kumpel auf und ich stand mit Michael fast alleine in trauter Zweisamkeit. Es war schon nach zwei Uhr Nachts. Kuno und Jule standen unweit von uns und knutschten. *Wie süß.*

„Wie kommst du heute denn eigentlich nachhause?"

„Mit dem Taxi, der letzte Bus ist schon weg", antwortete ich brav, in der Erwartung, dass er mich nun mit den Worten *„Du musst nicht mehr nachhause fahren, du kannst auch bei mir schlafen"* zu sich einladen würde.

So erwartungsvoll blickte ich ihn nun auch an. Ich zweifelte kein Stück daran. Ich war kein Kind von Traurigkeit und hätte gegen sein Sofa nichts einzuwenden gehabt. Oder auch sein Bett.

Ein Kumpel erschien plötzlich neben mir und raunte Michael lachend etwas ins Ohr, was nicht für mich bestimmt war. Michaels Blick wanderte an mir vorbei in die Menschenmenge hinter mir. Die zwar schon schwer ausgedünnt schien, aber es war noch immer viel los in

241

dieser Nacht. Michael tauschte nun Ohr-zu-Ohr-Funk mit seinem Kumpel aus, ich fühlte mich in Nullkommanix wie bestellt und nicht abgeholt. *Was passiert hier gerade?* Suchend blickte ich mich um. Jule knutschte immer noch mit Kuno - voll verliebt - ich kannte sonst keinen mehr. Weiter hinten sah ich Celâl mit seinen Kumpels am Weinstand stehen. Ich überflog das Ganze und blickte wie völlig zufällig wieder zu Michael und seinem Kumpel. Sie standen nebeneinander und beobachteten irgendetwas oder irgendwen in der Menschenmenge hinter mir. Ich drehte mich herum und fragte locker: „Was gibt es da so Interessantes?"

„Da ist grad ein Mädel gekommen, auf die ich total steh´ - siehst du die Süße, da auf dem Fahrrad?" Im ersten Moment wollte ich loslachen, da ich dachte, der Typ verarscht mich gerade. Aber er ignorierte mich einfach und funkte wieder Heimlichkeiten mit seinem Kumpel. Das war einfach unfassbar und erniedrigend.

„Ich hätte dir ja gerne einen Schlafplatz auf meinem Sofa angeboten, aber leider nehme ich jetzt die Süsse da hinten mit nach Hause, ich hoffe du verstehst das..."

Sofort war mir danach, diesem Typen direkt eine zu klatschen, doch diese Blöße wollte ich mir nicht geben. Ich wollte auch kein Stück zeigen, wie verletzt ich gerade war, dass ein Typ mir stundenlang schöne Augen machte und mich plötzlich und ohne Vorwarnung stehen lässt und sich in meiner Gegenwart über sein Objekt der Begierde ergießt. Als wäre ich Luft. Als wäre ich ein unwichtiges Neutrum, mit der er nur übergangsweise aus Langeweile gespielt hatte, weil seine Angebetete nicht greifbar war. Ich war angewidert und dann schaltete mein Kopf.

Celâl.

„Gottseidank", tat ich erleichtert, „dann brauch ich ja kein schlechtes Gewissen zu haben, wenn ich dich einfach stehen lasse. Dann wünsch ich dir viel Glück für heute Nacht, tschüühüüss", drehte mich ohne noch weitere Worte auf dem Absatz herum und ging schnurstracks zu

Celâl. Diesem warf ich mich fast schon an den Hals und er zögerte auch nicht, mich direkt in den Arm zu nehmen.

„Celâl, du musst mich retten, da hat mich ein Typ gerade nach Stunden Flirterei einfach abserviert."

Mein Superex ließ sich das nicht zweimal sagen - er ließ uns aussehen wie ein flirtendes Paar. Wir schäkerten oft auf diese Weise – seine Kumpels fanden das dann immer extrem anzüglich und verstanden nicht, warum wir niemals wieder zusammen im Bett landeten. Aber das ging niemanden etwas an.

Zwischen künstlich lautem Lachen schaute ich unauffällig nach Michael. Der stand immer noch mit seinem Kumpel an der Stelle, wo ich ihn hatte stehen lassen und blickte, als hätte ich ihn bestellt und nicht abgeholt. Strafe muss sein.

Er hatte mich eiskalt abserviert, aber er musste nicht wissen, dass er das tatsächlich getan hatte. Ich hatte den Spieß rumgedreht, bevor er seinen Sieg genießen konnte. Was ein Arschloch.

„Celâl, heirate mich, die Männer sind alle so scheisse."

„Ich zitiere so gerne meine Lieblingsex: Wenn die Vergangenheit anruft, geh nicht dran. Sie hat dir nichts neues mehr zu sagen."

„Ach, halt die Klappe Celâl", lachte ich.

„Ja, ich hab dich auch lieb, Kleines."

Diese Story geht an Muri ♥
Kommentar Corry: Solche Ex braucht das Leben!!!

243

Hallo ZUSAMMEN,

Tinder SOLL FÜR MICH

NUR EIN KURZES Experiment WERDEN,

BLEIBE ALSO NICHT LANGE HIER ANGEMELDET.

ICH WÜNSCHE allen EINEN

GUTEN Rutsch INS JAHR 2009.

♥

THOMAS, 40
(GESEHEN IM AUGUST 2020 ;)

KAPITEL ENDE

Epilogaloha

Manche Männer haben wirklich witzige Vorstellungsworte bei Tinder in ihrem Profil, ich habe die drei Witzigsten hier eingefügt. Es gibt so viele verheiratete, sexbesessene und so viele verkappte Existenzen dort, dass ich mich heute wieder abgemeldet habe. Es ist verschwendete Zeit. Ich glaube dennoch an die Liebe, auch wenn ich bereits seit einer gefühlten Ewigkeit Single bin und entweder das Universum sendet mir einen Mann der passt, oder ich schreibe einfach weiterhin Liebesgeschichten. Man gewöhnt sich daran, Single zu sein – ich hatte aber auch tatsächlich in meinem Leben schon einige märchenhafte Begegnungen und Schmetterlingssituationen. Deshalb sind manche Geschichten in AYNIL immer näher an der Realität, als du vielleicht glaubst.

Band 3 hat letzte Woche seinen Anfang gefunden, als ich *Eminem* aus der Geschichte „I need a doctor" aus AYNIL 2016 nach all den Jahren das erste Mal wieder begegnete. Nur ein flüchtiges Hallo, nur ein einziger kurzer Moment, doch es reichte, um meine Fantasie wieder für ein Wiedersehen anzuregen. Also rein autorisch. Außerdem hat meine Korrekturleserin Conny die Frage gestellt; wie die Geschichte mit dem *Geheimagenten* in *Wait for me* weitergeht. Ja, vielleicht sollte ich ein paar Fortsetzungen schreiben, sobald ich das nächste Buchprojekt nach AYNIL 2020 fertig geschrieben habe.

245

Durch meine Adern fließt Autorenblut durch und durch. Wenn man mich hinsetzt, könnte ich 24/7 Stunden durchschreiben und ich würde Buch und Bücher füllen. Ob mit Phantasie- oder Real-Geschichten. Alles was mir am Tag begegnet, was ich erlebe, wird von mir durchdacht und in Stories verpackt – meistens nur im Kopf, weil ich mit dem Schreiben im Alltag ja gar nicht nachkommen würde. Lästig ist für mich eher die ständige Nachbearbeitungs- und Korrekturphase, wenn ich meine Geschichten, die ich selbst total gut finde, wieder und wieder lesen muss, bis ich sie fast nicht mehr leiden kann /Spass

Dieser Band – AYNiL 2020 – ist wieder ein Herzstück für mich. Obwohl das alle meine Bücher für mich sind. Meine Tochter Cheyenne hat die Zeichnung für das Cover entworfen – das Paar sind Cheyenne und Aykut selbst, von denen ich auf der Rückseite des Buches erzähle.

Vorlage für die Charaktere in diesem Buch sind wieder Freunde, meine Kinder, Kollegen oder auch Menschen, denen ich einmal kurz begegnet bin. Menschen, die es tatsächlich gibt in einer Stadt und Gegend, in der ich wohne oder mich aufgehalten habe. Manches ist tatsächlich so passiert...

Ich hoffe, ich konnte Dich etwas verzaubern, etwas mitnehmen durch die Verwirrungen der Liebe, durch die Höhen und Tiefen des Verliebt Seins und der manchmal etwas verworrenen Realität meiner Begegnungen.

Love is all you need

Thank you

CHEYENNE SHEILA **AYKUT** CONNY **UTE** STEFFI **JOY** CLAUDIA **YVE** SABINE **MARVIN** **NICOLE** FRANK BO. **TRIXIE**

You MADE MY days 2020

♥

DANKE AUCH AN ALLE LESER UND LESERINNEN, DIE MIR BISHER SO **WUNDERVOLLES** FEEDBACK GEGEBEN HABEN.

Hinweise

Kate Bono

katebono.com
katebono@gmx.de

Weitere bereits erschienene Bücher

AYNIL – Lovestories (2016)
ISBN 978-3-7412-1084-6

In Wahrheit gelogen – Band I (2018)
ISBN 978-3-7528-4313-2
In Wahrheit gelogen – Band II (2019)
ISBN 978-3-7494-3597-5
In Wahrheit gelogen – Band III (2020)
ISBN 978-3-7519-0126-0

Babyseelen (2019)
ISBN 978-3-7504-0596-7

ART WITH **LOVE** & LIGHT
BY *Cheyenne*

ALTRUISTISCH UND *sapiosexuell*

MIT TENDENZ ZUM NYMPHOBRANIAC – IQ 127

UND BEVOR DU NACH RECHTS WISCHST,

hier NOCH EINE EINSTIEGSHÜRDE

IN WELCHER *Stadt* STEHT DER EIFFELTURM?

A) PARIS   B) FAHRRAD

ACH, UND WENN DU *Nutella*

IN DEN KÜHLSCHRANK STELLST, DANN

HASSE ICH DICH *jetzt* SCHON.

♥

T. 45, SELF-EMPLOYED

Endnoten

1 https://givinggamefoundation.com/30-days-to-finding-true-love/

2 Auf meiner Facebookseite Kate Bono – in meinen Bilder-Alben findet man das Programm „30 Tage, um deinen perfekten Partner zu finden" auf Deutsch und jeden Tag einzeln.